自鞏洛舟行入
黃河卽事寄府縣僚友

몽현의 낙수에서 배로 황하로 들어가며
즉흥시를 지어 부현의 벗들에게 부치다

來水蒼山路向東
東南山豁大河通
寒樹依微遠天外
夕陽明滅亂流中

강물 낀 푸른 산 뱃길은 동쪽을 향하고
동남쪽 사이 활짝 열려 드넓은 황하로 통하네
겨울 나무는 먼 하늘 끝에 닿아 희미하고
석양은 물결 속에서 사라져 간다

Fantastic Oriental Heroes

녹림투왕

녹림투왕 9

초우 新무협 판타지 소설

초판 1쇄 찍은 날 § 2006년 4월 23일
초판 1쇄 펴낸 날 § 2006년 4월 30일

지은이 § 초우
펴낸이 § 서경석

편집장 § 문혜영
편집책임 § 장상수
편집 § 최하나 · 문정흠

펴낸곳 § 도서출판 청어람
등록번호 § 제1081-1-89호
등록일자 § 1999. 5. 31
어람번호 § 제2-0893호

주소 § 경기도 부천시 원미구 심곡1동 350-1 남성B/D 3F (우) 420-011
전화 § 032-656-4452 팩스 § 032-656-4453
http://www.chungeoram.com
E-mail § eoram99@chollian.net

ISBN 89-251-0091-6 04810
ISBN 89-5831-402-8 (세트)

Fantastic Oriental Heroes

|목차|

第一章
분영산검(分影散劍)
-적은 적당히 강할 필요가 있다

　도는 고개를 갸웃거리면서 기억을 더듬었다. 그러나 아무리 생각을 해도 무림의 고수들 중에 눈앞의 여자와 비슷한 초상화는 없었다. 그녀가 기억하는 무림의 초절정고수는 단 네 명에 불과했다.

　독종 당진진과 불괴 연옥심, 그리고 의종 소혜령과 무후였다.

　"누구지? 아무리 생각해도 기억에 없는데."

　도의 말에 탄도 신기한 표정으로 말했다.

　"사부님을 긴장시킬 수 있는 고수가 두 분 사숙과 천검 외에 또 있을 줄은 몰랐는데."

　도는 생글거리면서 당진진에게 다시 한 번 물었다.

　첫 물음에 무시를 당했지만 전혀 마음에 두지 않는 표정이었다.

　"누구시죠? 저는 도이고 이쪽은 탄이에요. 그리고 이분은 저의 사부님인 천존이시죠. 그리고 사부님은 천하제일고수시랍니다."

당진진의 서늘한 시선이 도를 향했다.

도는 방긋이 웃어 보였다.

"제법 강해 보이는구나. 그러나 어른들 말하는 데 함부로 끼면 제 명대로 못 살 것이다. 그리고 천하제일이란 말은 함부로 사용하는 것이 아니다."

도가 놀란 듯 눈을 크게 뜨면서 말했다.

"어머, 그렇게 험하게 말씀하시면 싫어요."

"나는 말이 많은 아이를 싫어한다. 더군다나 껍데기만 어린아이라면 더욱 싫어하지."

"어쩌죠? 나는 사부님 대행이라!"

당진진의 얼굴에 살기가 어리기 시작했다.

도가 방긋이 웃으면서 양손을 들어올렸다.

"어리게 보인다고 무공도 약한 것은 아니랍니다."

그녀의 손에 광채가 어리더니 한가닥의 강기가 무서운 속도로 당진진을 향해 날아갔다. 어린 소녀의 손에서 펼쳐진 무공은 놀랍게도 이전의 당진진이었다면 결코 함부로 무시할 수 없는 수준이었다.

당진진은 냉랭하게 코웃음을 치면서 한 손을 들어올렸다.

은은한 묵빛의 강기가 도의 손에서 뿜어진 광채를 향해 마주 공격해 갔다.

쾅! 하는 소리와 함께 도의 신형이 일 장이나 주르륵 밀려났다.

그녀가 밀려난 앞쪽으로 땅바닥이 패이면서 두 가닥의 고랑이 생겨났다. 그러나 호치백을 안고 있는 당진진은 그 자리에서 미동조차 하지 않고 있었다.

그 모습을 본 천존의 눈이 반짝였다.

도의 무공 수준을 잘 아는 천존으로선 뜻밖의 상황이었다.

도 역시 놀란 시선으로 당진진을 바라볼 때, 탄의 신형이 기묘한 사선을 그리며 당진진을 향해 떠올랐다. 그의 오른발이 당진진의 머리를 향해 차 갔는데, 발이 도착하기도 전에 발에서 뿜어진 강기가 당진진의 머리와 그녀가 안고 있는 호치백을 향해 날아가고 있었다.

전륜살가림 비전의 비천응각기(飛天鷹脚氣)가 펼쳐진 것이다.

당진진의 얼굴에 살기가 더욱 짙어졌다.

그렇지 않아도 자신의 공격을 이겨낸 도가 마음에 들지 않았던 그녀였다. 자존심에 상처를 입은 당진진의 손이 허공에 떠오르며 뒤집어졌다.

다시 한 번 은은한 묵빛이 어리더니 무서운 광채가 폭사되었다.

맑고 투명한 묵빛은 조금 전에 펼친 짙은 묵빛의 강기와는 또 달랐다.

절명금강독공이 십성의 내공으로 펼쳐진 것이다.

"피해랏!"

고함과 함께 천존이 뛰어들며 한 손으로 탄의 뒷덜미를 잡아 뒤로 돌리면서 다른 한 손으로 당진진의 공격에 대항하였다.

꽝! 하는 소리가 들리면서 당진진은 조금 충격을 받은 듯 뒤로 두어 걸음 물러섰다. 천존도 허공에서 몸을 틀며 땅에 착지하였다.

그의 발이 땅속으로 두 치나 들어가 있었다.

천존은 덩치가 두 배는 될 것 같은 탄을 가볍게 뒤로 던져 놓고 당진진을 바라보며 말했다.

"독공이군. 독공을 이 정도까지 터득한 여자는 강호무림사에 오로지 독종 당진진뿐이다. 그렇다면 너는 당진진인가?"

당진진의 입가에 비웃음이 어렸다.

"세상이 얼마나 넓은데 독공의 고수가 당진진뿐이랴? 그녀가 나만큼 어리던가? 그리고 그녀의 무공이 나보다 강하던가?"

천존은 말문이 막혔다.

얼굴에 조금 낭패한 표정이 떠올랐지만 그것은 아주 짧은 순간이었다.

"상관없겠지. 일단 죽이면 되니까."

냉정한 목소리와 함께 천존이 자신의 요대를 뽑아 들고 휘두르며 고함을 질렀다.

"가라!"

순간 당진진의 표정이 굳어졌다.

요대의 폭이 좁아지고 갑자기 늘어나더니, 좁고 긴 연검으로 변하였다. 그리고 연검에서 차가운 검광이 뿜어져 허공을 가르고 공격해 오는데, 그 예리함과 쾌속함은 능히 섬전을 방불케 하였다.

마치 뱀처럼 꿈틀거리면서 밀려오는 검기는 당진진으로서도 간담이 서늘해지지 않을 수 없었다.

더군다나 자신은 한 손으로 호치백을 안고 있었다.

여러 가지로 불리한 상황이었다.

당진진의 신형이 흐릿하게 변하더니 갑자기 뒤로 물러섰다. 그리고 물러서는가 싶더니 숲 속으로 사라졌다.

천존 일행은 어이없다는 표정으로 당진진이 사라진 숲을 바라보았다.

천존이 도를 바라보며 물었다.

"그녀가 펼친 무공은 무엇인가?"

"마지막에 펼친 신법은 도가의 역산단행인 것 같고, 그녀가 펼친 독공은 정확하게 어떤 것인지 모르겠습니다. 하지만 강호무림에서 조금 전 그 여자가 펼친 정도의 위력을 가진 독공은 단 하나뿐입니다."

천존은 고개를 끄덕이며 말했다.

"당문의 비전인 절명금강독공인가?"

"그렇습니다, 사부님. 절명금강독공이 아니라면 불가능한 위력이었습니다."

"그렇다면 저 여자는?"

"당진진이 분명합니다. 아마도 절명금강독공으로 인해 탈태환골하지 않았을까 생각하는 중입니다."

천존의 입가에 은근한 미소가 어렸다.

몹시 흥미롭다는 표정이었다.

"좋은 적이 한 명 생겼군. 그렇지 않아도 천검이 내공을 잃었다는 말을 듣고 적적하게 생각하던 중이었는데."

도가 조금 한숨을 쉬면서 말했다.

"강적이 생긴 것은 좋은 일이 아닙니다."

"너무 싱거워도 성취욕이 안 생기는 법이다. 그리고 적이 적당히 강해야 그들을 상대하는 우군의 단합도 잘 이루어진다."

"사부님, 그게 아니라도 강호무림은 그렇게 쉬운 곳이 아닙니다. 강적이라면 투왕도 있고, 무후도 있습니다. 그리고 아직 죽지 않은 칠종도 여럿이고, 특히 투왕과 무후는 나이가 있어서 앞으로 더욱 무서운 강적으로 자라날 것입니다."

"그래 보았자 두 사제라면 충분하다. 투왕과 무후가 그들의 상대가 되려면 아직도 먼 미래가 되어야 가능한 이야기다. 굳이 내가 행보를 하기도 귀찮은 정도다."

도가 가볍게 한숨을 쉬며 말했다.

"꼭 그렇지만은 않습니다. 투왕과 무후가 강해지는 속도를 보면 결코 먼 미래가 아닙니다."

천존이 빙긋이 웃었다.

"모르는 것은 너다. 강해질수록 어떤 단계를 넘어선다는 것은 더 더욱 어려워진다. 특히 지금 투왕과 무후의 수준으로 볼 때, 그 다음 단계로 넘어서는 것은 쉽지 않을 것이다. 벽을 깨는 것은 단순히 노력만 한다고 되는 일이 아니다."

"그래도 그 두 사람은 우리가 최우선적으로 처리해야 할 강적입니다."

천존도 도의 말에 동의한다는 듯 고개를 끄덕이며 말했다.

"그 말은 나도 인정한다. 내 사제들에게 특별히 당부해 놓겠다. 아니면 내가 직접 처리해도 되고."

도가 고개를 흔들었다.

"이젠 살가림으로 돌아가셔야 합니다. 투왕과 무후는 두 분 사숙에게 부탁해서 가장 우선적으로 처리하라고 해놓으면 될 것입니다. 그리고 사부님은 전륜으로 가셔서 마지막으로 하실 일이 있잖습니까. 그일을 처리한 후, 이젠 더 이상 망설이지 말고 중원을 도모해야 합니다. 더 이상 기다리는 것은 무의미해졌다는 생각입니다."

천존의 얼굴에서 웃음기가 사라졌다.

"그래, 이제 중원의 힘에 대해서도 대충 파악을 한 상태다. 그렇다면 이제 돌아가서 준비를 해야겠지. 그리고 우리가 돌아올 때쯤이면 두 사제가 중원을 완전히 흔들어놓고 있을 것이다. 그때 단번에 중원을 쓸어버린다. 가자, 가서 담 사제를 만나보고 전륜살가림으로 돌아간다. 내가 다시 중원으로 올 때 중원을 접수한다."

탄이 힘있게 대답하였다.

"꼭 그렇게 될 것입니다."

도 역시 방긋이 웃으면서 말했다.

"그렇게 믿고 있습니다, 사부님. 그리고 당진진의 문제도 두 사숙님에게 맡기시는 것이 좋을 것 같습니다. 그녀의 무공이 아무리 강해도 두 분 사숙님을 이기진 못할 것입니다."

천존은 고개를 흔들었다.

"그래도 나는 그녀가 살아남아 있기를 바란다. 그녀마저 죽는다면 너무 적적해. 투왕이나 무후는 아직 어리고."

하늘을 바라보는 천존의 얼굴이 유난히 외로워 보인다.

한동안 둘러본 중원은 이미 원기를 잃고 있었다.

자신은 고사하고 두 사제마저 상대할 수 있는 고수들이 없었다. 그나마 강적이라고 생각했던 천검은 내공마저 잃었고, 원각 대사는 너무 나이가 들었으며, 적당한 후계자마저 없었다. 혹시 비밀리에 키우는 제자가 있더라도 불종의 존재감을 채우진 못할 것이다. 그 외에도 중원의 세력들은 각자 숨겨진 힘을 가지고 있지만, 그 정도라면 백호궁과 혈교의 힘만으로도 충분할 것 같았다.

유일하게 걸리는 것이 천문이지만, 천문의 바닥은 미천하고 아직 자생력이 없었다. 특히 문파를 움직이기 위해 필요한 돈줄이 없었다. 그리고 투왕과 무후의 무공이 강하다 해도 아직은 어리다는 것이 천존의 판단이었다.

앞으로 십 년은 지나야 자신에게 위협이 될 것이다. 그러나 그때까지 살아 있을 때의 이야기였다. 투왕과 무후의 일은 두 사제에게 부탁하고 떠날 생각이었다.

서서히 해가 저물고 있었다.

도와 탄은 그 황혼이 중원과 닮았다고 생각하는 중이었다.

저물어가는 대낮의 광명은 곧 어둠 속으로 사라질 것이다.

벽산은 힘겹게 자신의 도를 들어올렸다.

이십여 초를 견딘 그의 몸은 엉망이었다.

망연한 표정으로 도종을 바라보았다.

숨소리조차 흐트러지지 않고 자신의 공격을 전부 막아낸 도종의 무공은, 그가 생각하고 짐작했던 것과는 또 다른 차원이었다.

'이것이 칠종의 한 명인 도종 불패도의 무공인가? 하아, 나는 크게 착각했다. 지금 내 실력이라면 그저 약간의 차이가 날 뿐이라고 생각했었는데, 이건 아니다. 처음부터 내가 이길 수 없는 상대였다. 내 무공이 늘어난 것 이상으로 강해져 있을 거란 생각을 하지 못했다.'

벽산은 도전해 보고서야 자신이 얼마나 큰 착각을 했는지 뼈저리게 느꼈다. 그러나 놀라움은 벽산에게만 있는 것이 아니었다. 두 사람의 일 대 일 대결을 지켜보는 도주들의 놀라움도 대단하였다.

상상 이상으로 강한 도종의 무공이야 그렇다 치더라도, 숨겨진 벽산의 무공은 도주들에게 큰 충격을 주었다.

상대하는 도종마저도 감탄할 수밖에 없을 정도로 백산의 무공은 강했다. 벽산은 침착하게 도를 끌어올린 다음 엽고현의 전면을 겨누었다.

이는 월인천관의 기수식이었다.

월인도 벽산의 무공은 부상도의 왜인들이 익히던 인자술에 뿌리를 두고 있었다. 그들의 도법을 바탕으로 만들어진 구궁월인도법(九宮月刃刀法)은 쾌와 변에 초점을 두고 만들어졌다.

이 월인도법의 정화가 월인천관(月刃天鸛)이었다.

여기서 관이란 까마귀 떼를 말한다.

벽산은 월인천관의 기수식을 취한 다음 말했다.

"내 죽어도 내가 모자라 죽는 것이니 맹주를 원망하지 않으리다. 하지만 이번에는 조심하시구려."

도종이 도를 늘어뜨린 채 말했다.

"이젠 죽어도 원은 없을 것이다. 너는 걱정하지 말고 덤벼라!"

벽산의 안색이 굳어졌지만 당당하게 말한다.

"맹주의 말대로 이렇게 일 대 일로 겨루다 죽으니, 죽어도 시원할 것이오. 진즉에 이렇게 했어야 했는데. 이게 무인의 길임을 알았어야 했소. 비록 늦었지만, 이제 죽어도 원이 없소. 그럼, 타앗!"

벽산은 자신의 모든 힘을 동원하여 도를 휘둘렀다.

수십 가닥의 검기가 부챗살처럼 펼쳐졌다. 그 모습은 수십여 마리의 까마귀가 날개를 펴고 떼를 지어 하늘을 나는 것 같았다.

월인천관이 십이성의 공력으로 펼쳐진 것이다.

도종을 비롯해서 지켜보던 사람들은 자신도 모르게 찬탄을 하였다.

"과연 일인자가 되고자 하는 이유가 있었군."

도종이 감탄하며 자신의 도를 떨쳤다.

쌍절사라사한도법(雙絕死羅死悍刀法).

십절광한도법이 십성에 이르러야 펼칠 수 있는 극한의 도법으로, 도종에게 불패도의 명성을 이어가게 한 것이 바로 이 쌍절사라사한도법이었다.

단 두 초식에 불과했지만, 천하도법의 정화라고 할 만한 도법.

그 두 초식 중 제일초인 사라몽환(死羅夢幻)이 펼쳐졌다.

엽고현의 도에서 실 같은 도기가 뿜어져 나오더니 수백 가닥으로 갈라지며 허공을 뒤엎고 벽산을 공격해 갔다.

벽산이 펼친 수십 가닥의 도기가 도종의 도기에 끊어져 흩어졌고, 도종의 도기 중 몇 가닥이 벽산을 스치고 지나갔다.

갑자기 먹구름이 사라지고 청명한 하늘이 나타난 것처럼.

벽산의 도기는 그렇게 사라졌다.

두 사람의 동작이 멈추어졌다.

벽산의 무릎이 서서히 굽어지고 있었다.

그의 목에 가는 핏물이 배어 나온다.

도종이 도를 거두고 말했다.

"네놈은 여기서 죽었다. 그러나 그 죄는 용서받지 못했다. 새로 받은 목숨을 가지고 십도맹에서 죽을 때까지 일이나 해라. 그리고."

단호한 표정의 도종이 배신한 세 명의 도주를 노려보았다. 세 도주의 얼굴이 파랗게 질려 있었다.

"네놈들도 마찬가지다."

"크흐흑."

울음소리와 함께 사도황이 그 자리에 무릎을 꿇었다.

다른 두 명도 마찬가지였다.

살았다는 안도감이 아니라 자신들의 능력이 얼마나 보잘것없는지 뼈저리게 깨우치고 흘리는 자책의 눈물이었으며, 도종의 너그러움에 대한 고마움이었다.

벽산은 멍하니 도종을 바라보고 있었다.

목에서 피가 흐르고 있었지만, 그것은 작은 상처였을 뿐이다.

'졌다. 무공에서도 지고 사람의 크기에서도 졌다.'

허탈했지만 분하지는 않았다.

졌지만 스스로 대견스러웠고, 부끄럽지 않았다.

그는 망연한 시선으로 하늘을 바라보았다.

청명한 하늘이 그의 시선을 가득 채운다.

'맑구나. 앞으로 내 앞날도 저랬으면 좋겠다.'

벽산은 힘없이 자신의 도를 주워 들었다.

십도맹의 사건은 그렇게 귀결이 되었다.

무림맹을 향해 달리는 두 마리의 말이 있었다.

관표와 백리소소였다.

두 사람은 산동성에서 십도맹의 일을 처리하고 청룡단과 도산이 도착하자 잠시 휴식을 취한 후 무림맹을 향해 가는 중이었다.

관표와 소소의 뒤로 청룡단의 장칠고와 장삼, 그리고 왕호가 따르고 있었다. 그 외 청룡단은 관표에게 몇 가지 지시를 받고 마종과 도산을 안내하여 천문으로 돌아갔다.

마종과 도산은 돌아가서 다시 존마궁을 되찾고 싶었지만, 현재 존마궁은 혈교의 지배하에 있는 상황이라 섣부르게 움직일 수가 없었다. 그래서 당분간 천문에 있으면서 기회를 보기로 한 것이다.

무림맹에서 천문까지의 거리는 그리 먼 거리가 아니었다.

같은 섬서성이었고, 섬서성의 성도인 장안에서 보면 둘 다 남쪽에 위치하고 있었으며, 말을 타고 오 일이면 도착할 수 있는 거리였다. 무림맹이 있는 종남산은 천문이 있는 모과산에서 보면 북동쪽에 위치하고 있었던 것이다.

산모퉁이를 돌아가자 거대한 분지가 나타났다.

분지 저편으로 종남산을 등지고 웅장하게 서 있는 무림맹을 본 관표와 소소는 감탄하지 않을 수 없었다.

"정말 대단하군. 그 짧은 시간에 언제 저렇게 대단한 성이 만들어졌단 말인가?"

관표의 말에 소소도 동감한다는 표정으로 말했다.

"원래 있던 곳을 더욱 확장한 것이라고 하더군요. 그리고 현재도 계속 확장 중이라고 들었어요. 문제는 이곳을 제공한 구룡상단의 의도겠지요."

관표가 조금 의아한 표정으로 소소를 바라보았다.

"구룡상단은 이곳을 제공하면서 상당히 많은 이득을 보았고, 앞으로도 굉장히 큰 이득을 볼 것으로 알고 있소."

"확실히 그렇긴 하죠. 하지만 그게 다일 거라고는 생각하지 않아요."

"또 다른 이유가 있단 말이오?"

"조금 석연치 않은 점이 있어서 그래요."

"그것이 무엇이오?"

"전륜살가림의 중추 세력이 중원에 들어온 것은 대략 육십 년도 더되었어요. 그럼 그동안 무엇을 하느라 침묵을 했을까요? 물론 칠종을 비롯한 십이대초인들이나 그 외의 무림 세력들이 두려워서일 수도 있겠죠. 그건 이해를 해요. 하지만 내가 그들이라면 그 많은 세월 동안 중원의 상권을 장악했을 거예요. 아주 은밀하게."

관표의 표정이 굳어졌다.

소소가 하는 말을 충분히 알아들었기 때문이다.

그녀의 말대로 상권을 장악하면 중원의 숨통을 잡고 있는 것이나 마찬가지일 수 있었다. 또한 구룡상단이 그들의 영향력 아래 있다면, 지금 무림맹 부지를 내놓은 것도 단순하게 생각할 수 없을 것이다. 그러나 아직 구룡상단이 그들과 어떤 연관이 있다는 증거는 없었다.

"아무래도 조금은 조사해 보는 것이 좋을 것 같소."

관표의 말에 백리소소가 생긋이 웃으며 말했다.

"제갈령 또한 보통이 아니라서 나름대로 조사하고 있을 겁니다. 그래도 우리 역시 조금은 조사할 필요가 있겠지요. 그리고 그뿐이 아니라 이것저것 알아서 나쁠 것은 없을 것이라 생각합니다."

관표가 고개를 끄덕인 후 뒤를 돌아보았다.

약 십여 장 뒤에 장칠고 일행이 서 있었다.

"모두들 이리 오게."

장칠고와 장삼, 그리고 왕호가 말을 달려왔다.

백리소소는 그들에게 몇 가지 지시를 하였고, 지시를 받은 장칠고 일행은 어딘가로 말을 몰아갔다.

무림맹을 지키고 있던 무사들은 다가오는 두 사람을 바라보다가 눈이 휘둥그레졌다.

다가오는 일남일녀 중 여자는, 그들이 일생 동안 단 한 번도 본 적 없는 미인이었던 것이다. 선위무사들은 황급히 다가오는 두 사람을 막아섰다. 그러나 너무도 출중한 미모의 여자로 말미암아 예의를 잃지는 않았다.

본능적으로 두 사람의 신분이 평범하지 않다고 생각한 것이다.

종남파의 일대제자이자 현재 무림맹의 정문을 지키는 선위조 조장인 분영산검(分影散劍) 소빈은 두 사람에게 다가가 포권지례를 하고 조심스럽게 물었다.

"종남의 분영산검 소빈이라고 합니다. 두 분은 무슨 일로 무림맹을 방문하셨는지요?"

종남의 제자라고 하자 관표는 상대를 유심히 바라보았다.

제법 준수한 모습의 이십대 후반 청년은 명문의 제자답게 눈에 정기가 흐르고 있었다.

언젠가 유지문에게 들었던 종남의 제자들 중에 특히 기억에 남았던 이름이 바로 분영산검 소빈이었던 것이다.

종남의 일대제자들 중에 가장 뛰어난 다섯을 종남오걸이라고 했다. 그들은 모두 장문인의 직전제자들이었는데, 그들 중 유난히 유지문을 잘 따르는 자가 막내인 분영산검 소빈이라고 했다.

"누군가 했더니 종남의 소빈 소협이었구려. 내 전에 의제인 지문이에게 이야기를 들은 바 있었는데, 이렇게 만나뵙게 되어 반갑습니다."

소빈은 당황하였다.

자신은 상대가 누구인지도 모르는데 자신을 안다고 한다.

더군다나 종남에서 자신이 가장 존경하는 대사형의 의형이라고 하지 않는가?

"죄, 죄송합니다. 제가 아직 대사형에게 제대로 듣지를 못해서 누구신지 잘 기억이 나지 않고 있습니다."

관표는 고개를 끄덕이며 웃었다.

충분히 그럴 수 있다고 생각했던 것이다. 하지만 동문 중 가장 친하다는 소빈에게도 말을 안 한 것은 조금 뜻밖이었다.

"저는 관표라고 합니다. 그리고 이쪽은 제 아내가 될 사람으로 소소라고 합니다."

"관 대협이셨군요. 제가 무림의 정세에 밝지 못해서 두 분의 이름을 잘… 헉!! 관, 관표? 그럼 서, 설마 투왕 관 대협?"

소빈을 비롯해서 무림맹의 정문을 지키고 있던 선위조 무사들이 그 자리에서 모두 경직된 상태로 굳어지고 말았다.

생각해 보니 지금 눈앞의 여자처럼 아름다운 미인이 무후 말고 또 있겠는가? 없을 것이다.

귀가 아프게 들었던 무후의 아름다움을 보고도 상대가 누구인지 못 알아본 자신들을 책망할 수밖에 없었다.

무림맹의 군사인 제갈령의 미모를 보고 넋이 나간 적이 있던 소빈은 그녀라 해도 눈앞의 무후 앞에선 빛을 잃을 거라고 생각하였다.

"소생이 대협이라고 한다면 조금 민망하고, 남들이 투왕이라고 부르는 것은 사실입니다."

잠시 동안 허둥거리던 소빈은 관표의 말에 정신이 번쩍 들었다.

"소빈이 투왕과 무후를 몰라뵈었습니다. 어서 안으로 드십시오. 제가 직접 안내를 하겠습니다. 너희들은 뭐 하느냐, 어서 안에 기별을 하지 않고."

수하들 중 두 명이 허둥거리면서 안으로 뛰어들어 갔다.

소빈은 앞에서 극진하게 안내를 하다가 갑자기 어떤 생각을 하고는 얼굴이 창백하게 변했다가 천천히 밝아졌다. 그리고 끝내는 눈에 몽롱해지면서 입이 벌어지고 있었다.

'가… 가만, 아까 지문 대사형을 의제라고 하였다. 그렇다면 정말 지문 사형의 의형이란 말인데. 그, 그럼 지문 사형의 말이 사실이었단 말이구나. 크하하! 이제 지문 사형의 말을 거짓이라고 놀리며 무시했던 자식들의 얼굴이 볼 만하겠구나.'

소빈은 너무 기분이 좋아서 춤이라도 추고 싶었다.

지문 사형이 투왕 관표와 의형제를 맺었다고 말했다가 무안을 당하던 것이 다시 한 번 생각났다.

얼마 전에 무림맹의 주축을 이루는 각대문파의 후기지수들이 모인 적이 있었다.

당시 그들의 화제는 단연 투왕 관표와 무후에 대한 이야기였다.

그때까지 다른 후기지수들에게 눌려 별반 말을 하지 않고 있던 유지문과 팽완이 자랑스럽게 자신들은 투왕과 의형제 간이라고 말한 적이 있었다. 그리고 그들에게 돌아간 것은 부러움이 아니라 멸시였다.

아무리 내세울 게 없더라도 관련도 없는 투왕을 팔았다는 오해를 받은 것이다. 당시 후기지수들의 생각은 자신들이 감히 올려다보지도 못하는 투왕이 별 볼일 없는 그들과 어떻게 의형제가 될 수 있느냐 하는 점이었다.

소빈조차 유지문과 팽완의 말에 반신반의했는데, 다른 사람들이야 오죽했겠는가? 당시 유지문과 팽완은 너무도 분해서 눈물까지 흘렸었다. 그러나 그들이 아무리 주장을 해도 그 말을 믿어주는 사람은 없었다.

파문은 거기서 끝나지 않았다.

가뜩이나 사문의 어른이라 할 수 있는 대장로 분광마검 유광이 그이야기를 듣고는 노해서 유지문을 크게 나무랐었다. 실력이 없고 능력이 없으면 장부로서 당당해야지, 연관도 없는 사람의 이름을 팔아서 자신을 내세우려 했다는 이유 때문이었다.

당시 야단을 맞고 돌아서서 눈물을 글썽이던 지문 사형의 모습이 지금도 선하게 떠오른다.

소빈이 당시의 일들을 떠올리며 당장이라도 달려가 사실을 말하고 싶은 마음을 달래고 있을 때, 그의 마음을 알기라도 한 듯 관표가 물었다.

"지문이는 무림맹에 있습니까?"

"물론입니다."

"우선 나를 그리로 안내해 주십시오."

소빈은 너무 놀라서 마른침을 꿀꺽 삼키고 말했다.

"무, 물론입니다. 지문 대사형도 무척 기뻐하실 것입니다."

대답을 하면서도 신이 났다.

그의 걸음이 점점 빨라지고 있었다.

第二章
분광마검(分光魔劍)
―수인부 청룡당의 두 손님

무림맹은 오행의 기를 따라 총 다섯 곳으로 나뉘어져 있었다.

그중에서 수인부(水人府)는 무림맹의 핵심 방파 중에서 가장 막강한 힘을 가진 몇 개의 방파가 모여 있는 곳으로, 소림과 종남, 무당, 청성, 점창 등 다섯 개의 방파가 모여 있었다.

총 여섯 곳의 소구역을 가진 수인부는 몇 개의 문파가 모여 있다 보니 그들 간의 보이지 않는 경쟁도 치열하였다. 아무리 중원을 위해 모인 무림맹이라지만 그들 간에도 경쟁은 있는 것이다. 특히 각자의 나누어진 구역 이외에 서로 공동으로 사용하는 중앙 구역 안에서는 문파 간의 보이지 않는 힘겨루기도 종종 있었다.

수인부 다섯 개 문파에서 가장 힘이 약한 곳은 종남파였다.

그러다 보니 종남파의 제자들은 중앙 구역으로 잘 나가려 들지 않다.

여섯 개의 구역 중 각 문파가 차지한 구역을 오당이라고 불렀으며, 중앙의 공동 구역은 오대각이라고 불렀다.

오당은 각각 금룡, 검룡, 황룡, 백룡, 청룡의 이름이 붙어 있었다. 그 오당 중 하나인 청룡당(靑龍堂)은 종남파의 제자들이 머무는 곳이었다.

몇 개의 거대한 누각과 서너 개의 작은 건물로 만들어진 청룡당의 건물들 중 유난히 큰 누각 안에 종남의 핵심 인물 다섯 명이 모여 있었다.

중앙의 점잖게 생긴 노인이 현 종남파의 장문인으로, 종남대협이라 불리는 주청군이었다. 그리고 그와 마주 앉아 있는 우람한 덩치에 키가 후리후리하게 큰 노인이 종남파의 대장로이자 주청군의 사형인 분광마검(分光魔劍) 유광이었다.

그는 모든 사람들이 인정하는 종남파의 최고 고수였다.

주청군의 옆엔 유지문이 앉아 있었고, 유광의 오른쪽 옆엔 유지문의 바로 아래 사제인 분광금검(分光金劍) 금원이 앉아 있었다.

금원은 준수한 얼굴에 뻥정한 표정이었는데, 그의 차가워 보이는 인상은 보통 사람들을 주눅 들게 만들었다.

그리고 유광의 왼쪽에 앉아 있는 또 한 명의 노인은 주청군의 사제로 종남의 몇 안 되는 장로 중 한 명인 종남의검(終南義劍) 오당이었다.

종남파는 무림맹 안에 자파의 주축 중 칠 할 이상을 투입하고 있었다. 이는 무림맹과 가장 가까운 거리에 있어서 무슨 일이 있어도 돌아가기 쉽고 연락이 용이하기 때문이기도 했지만, 구파일방이나 오대세가 중에서도 가장 세력이 달리는 종남으로선 그들과 어느 정도 균형을 맞추기 위해선 어쩔 수 없는 선택이었다. 그러나 그렇게 무리를 하고도 종남의 위세는 무림맹의 주축 세력 중에서도 가장 낮은 편이었다.

종남의 장문인인 주청군은 조금 근심 어린 표정으로 말했다.

"사형, 무림맹에 들어오고 나니 종남의 힘이 얼마나 미미한지 뼈저리게 느껴집니다."

유광의 표정이 굳어졌다.

"장문인은 약한 소리 하지 말게. 지금은 비록 종남의 힘이 약간 모자라는 면이 있지만 다음 대엔 그렇지 않을 것이라고 나는 믿네. 그래서 우리가 이렇게 절치부심하고 있는 것 아닌가."

"허허, 저는 약한 소리를 하는 것이 아닙니다. 단지 지금 우리의 위치를 정확하게 말한 것뿐입니다. 그리고 나는 지문이를 믿습니다."

주청군의 말에 유지문의 얼굴이 조금 붉어졌다.

유광은 조금 못마땅한 표정으로 말했다.

"종남의 역대 장문인 중에 가장 약한 장문인이 탄생할 것이다. 나는 지금도 장문인이 조금 더 신중하게 생각하길 바라네."

유광의 말에 그의 옆에 있던 오당이 얼른 말했다.

"대사형, 그 이야기는 여기서 말하기에 합당하지 않습니다. 그리고 우리는 마땅히 장문 사형의 의견을 따라주어야 합니다. 비록 지문이가 무공은 조금 약하지만, 한 문파를 이끌어 나가는 데 문제가 없다고 생각합니다. 지문이 앞에서 끌고, 금원이 출중한 무공으로 보조를 한다면 충분하다고 생각합니다."

유광의 미간이 꿈틀하였다.

"여긴 무림이다. 내가 생각하기에 오 사제는 거꾸로 말을 한 것 같다. 무공이 출중한 금원이 장문인으로서 대표를 하고, 유지문이 종남의 안을 돌보는 형식이 되어야 가장 합당하다 할 수 있을 것이다. 그래야 외부에서 종남을 함부로 업신여기지 않을 것이다. 힘이 약하니까

얼토당토않은 투왕의 이름을 빌어 자신을 내세우려 하지 않는가."

유광의 강경한 발언에 유지문의 표정이 굳어졌다. 그러나 유광의 옆에 앉아 있는 금원의 표정은 조금도 변함이 없었다.

주청군이 냉랭한 목소리로 말했다.

"사형, 그 소린 그만 하십시오. 그리고 아직 지문의 말이 거짓이란 증거는 어디에도 없습니다."

"그게 말이 되는 소리인가? 자네는 지금 지문의 말을 믿는단 말인가? 허허, 이런. 생각을 좀 해보게. 지문이의 어디를 보고 십이대초인 중 한 명인 투왕이 의형제를 맺겠는가? 차라리 염라대왕과 의형제를 맺었다고 하지."

유지문의 안색이 파르르 떨렸다.

"그만 하십시오. 우리가 보지 못한 지문이의 장점을 보았을 수도 있습니다."

주청군의 냉정한 말에 유광이 흥분을 가라앉히고 거친 숨을 토해내며 말했다.

"미안하네. 답답하다 보니 나도 모르게 언성이 높아졌네. 하지만 어디 가서 그런 소린 다시는 하지 말게. 비웃음만 살 뿐일세."

주청군도 가볍게 숨을 내쉬었다.

사형의 마음을 알기 때문이었다.

남들은 어떻게 말하든지 주청군은 사형이 얼마나 종남을 사랑하는지 잘 알고 있었다. 자신에게 부담이 될까 봐 직전제자를 받지 않고, 자신보다도 더 자신의 제자들에게 정열을 쏟았던 사형이었다.

그러나 주청군이 유광을 이해하는 것과는 별개로 그의 대제자인 유지문은 너무 억울해서 눈물이라도 찔끔 날 것만 같았다.

당장 자신의 진실을 내보이고 싶어도 증거가 없었다.

더 말해보았자 유광의 역정만 들을 것 같아 꾹 눌러 참았다.

그들 중 금원만이 여전히 냉정을 유지한 채 변함이 없었다. 아무리 보아도 그가 무슨 생각을 하는지 알 수 있는 사람은 없을 것 같았다. 모두 침울하게 앉아 있을 때였다.

"사형! 지문 사형, 어디 계십니까?"

고함을 지르며 유지문을 부르는 목소리는 막내 사제인 소빈이었다.

유광이 눈살을 찌푸렸다.

소빈의 목소리가 오늘따라 유난히 호들갑스러웠던 것이다.

"무슨 일이냐?"

유광의 고함에 밖에서 지문을 부르던 소빈이 문을 열고 뛰어들어 오며 말했다.

"사, 사숙, 투왕이 지문 사형을 찾아왔습니다. 무후랑 함께 왔습니다. 무후는 저, 정말 천사처럼 아름다운 분입니다. 그분들은 지문 사형을 찾아왔고, 투왕은 지문 사형이 자신의 의제라고 직접 말했습니다."

주청군과 유광, 그리고 오당은 모두 아연한 기색으로 유지문을 바라보았다. 지금까지 표정의 변화가 전혀 없던 금원도 놀란 표정으로 유지문을 바라본다.

순간 유지문은 눈물이 핑 도는 것을 느꼈다.

그동안 당해왔던 마음 고생이 한 번에 씻겨 나가는 기분이었다.

유지문은 사부인 주청군을 보고 말했다.

"의형이 저를 찾아오신 것 같습니다. 잠시 다녀오겠습니다."

"다녀오너라."

유지문이 밖으로 나갈 때까지도 모두 멍하니 그를 바라보았다.

특히 주청군은 어느 누구보다도 더욱 격동하고 있었다.

투왕이 자신의 제자인 유지문의 의형이라니…….

이것이 얼마나 엄청난 의미인지 한 번에 계산하기가 어려웠다.

유광이 주청군을 보고 말했다.

"자네는 무엇을 하는가? 종남의 최고 손님이 오신 것 같은데, 어서 손님 맞을 준비를 해야 되지 않겠는가?"

유광의 말에 주청군과 오당은 정신이 번쩍 들었다.

"우선 제가 직접 나가서 확인해 봐야겠습니다."

"나도 함께 가겠네."

"저도 함께 가겠습니다, 장문 사형."

오당도 자리에서 벌떡 일어섰다.

세 사람이 부랴부랴 밖으로 뛰어나갔다.

그 자리엔 금원만이 혼자 앉아서 멍하니 밖을 내다보고 있었다.

유지문이 뛰어나올 때 관표와 백리소소는 종남파가 있는 청룡당의 문을 넘어서 들어오고 있었다.

두 사람을 본 유지문은 너무 반가워서 콧날이 시큰해지는 것을 느꼈다.

"형님, 형수님, 정말 오랜만에 뵙습니다."

"아우, 무슨 일이 있었는가? 표정이 왜 그런가?"

"아닙니다. 제가 무슨 일이 있겠습니까? 너무 오랜만에 형님을 뵙고 보니 반가워서 그렇습니다. 형수님은 여전히 아름다우십니다."

백리소소가 살짝 웃으면서 말했다.

"어머나, 저를 놀리시는군요."

"그럴 리가 있습니까? 지금 형수님을 보고 누가 아름답지 않다고 말할 수 있겠습니까?"

"호호, 그럼 믿어드릴게요."

셋이서 반갑게 인사를 나누고 있을 때 뒤따라 나온 주청군과 유광, 오당은 멍하니 서서 그들을 바라보고 있었다.

오당이 주청군을 보면서 얼떨떨한 목소리로 물었다.

"장문 사형, 무후가 아니라면 저렇게 아름다울 순 없겠죠?"

"그럴 것이다."

"그럼 정말 투왕과 무후가 맞단 말인 거죠?"

"지문이가 설마 가짜까지 동원하면서 거짓말을 할 거라고 생각하는 것이냐?"

"그럴 리가 있겠습니까? 너무 엄청난 일이라……."

오당이 당황해서 말을 더듬거릴 때, 유광이 주청군을 돌아보았다.

두 사람의 눈이 마주쳤다.

"장문인, 사과는 나중에 하겠네. 하지만 지금 중요한 것은 종남에 아주 귀한 손님이 왔다는 사실일세. 소홀함이 없어야 하네. 먼저 인사는 해야 하지 않겠나."

주청군은 유광의 목소리가 은근히 떨리고 있다는 것을 알았다.

주청군 역시 가슴이 울렁거리는 것은 마찬가지였다.

"알겠습니다, 사형."

세 사람이 나란히 유지문에게 다가섰다.

유지문은 관표와 인사를 주고받다가 주청군 일행이 다가오자 관표와 백리소소를 보고 말했다.

"형님, 제 사부님이십니다. 주씨 성에 청 자 군 자를 쓰시고 현재 종남의 장문인으로 계십니다. 강호에서는 종남대협이라 불리십니다."

관표가 포권지례를 하고 인사하려 할 때 주청군이 먼저 인사를 하였다.

"주청군입니다. 높은 이름은 항상 동경하고 있었습니다. 이렇게 만나뵙게 되어 영광입니다."

관표가 황망하게 마주 인사를 하면서 말했다.

"의제의 사부님이시면 당연히 저에게도 어른이십니다. 과분한 예의는 제가 민망스럽습니다."

주청군은 더욱 흡족한 마음이 들었다.

녹림왕이란 별호가 조금 걸리는 부분이었지만, 지금 보니 대협의 기풍을 가진 청년으로, 예의 발랐다.

"미진한 제자 녀석을 돌봐주시고 있다 들었습니다. 그 은혜만으로도 감당하기 어려울 뿐입니다. 무림에는 무림의 법이 있고, 사람과 사람 사이에는 또 그 나름의 법이 있는 법입니다. 제자가 비록 의형으로 모시는 입장입지만, 그것을 빌어 어른 행세를 하려 한다면 세상이 저를 비웃을 것입니다. 투왕의 이름은 문파를 대표하고 이젠 무림을 대표하는 이름입니다. 나이를 떠나 예의를 가지는 것은 당연하니 우리는 우리대로 새롭게 서로를 호칭하는 것이 좋을 것 같습니다."

주청군의 말에 관표가 조금 난처한 표정을 짓자 백리소소가 얼른 나서며 말했다.

"그러는 것이 좋을 것 같습니다. 관 대가의 마음이야 저도 알지만 자칫하면 무림맹 안에서 서로 어색할 수 있습니다. 이런 식으로 나가면 관 대가는 누구에게나 허리를 굽혀야 할 것입니다. 천문의 문주로서, 그리고 십이대고수 중 한 명으로서 가져야 할 위치는 지키는 것이 좋을 것입니다. 대신 관 대가께서 주 선배님께 나름대로 예의를 가지고 대하면 될 것입니다."

그 말에 주청군도 흡족한 표정을 지었다.

"무후는 무공만 뛰어난 줄 알았더니 세상의 이치에도 밝습니다. 종남의 주청군이 무후를 뵙니다."

"소소라고 합니다. 종남대협의 협명은 익히 들어서 항상 존경하고 있었습니다."

"하하, 제가 무슨. 무후의 칭찬에 그저 쑥스러울 뿐입니다. 어이구, 이런. 제가 두 분을 뵙고 정신이 없어서 제 사형과 사제를 소개하지 못했습니다. 여기 이분은 제 사형으로 유 자 성에 광 자 쓰시는 분입니다. 그리고 여기는 제 사제로 오당이라고 합니다."

그렇지 않아도 유광은 인사를 하고 싶어서 입이 근질근질하던 참이었다. 타고난 무골인 유광은 비록 외골수적인 면은 있지만 그렇다고 품성이 나쁜 사람은 아니었다.

특히 무에 대한 자부심과 뜻이 강한 만큼 투왕과 무후는 꼭 한 번 보고 싶었던 사람들이었다. 그런데 사질의 의형으로 나타났으니 그의 기분은 참으로 미묘했다.

"유광입니다. 사질이 투왕의 의제라고 해서 전혀 믿지 않고 구박했는데, 그것이 사실로 나타났으니 제가 참으로 난감하고 무안한 상황입니다. 하지만 오늘처럼 기분 좋은 날은 없을 것입니다. 이는 작게는 사질의 영광이고, 크게는 종남의 영광이라고 생각합니다."

너무 솔직한 말에 관표조차 조금 무안해질 정도였다.

소소는 유광의 사람됨이 거칠고 고집스럽긴 하지만 상당히 솔직하고 남아다운 면이 있다는 것을 알았다.

"관표입니다. 관 모는 비록 힘이 없지만, 의제에게 일이 생긴다면 성심을 다해 종남을 도울 것입니다."

주청군과 유광, 그리고 오당은 듣기만 해도 가슴이 뿌듯해지는 느낌이었다.

오당이 마지막으로 포권을 하면서 말했다.

"오당이 두 분에게 인사를 드립니다. 제가 미적거리면 대사형이 기회조차 안 줄 것 같기에 지금 미리 인사를 합니다."

유광이 눈을 부릅뜨고 말했다.

"험험, 사제는 벌써부터 나를 망신주려 하는가?"

"사형은 투왕 앞에서 이 사제를 생각하기나 하겠소."

"험험, 좀 봐주지."

유광의 표정에 모두들 유쾌하게 웃을 수 있었다.

관표는 유지문의 이야기를 듣고 자신이 유광에 대해서 조금 오해를 하고 있었다는 것을 알았다. 그가 상당히 편협하고 난폭한 성격일 것이라고 생각했던 것이다.

백리소소 역시 유광의 눈에 어린 따뜻한 환대를 느끼고 유쾌하게 웃을 수 있었다.

'지문 도련님 문제는 관 대가와 내가 오는 것만으로 쉽게 해결될 것 같다. 그리고 지문 도련님의 진정한 무공 실력을 알기만 한다면 더욱 좋아질 것이다. 그래도 명색이 관 대가의 의제인데 남들에게 무시당하게 할 순 없지.'

백리소소는 은근슬쩍 유지문을 보면서 나름대로 계획을 세워놓았다.

유광은 오랜만에 가슴 시원하게 웃으면서 유지문을 새삼스럽게 바라보았다. 항상 가슴에 걸리던 무엇인가가 쑥 내려간 기분이었다.

유광 역시 유지문을 싫어한 것은 아니었다.

오히려 유지문에게 누구보다도 엄하고 열심히 무공을 가르친 것은 유광이었다. 그러나 유지문이 어느 순간 무공의 답보 상태를 면치 못하자 실망한 것이다. 그래서 종남의 장래를 위해 무공이 강한 금원을 밀었던 것이다. 그러나 유지문에게 투왕이라는 든든한 후원자가 있다면 그것은 달라진다. 어차피 금원의 무공이 강해도 한계가 있다.

지금 구대문파의 자리에서 밀려날 상황에 처한 종남을 완전히 일으켜 세울 만큼 확실한 것은 아니었던 것이다.

반면에 투왕의 의제라면 최소 그 후광만으로도 종남의 자리는 반석이 될 것이다.

누구도 감히 종남을 쉽게 보지 못할 것이기 때문이다.

서로 반갑게 인사를 한 후 유광이 주청군을 보고 말했다.

"장문 사제, 여기서 이럴 것이 아니라 어서 들어가세. 들어가서 이야기를 나누기로 하세나."

"아참, 제가 두 분을 뵙고 반가운 마음에 소홀하였습니다. 어서 안으로 드시지요."

관표가 조금 무안한 표정으로 말했다.

"너무 큰 환대에 몸둘 바를 모르겠습니다."

이때 유광이 슬며시 오당을 바라본다.

오당은 유광이 눈으로 자신에게 무엇인가 말하고 있다는 것을 알았다. 그는 미미하게 고개를 끄덕인 후 즐거운 표정으로 말했다.

"두 분이라면 이 이상의 환대를 받으셔야 마땅합니다. 어서 안으로 드십시오. 제가 간단한 다과라도 준비시키고 따라 들어가겠습니다."

오당의 말을 들으면서 모두들 안으로 들어갈 때, 백리소소는 슬쩍 오당을 바라보면 미묘한 웃음을 지었다.

일행이 안으로 들어가고 난 후 뒤에 남았던 오당은 멀리서 동경의 시선으로 관표 일행을 바라보고 있는 소빈을 비롯한 종남의 제자들을 불러 모았다.

오당의 입가에 야릇한 미소가 어려 있었는데, 그는 먼저 몇 명의 시녀들에게 다과상을 준비하게 한 후 소빈을 보고 말했다.

"귀한 손님이 오셨는데, 적당한 차가 없구나. 내가 듣기로 무당의 일학 도장께서 좋은 용정차를 가지고 계시다 들었다. 너는 검룡당의 일학 도장에게 가서 상황을 설명하고 조금만 얻어 오너라."

소빈이 조금 이상한 표정으로 오당을 바라보았다.

좋은 차라면 종남에서도 가지고 있었던 것이다. 그러나 엄숙한 사숙의 표정을 보고 감히 묻지를 못했다.

"예, 사숙. 그럼 다녀오겠습니다."

소빈이 전력을 다해 무당파가 있는 검룡당으로 날아갔다.

오당은 흐뭇한 표정으로 소빈을 지켜본 다음 자파의 제자들에게 말했다.

"너희들도 알다시피 아주 귀한 손님이 이곳에 오셨다. 그러니 이곳에서 시끄럽게 굴지 말고, 꼭 필요한 몇몇 이외에는 전부 청룡당 밖으로 나가 있거라!"

그의 명령을 들은 종남의 제자들이 조용히 물러선다.

오당은 그 모습을 흐뭇하게 바라보고 있었다.

'그래야지. 가서 이곳에 투왕이 왔다는 것을 내리 자랑하고 다니거라! 그동안 지문이를 우습게 본 얼간이들에게 진실을 말해주거라!

오당의 숨은 계획은 바로 이것이었다.

특히 종남을 가장 우습게 여겼던 무당의 일학 도장 같은 경우는 소빈까지 보내는 수고로움을 조금도 아끼지 않았다.

종남의검(終南義劍)이라 불리는 오당이었지만, 의는 의고 알릴 건 알려야 한다는 것이 그의 신념이었다.

검이 폭풍처럼 휘날리다 호흡을 조절하는 듯 천천히 움직이고 있었다. 물이 흐르는 듯 유연하고 부드러운 검법.

이는 무당의 가장 대표적인 검법 중 하나인 유운검법(流雲劍法)이었다. 무당에는 모두 삼십육종의 검법이 있다고 한다. 그러나 그중에서도 무당의 대표적인 검법을 이야기할 땐 모두 일곱 가지를 말한다.

그것을 일컬어 무림에서는 유운검(流雲劍), 사상영(四相影), 오행기(五行氣), 칠성현(七星儇), 구궁환(九宮幻), 태청문(太淸門), 태극혜(太極慧)라 불렀다.

이를 일컬어 무림에서는 무당칠종검법이라 불렀다.

유운검법은 칠종의 검법 중에서 가장 부드럽고 유연한 검법이었다. 처음엔 그 유연함 때문에 큰 위력을 발휘하지 못하지만, 익히면 익힐수록 검의 기세가 강해지고 날카로워지는 특성이 있었다.

일학 도장은 칠종의 검법 중에서도 유운검법 하나에만 매달려서 대성을 이루었다. 무당의 제자들 중 유운검법을 가장 완벽하게 터득한 사람이 바로 일학이었다.

검이 멈추고 일학의 움직임이 멈추었다. 그러나 눈을 감고 있어도 검의 흐름은 멈추지 않았다.

찌르고, 베고, 흐르는 동작들이 그의 머리 속 가득히 맴을 돌다 천천히 사라진다.

"사부님, 소상이옵니다."

수제자인 소상의 목소리에 일학은 눈을 뜨고 작은 연무장의 앞쪽을 바라보았다.

"무슨 일이더냐?"

"종남에서 사람이 왔습니다."

일학의 눈살이 살짝 찌푸려졌다.

"무슨 일이라더냐?"

"직접 만나보시는 것이 좋을 것 같습니다."

일학은 별로 마음에 들지 않는다는 표정으로 말했다.

"들여라!"

"예, 사부님."

잠시 후 소빈이 들어왔다.

소빈과 일학 도장은 이미 서로 잘 아는 사이였다.

인사를 주고받은 후 소빈이 말했다.

"종남에 귀한 손님이 오셨는데, 내놓을 차가 마땅치 않아 오 사숙께서 일학 사숙님께 용정차를 조금 얻어 오라 하셨습니다."

"귀한 손님? 얼마나 귀한 손님이 오셨기에 용정차를 얻으려 하는 것이냐?"

"유지문 대사형의 의형이 오셨습니다."

일학은 자신도 모르게 한숨이 나왔다.

장문인이나 주요 장로급 인물들의 손님도 아니고 일대제자인 유지문의 의형이라니. 유지문의 나이를 생각해 보면 의형이라고 해야 겨우 삼십대를 넘지 않았을 것이다.

오당이 직접 나서서 용정차까지 얻으려 하는 것은 이해하기가 어려웠다. 더군다나 자신과는 이래저래 조금 앙숙인 사이가 아닌가? 특히 일학은 종남파를 안중에도 두지 않던 터라 자신이 가진 귀한 용정차를 주고 싶은 마음이 별로 없었다.

"유지문의 의형? 대체 유지문의 의형이 누구더냐?"

소빈의 입가에 미묘한 미소가 떠올랐다.

"유지문 대사형의 의형은 단 한 분뿐입니다. 투왕 관표님이십니다."

"투왕이고 개왕이고 이름은 제법… 투왕? 허헉! 투왕 관표? 정말 그 투왕 관표를 말하는 것이냐?"

일학은 놀라서 눈을 부릅떴다.

어디 그뿐이겠는가? 옆에서 듣고 있던 일학의 수제자인 소상의 표정은 실로 오묘하였다.

놀라움과 당황함.

그리고 부러움.

찬탄.

어떻게 그럴 수가? 하는 듯한 기묘한 표정.

소빈은 두 사제의 표정을 만끽하고 있었다.

'흐흐, 조금 놀라긴 했을 것이다. 오 사숙이 나를 이곳에 보낸 이유를 알 것 같군.'

소빈은 마냥 즐거웠지만, 일학이나 소상은 절대 그럴 수가 없었다.

소문이란 무섭다.

특히 무림맹 안에서 벌어지는 소문이 그 안에서 퍼져 나가는 속도란 것은 상상을 초월한다. 투왕과 무후가 무림맹에 왔고, 현재 종남파에 머무르고 있다는 소문은 무림맹을 뒤집어놓았다. 더군다나 종남의 소문주인 유지문이 투왕 관표의 의동생이란 소문이 나면서 수많은 무림의 명숙들을 경악하게 만들었다.

뿐만 아니라 유지문을 우습게 여기던 무림의 후기지수들은 모두 당황하였다. 설마 유지문의 말이 사실일 줄이야…….

그렇다면 팽완도 관표의 의동생이란 말이 아니던가?

갑자기 유지문과 팽완의 존재감이 무섭게 격상되었다. 그뿐이 아니라 종남과 팽가의 위상이 한 번에 올라가고 있었다.

십이대초인의 위상이란 것은 무인들에게 있어서 거의 절대에 가까운 이름이었다.

무림맹은 발칵 뒤집어졌다.

수많은 무사들이 청룡단 근처로 몰려들었고, 종남의 제자들은 모두 어깨가 으쓱해졌다. 그들은 무림맹에 와서 처음으로 대접받고 있었던 것이다.

타 문파의 제자들은 종남의 제자들만 만나면 붙잡고 투왕과 무후에 대해서 물었고, 그들은 으레 과장까지 섞어가면서 투왕의 의연함과 무후의 아름다움에 대해서 설명하였다.

이래저래 신이 난 종남의 제자들이다.

第三章

수분절광(水分絶光)

─용을 품으려면 주인을 죽여야 한다

정담을 나눈 관표와 백리소소가 밖으로 나오자, 주청군을 비롯해서 모두가 우르르 몰려나왔다.

유광이 관표를 바라보면서 물었다.

"이제 맹주님과 군사를 보러 가실 예정이십니까?"

"그렇습니다."

유광이 유지문을 보면서 말했다.

"네가 관 대협을 가시고자 하는 곳까지 모셔다 드리고 오너라!"

그 말을 들은 유지문이 얼른 허리를 굽히며 말했다.

"사부님과 사숙께서도 금천부에 가서야 할 일이 있으시다면 함께 가시는 것이 어떻습니까?"

주청군과 유광은 서로의 얼굴을 바라보았다.

그거야 당연히 그러고 싶기야 했지만.

유광이 헛기침을 하면서 말했다.

"어차피 가야 할 일이 만들면 있는 것이고, 우리야 조금 더 관 대협과 무후의 가르침을 받고 싶지만, 괜히 젊은 사람들의 좋은 시간을 빼앗는 것이 아닌가 싶어서."

슬쩍 무후의 눈치를 본다.

백리소소가 누구인데 그 눈치를 모르겠는가?

"여기서 금천부까지는 거리가 조금 있는 것으로 알고 있습니다. 적적하게 걷는 것보다는 오히려 도움이 될 것 같습니다. 관 대가는 어떠세요?"

관표 역시 웃으면서 말했다.

"나 역시 싫지 않소."

"으허허, 그럼 이 유 모가 앞장을 서리다."

유광이 냉큼 앞으로 나서자 주청군이 조금 나무라는 투로 말했다.

"사형도 참, 오늘은 어찌 평소 같지 않으십니다?"

"그럼 장문인은 이곳에 있을 텐가? 투왕과 무후를 사귈 수 있는 기회가 그리 많은 것은 아닐세. 더군다나 지문이의 의형 아닌가? 장차 종남을 이끌어갈 장문인의 의형이니, 사숙인 내가 서로 잘 사귀어서 나쁠게 무엇인가?"

솔직하다 못해 직설적인 유광의 말에 주청군은 조금 어이없다는 표정으로 말했다.

"아니, 사형은 바로 조금 전까지만 해도 지문의 무공이 약하다 하여 반대를 하지 않으셨습니까?"

주청군의 말에는 섭섭함도 들어가 있지만, 유광은 태연하게 말했다.

"바보 같은 소리. 나는 지문이가 투왕의 의제가 아니었다면 지금도 반대를 하고 있을 것일세. 한 문파의 장문인이란 힘이 없으면 무시를 당하게 되고, 그것은 문파의 제자들 사기에도 영향을 주게 된단 말일세. 자네는 그것을 모르는가?"

"제가 그것을 어찌 모르겠습니까? 하지만 일파의 수장이란 덕이 있어야 하고, 전체 문하 제자들을 아울러 함께 갈 수 있어야 한다고 생각합니다. 장문인이 강하지 않더라도 문파가 강해지면 저절로 힘이 생기는 것입니다. 타 문파만 하여도 그 문파의 장문인이 가장 강하지 않은 경우는 많습니다."

"종남은 다르단 말일세. 자네도 알다시피 지금 종남은 너무 취약하네. 타 문파와 비교한다는 것은 약간의 문제가 있네."

보다 못해 오당이 끼어들었다.

"이제 그만들 하십시오. 두 분이 싸우는 것을 보고 관 대협과 무후께서 비웃고 계실 것입니다."

주청군과 유광은 오당의 말에 얼른 입을 다물었다.

주청군은 쑥스러운 듯 얼굴을 붉히면서 관표에게 말했다.

"저희 사형제가 잠시 실수를 한 듯합니다."

"하하, 괜찮습니다."

관표의 말에 유광이 태연한 표정으로 말했다.

"문파의 일로 서로 상의하는 것이야 있을 수 있는 일이지. 자네는 관 대협을 너무 협소하게 보는 것 아닌가? 이미 천문을 다스리고 있으신 분이니, 그 정도는 다 이해할 분일세."

유광의 천연덕스러움에 관표와 백리소소가 웃음을 지었고, 주청군과 오당은 졌다는 듯 고개를 흔들었다.

"이제 어서 나가보세."

유광이 말을 하면서 천천히 앞장섰다.

자연스럽게 관표의 오른쪽 옆으로 유광이 서고 왼쪽 옆으로는 주청군이 섰다. 그리고 백리소소를 중심으로 오른쪽엔 오당이, 왼쪽엔 유지문이 자리를 하였다.

그렇게 그들은 청룡당을 나섰다. 그러나 문을 열고 밖으로 나온 일행은 잠시 멈춰 서야만 했다.

종남이 있는 청룡당으로부터 무림맹의 중심으로 이어진 대로는 마차 네 대가 나란히 달릴 수 있을 만큼 넓은 도로였다. 그런데 그 도로엔 타 문파의 제자들이 꽉 들어차 있었다.

관표와 백리소소는 조금 당황했지만, 유광과 오당의 입가엔 은근한 미소가 어리고 있었다. 오당은 자신의 작전이 제대로 효과를 발휘하자 더욱 기분이 좋았다.

유광이 너털웃음을 머금고 말했다.

"허허, 이거 참. 어느새 관 대협에 대한 소문이 파다하게 퍼진 모양입니다. 개의치 말고 우리는 갈 길을 가면 될 것 같습니다."

유광의 말에 백리소소가 웃으면서 말했다.

"이 많은 사람들이 정말 빨리도 알았군요. 아마도 쥐가 다니면서 소문을 낸 모양입니다."

백리소소의 말을 유광이나 오당은 알아들었다.

오당이 한 짓엔 두 사람의 보이지 않는 담합이 있었던 것이다.

오당은 조금 민망해하였지만, 소소의 앞에서 관표와 나란히 걷고 있는 유광의 표정은 뻔뻔하기만 하였다.

"종남의 힘이 약하다 보니 가장 낡은 곳을 차지하였고, 당연히 그곳에는 다른 곳에 비해 쥐가 많은 편입니다. 허허, 그래도 같은 곳에서

산다고 그들도 종남의 편인가 봅니다. 이렇게 필요할 때 소문까지 내주고."

유광의 말에 관표와 백리소소는 웃고 말았다.

주청군과 오당은 그만 할 말을 잃었다.

관표 일행이 걸음을 옮기자 밖에 있던 수많은 무사들이 길을 비켜서면서 일제히 포권지례를 하였다.

관표와 백리소소 일행은 간단하게 묵례를 하고 그들 사이를 지나갔다. 유광의 표정은 그야말로 싱글벙글에 의기양양하였고, 주청군이나 오당, 유지문의 얼굴은 조금 상기되어 있었다.

관표와 백리소소는 담담한 표정이었다.

유광은 그야말로 신이 났다.

유난히 자존심이 강한 그는 그동안 타 문파에서 받아온 설움 때문에 속이 많이 상해 있던 참이었다.

'흥. 이놈들, 네놈들이 종남을 무시했지만, 종남은 네놈들과 격이 다르다. 최소한 인정을 받으려면 이 정도는 되어야지. 일학, 이 비루먹은 학다리 같은 놈. 어디선가 우리 모습을 지켜보면서 많이 놀라고 있을 것이다. 오늘 저녁에 변비나 걸려라, 흐흐.'

내심으로 별의별 생각을 다 하면서 유광이 말했다.

"관 대협이 괜찮다면 제가 무에 대해서 묻고 싶은 것이 있습니다."

관표가 웃으면서 대답하였다.

"무슨 질문인지 궁금합니다."

"한동안 저의 무공이 진일보하다가 벌써 이십여 년 동안 답보 상태를 벗어나지 못하고 있습니다. 내내 답답하였지만, 아무리 노력을 하여도 진전이 없고, 누군가에게 물어보기도 어려운 상황이라 이제 거의 포기 상태까지 온 상황입니다. 마침 관 대협을 만났으니 속 시원하게 답이라도 구해볼까 합니다."

관표가 유광을 바라보았다.

종남에서 가장 강한 무공을 지니고 있는 사람이 바로 유광이다.

실제로 유광이 없어진다면 종남이 구대문파에서 밀려날 것이란 말이 지배적일 정도였다. 그리고 그 말은 틀림이 없었다. 그래서 더욱 종남의 장래에 대해서 조바심을 가지고 있던 유광이었다.

그런 유광이 물어보려는 것이라면 간단한 일이 아닐 것이다.

"제가 과연 답을 드릴 수 있을지 모르겠지만, 혹시 아는 부분이라면 성심성의껏 대답해 드리겠습니다."

유광의 얼굴이 환하게 밝아졌다.

그뿐이 아니라 주청군과 오당은 물론이고 유지문의 얼굴도 상기되어 있었다. 유광이 도움을 받는다면 이는 곧 종남이 도움을 받는 것이나 마찬가지였다. 더군다나 이제 관표가 하는 말은 자신들에게도 큰 도움이 될 수 있는 말이었기 때문이다.

절대고수의 한마디가 얼마나 귀중한지는 무림인이라면 누가 모르랴. 유광은 마른침을 삼키고 말하기 시작했다.

"종남의 무공은 모두 이십사종에 달하지만 그중에서도 최고의 정수라면 이십사수 분광검법을 들 수 있습니다. 분광검법은 모두 세 부분으로 나뉠 수 있는데, 이를 일컬어 십절인(十絶刃), 구분쾌(九分快), 오호광(五護光)이라고 부릅니다. 각 단계를 논하자면 십절인을 십성 익혀야 구분쾌를 익힐 수 있고, 구분쾌를 십성 익혀야 오호광을 익힐 수 있습니다. 그런데 나는 아직도 구분쾌의 구성 단계에서 더 이상 진전이 없습니다. 특히 구분쾌의 마지막 초식에서 막혀 있는 상황입니다. 그래서 분광검법의 정화라고 할 수 있는 오호광에는 입문조차 하지 못하고 있는 형편입니다."

관표의 표정이 조금 난감해졌다.

무공에 대한 일반적인 견해라면 스스럼없이 말해줄 수 있지만 유광 정도라면 그것을 원한 것은 아닐 것이다.

관표가 유광을 바라보았다.

유광은 관표가 왜 자신을 바라보고 있는지 이유를 알고 있었다. 그러나 그는 이미 어느 정도 결심을 하고 있었기에 갑자기 제자리에 서서 서슴없이 말했다.

"지금 제가 펼치는 것이 바로 구분쾌라 불리는 구절분광쾌검의 마지막 절초인 수분절광(水分絶光)입니다. 말 그대로 십성의 경지에 달하면 강물을 반으로 나눌 정도로 강하고, 빛을 끊을 정도로 빠르다는 절초입니다."

유광의 손이 움직이는가 싶더니 허리에서 검을 뽑아 휘둘렀다.

너무 쾌속해서 지켜보던 수많은 타파의 무인들은 검의 흐름을 읽지 못했다. 그러나 그 무사들 틈에 숨어서 지켜보던 각파의 장로급 인물들은 유광의 검이 한순간에 열여섯 번 변화했다는 것을 알 수 있었다.

이어서 유광은 전음으로 관표에게 수분절광의 구결을 말해주기 시작했다. 이는 너무 파격적인 일이라 관표는 당황해서 유광을 바라보았다.

설마 절초의 비전구결까지 말할 줄은 몰랐던 것이다.

일단 구결을 다 말한 유광은 태연한 표정으로 말했다.

"구결을 말해도 전용심법이 없다면 무용지물이고, 이왕 물을 거면 확실하게 하는 것이 좋다고 생각하기 때문에 말한 것입니다. 또한 지문이의 의형이니 결코 완전히 남이라 할 수 없는 처지. 투왕께서 비밀을 지켜주시리라 생각합니다."

관표는 고개를 가볍게 흔들었다.

늙은 구렁이한테 당한 듯한 느낌이 들었던 것이다.

꼭 유광의 말이 아니라도 사문의 비전까지 서로 이야기할 정도라면 지금 지켜보고 있는 수많은 사람들이 어떻게 생각하겠는가?

관표는 고개를 흔들고 나서 곰곰이 생각해 보았다.

유광이 말한 구결을 한 자씩 풀이해 보고 유광이 펼친 검법을 머리속에 그려보았다. 구결은 그리 복잡하지 않고, 유광이 두 번에 걸쳐 설명을 하면서 완전히 외울 수 있었다.

한동안 그들은 천천히 이동을 하고 있었다.

아무도 관표의 사색을 방해하려 하지 않았다.

관표가 걸음을 우뚝 멈춘 다음 유광을 바라보았다.

"아무래도 유 대협의 성격 탓인 것 같습니다."

잔뜩 기대하고 있던 유광이 어리둥절한 표정으로 말했다.

"제 성격이 급한 것을 알고 있습니다. 그래서 구분쾌를 연마할 땐 정말 마음을 정갈하게 한 다음 침착하게 이 검법을 연마하였습니다."

"그래서 잘못되었습니다."

더욱 이해를 못한 유광이었다.

"아직도 잘 이해하지 못하겠습니다."

"혹시 유 대협께서 본 구분쾌는 원본이 아니고 누군가 다시 적어놓은 것 아닙니까? 그리고 부본을 적어놓으신 분의 성격이 유 대협과는 전혀 상반되지 않았습니까?"

대답은 유광 대신에 주청군이 말했다.

"제가 사부님에게 들은 바로는 관 대협의 말이 맞습니다. 원래 진본이 있었지만, 백오십 년 전에 유실되고 당시 구분쾌를 터득하고 계시던 조사님 한 분이 새롭게 이 비급을 만드셨다고 들었습니다. 당시 그분의 성격은 침착하고 부드러워 유 사형과는 조금 다른 성격이었다고 들었습니다."

유광과 오당도 고개를 끄덕였다.

그 부분에 대해서는 그들도 들어서 알고 있었던 것이다.

모두 신기한 표정으로 관표를 바라보았다.

단지 구결만 듣고 어떻게 그 사실을 알았느냐 하는 표정들이었다. 그리고 어떤 기대감과 설렘도 감추지 못했다.

관표는 고개를 끄덕이며 말했다.

"구분쾌는 물과 같은 검법입니다. 즉, 어떤 그릇에 담기느냐에 따라 형질이 바뀌는 검법입니다. 한데 지금 구분쾌를 저술하신 분은 자신의 형질에 맞는 검법을 깨우침 그대로 비급을 만들어놓으신 것 같습니다. 유 대협은 그 틀에 맞추어 검법을 익히다 보니 더 이상 진전이 없었던 것 같습니다. 유 대협의 틀 안에 구분쾌를 거둘 수 있다면 대성하실 수 있으리라 봅니다."

그 말을 듣는 순간 유광의 얼굴이 굳어졌다.

번개처럼 머리를 스치는 깨달음이 그의 몸을 부르르 떨게 만들었다. 유광이 검을 들어 다시 한 번 수분절광을 펼친다.

달랐다.

조금 전에 펼친 수분절광은 날카롭고 유연했지만 지금 펼친 수분절광은 강하고 날카로웠다. 단순하지만 강한 힘을 내포한 유광의 구절분광쾌검은 유광과 너무 잘 어울렸다.

두 번, 세 번 수분절광을 펼치고 있는 유광의 검초가 점점 위맹해지더니 다섯 번째 펼칠 때는 매서운 검기가 칠 척이나 솟아났다가 사라졌다.

보고 있던 타 문파의 무사들 사이에서 탄성이 터져 나왔다.

하지만 그 모습을 보는 주청군과 오당의 눈엔 물기가 어리고 있었다. 종남에서 그렇게 바라던 절정의 고수가 탄생하는 순간이었던 것이다.

제갈령은 단정하게 차를 마신 다음 내려놓았다.

아직도 김이 모락모락 나고 있는 용정차는 들끓고 있는 그녀의 마음을 차분하게 가라앉혀 주었다.

그녀는 천천히 시선을 들었다.

사각형의 탁자엔 그녀를 제외하고 모두 세 명의 남자가 앉아 있었다. 우선 그녀의 앞엔 그녀의 아버지이자 제갈세가의 가주인 지룡(智龍) 제갈천문이 앉아 있었고, 왼쪽엔 제검대(齊劍隊)의 대주인 제검영(齊劍影) 제갈군이, 그리고 오른쪽에 앉아 있는 서생은 제갈령의 오빠이자 제갈세가의 소가주인 정문비검(正攷飛劍) 제갈기였다.

그녀는 아버지인 지룡 제갈천문에게 말했다.

"드디어 무림맹에 왔다고 합니다."

"용이 품 안으로 들어온 것인가?"

"아직은 아닙니다. 주인이 있는 용이지요."

"그래, 어쩔 셈이냐?"

"우선은 주인을 치워야겠지요. 그래야 새로운 주인을 맞을 수 있을 것입니다."

"계획은 있느냐?"

"방법이 있습니다. 마침 무림맹에 온 것은 단둘뿐이더군요. 행동하기엔 더없이 좋은 기회이기도 합니다."

제갈천문과 제갈군, 그리고 제갈기의 눈이 반짝였다.

그녀가 세운 계획이라면 어느 누구도 빠져나갈 수 없는 함정일 것이다.

제갈기가 제갈령을 보면서 물었다.

"아직은 때가 아닐지도 모른다. 지금 전륜살가림이란 큰 적을 두고 무후를 희생시키는 것은 나중을 위해서 바보 같은 짓이 아닐까?"

제갈령이 고개를 흔들었다.

"지금이 아니면 안 됩니다. 직감이 그렇습니다."

제갈기는 제갈령의 시선을 마주 보았다.

그녀는 이미 결심을 굳힌 것 같았다.

"내가 도울 일은 없느냐?"

"오빠보다도 숙부에게 부탁이 있습니다."

"말하거라."

"사람을 하나 구해주십시오. 세상에 알려지지 않고 믿을 수 있는 사람이어야 합니다. 그리고 제갈세가와 전혀 연관이 없는 사람이어야 합니다. 그를 중간에 두고 할 일이 있습니다."

"사람을 구하는 것은 가능할 것이다. 그런데 어디에 쓰려는 것이냐?"

"요지문에 청부를 하려고 합니다."

세 남자의 얼굴이 굳어졌다.

설마 요지문의 이름이 여기서 나올 줄은 몰랐던 것이다.

제갈군이 고개를 흔들었다.

"요지문에 청부를 할 생각이라면 그건 힘들 것이다. 그들이 아무리 제일살수문이라고 해도 무후를 건드리려 하지는 않을 것이다."

제갈령이 고개를 흔들었다.

"그들은 수락할 것입니다."

"수락할 것이라고? 무후라면 그들의 능력으로는 불가능하다. 너도 알다시피 어떤 살수문이든 절대로 청부를 받지 않는 것이 바로 십이대 초인들이다. 돈이 아무리 좋아도 멸문보다는 못하기 때문이다."

"이번엔 다릅니다."

제갈군이 이해할 수 없다는 표정으로 물었다.

"다르다니, 뭐가 다르단 말인가?"

"요지문은 우리의 청부를 받든 안 받든 분명히 무후를 죽이려 할 것입니다."

"어째서냐?"

"요지문이 전륜살가림의 꼭두각시라는 것은 이미 짐작하고 계실 것입니다."

"물론이다."

"중요한 것은 그들에게 청부 그 자체가 아니라 무후가 혼자 있고, 죽일 수 있는 기회가 있다는 정보를 주는 것이 중요한 것입니다. 그렇게 되면 청부를 받든 안 받든 무후는 죽을 것입니다."

제갈군도 그녀가 하는 말을 알아들었다.

"너의 말은 요지문을 통해 그 정보가 전륜살가림으로 흘러들 것이고, 그들이 무후를 죽이려 할 것이란 말이냐?"

"그렇습니다."

제갈군도 알아들었다는 표정으로 고개를 끄덕이며 말했다.

"하지만 요지문의 경우 그저 짐작일 뿐이지 않느냐? 그리고 무후 정도에 대한 암살 청부라면 그들도 바보가 아닌데, 혹시 함정이 아닐까 하고 의심하지 않겠느냐?"

"결과를 보면 요지문이 그들과 관련이 있는지 아닌지 알 수 있겠죠. 어차피 실패해도 손해 볼 것은 없습니다. 그리고 그들은 이것이 함정이라 생각하지 않을 것입니다. 그들도 바보가 아니면 나름대로 조사를 할 것이고, 무후를 걸고 빤히 들여다보이는 함정을 파진 않을 것이라고 생각하기 때문입니다. 그리고 그들은 이곳에 심어놓은 간자를 통해서도 어느 정도 사실 여부를 확인할 수 있을 것입니다."

제갈천문이 제갈령을 보면서 물었다.

"문제는 청부인인 우리의 정체가 드러나서는 안 된다는 것이고, 청부를 하더라도 그들이 준비할 시간을 줘야 한다는 것이다. 그리고 관표와 무후를 따로 떨어뜨려서 그들에게 기회를 줘야 한다는 것이다. 너는 그것에 대한 생각을 해두었느냐?"

"그래서 숙부님께 사람을 구해달라고 했던 것입니다. 그리고 그 외의 일은 저에게 맡겨주십시오. 아버님은 청부금과 함께 중간에 일을 해주는 사람에게 줄 사례금도 충분하게 준비해 주십시오."

"알았다. 돈이라면 제갈세가의 비밀 금고라도 털어서 준비해 주마."

제갈천문이 자신있게 대답하였다.

당진진은 불안한 시선으로 호치백을 바라보았다.

'대체 내가 왜 이 사람을 구한 거지? 그보다도 관표 일행이 아니라 왜 이 작자를 쫓은 것이지?

그녀는 스스로에게 물어보았지만, 해답을 얻을 수 없었다.

분명히 자신은 관표와 무후를 뒤쫓고 있었는데 어느 사이 호치백의 뒤를 따르고 있었던 것이다.

왜?

스스로 반문해 보았지만, 그녀는 대답을 찾지 못하고 있었다.

'그런데 왜 이렇게 안쓰러운 것이지? 왜 이렇게 걱정이 되는 것이지?'

묻고 또 묻는다.

그러나 처음부터 답은 없었다.

있지만 그녀가 스스로 깨우치지 못하면 얻을 수 없는 답이었다.

이때 호치백이 몸을 부르르 떨었다.

당진진은 화들짝 놀라서 호치백을 바라보았다.

'추워서 그런 것인가?'

마치 그녀의 생각을 읽기라도 한 듯 다시 한 번 호치백이 몸을 웅크리며 떨었다. 당진진은 급한 대로 자신의 외투를 벗어서 덮어주고 내공을 운기해서 그의 몸에 힘을 불어넣었다.

내상은 의외로 상당히 심각했다.

다행이라면 독문의 최고봉이라는 당진진에게 좋은 내외상약이 있다는 점이었고, 독을 다루는 만큼 의학에도 어느 정도 자신이 있다는 점이었다.

당진진은 벌써 열흘 동안이나 호치백을 보살피면서 그의 내상을 정성 들여 치료하였다. 이제 어느 정도 완쾌가 된 것 같은데, 호치백은 아직도 정신을 차리지 못하고 있었다.

시간이 지날수록 그녀는 초조해하고 있었다.

'혹시 뭐가 잘못된 것은 아닐까?'

그녀는 불안한 마음에 다시 한 번 꼼꼼하게 호치백의 몸을 살펴보았다. 상체를 벗기고 본 호치백의 몸은 탄탄한 근육으로 뭉쳐져 있었고, 준수한 그의 얼굴과 잘 어울리는 체형을 하고 있었다.

당진진은 은근히 얼굴이 붉어지는 것을 느꼈다.

'대체 내가 왜 이러지?'

당진진은 스스로의 마음을 다스리며 다시 한 번 호치백을 바라보며 가볍게 호흡을 조절하였다.

마음이 조금 잔잔해지는 것을 느꼈다.

바로 그때 호치백이 갑자기 눈을 떴다.

두 사람의 눈이 정면으로 마주쳤다.

순간 당진진은 심장이 멎는 듯한 충격을 느꼈다.

호흡 곤란으로 가쁘게 숨을 들이킬 때 호치백이 힘없는 목소리로 말했다.

"아니, 소저가 어떻게?"

"그냥 운이 좋았다고 생각하세요. 그런데 배고프지 않나요? 오랫동안 기절해 있었는데."

호치백이 웃으면서 말했다.

"아름다운 소저가 옆에 있는데, 배고픈 생각이 나겠소?"

꾸르륵.

마치 호치백의 말에 반발이라도 하듯이 나는 소리였다.

"킥."

당진진은 자신도 모르게 웃고 말았다.

호치백이 민망한 표정으로 말했다.

"주인의 뜻을 모르는 바보로다."

"주인의 마음을 헤아린 것이겠죠. 잠시만 기다리세요."

당진진은 미리 준비했던 죽을 가져다주었다.

호치백은 죽 그릇을 받아서 천천히 먹기 시작했다.

당진진은 그 모습을 묵묵히 바라보았다.

처음엔 조금씩 먹던 호치백의 손이 점점 빨라졌다. 그리고 잠시 후엔 정신없이 음식을 먹는데, 그 맛있어 하는 모습은 보는 사람에게 저절로 식욕을 느끼게 할 정도였다.

한 그릇을 다 먹은 호치백은 아쉽다는 표정으로 당진진을 바라보았다. 당진진이 고개를 흔들었다.

"아무리 무인이라도 지금처럼 오랫동안 굶었다가 한 번에 너무 많은 음식을 먹는 것은 좋지 않습니다."

당진진의 말에 호치백은 어쩔 수 없다는 듯이 고개를 끄덕이며 말했다.

"시키는 대로 하리다."

당진진은 다시 한 번 고혹적인 미소를 짓곤, 죽 그릇을 거두어 밖으로 나갔다. 그녀가 나간 사이에 호치백은 자신이 있는 곳을 둘러보았다.

어딘가 낯익은 면이 있는 곳이었다.

그리고 얼마 안 있어 이곳이 이전에 관표 등과 머물렀던 그 객잔임을 알아보았다. 그리고 자신이 있는 곳은 바로 관표와 무후가 첫날밤을 치른 곳이기도 하였다.

잠시 동안 상황을 정리하고 추론해 보았다.

도와 정면으로 겨루던 것이 생각난다.

'이제 겨우 십대의 어린 소녀가 그런 무서운 무공을 익히고 있었다니… 참으로 놀랍다.'

호치백은 고개를 절레절레 흔들었다.

생각만 해도 아찔했던 것이다.

죽은 줄 알았다가 살아난 것만 해도 다행이란 생각이 들었다.

그러다 다시 당진진의 얼굴이 떠오른다.

그녀 역시 이십 중후반의 나이로 보였다. 그런데 그녀가 자신을 구한 것 같았다.

그 무서운 도와 그녀보다 더욱 강한 천존의 손에서.

이해할 수가 없었다.

'설마 그녀가 나를 구했단 말인가? 그것은 불가능할 텐데. 대체 무슨 일이 있었던 거지?'

호치백이 이런저런 생각을 하고 있을 때 당진진이 안으로 들어왔다. 호치백은 상대를 부르려 하다가 그제야 그녀의 이름을 모르고 있다는 것을 알았다.

"이거 참, 그리고 보니 은인의 이름을 아직도 모르고 있었습니다."

호치백의 말에 당진진은 조금 당황했지만, 자신도 모르게 나오는 대로 대답을 하고 말았다.

"제 이름은 진당이라고 해요."

"진 소저셨군요. 소생은 호치백입니다."

"이미 알고 있습니다."

"이거 참, 그런데 지금 상황이 어떻게 된 것인지 설명을 좀 해주면 안 되겠습니까?"

"간단해요. 길 가다 쓰러져 있는 것을 보고 제가 구한 것입니다. 다행히 제가 약간의 의술과 무공을 알아서 구할 수 있었습니다. 운이 좋은 줄 아세요."

뭔가 석연치 않았다. 그러나 따지고 물을 수도 없는 노릇이었다.

더군다나 이유야 어찌 되었든 자신을 구한 것은 사실 아닌가?

"호치백이 은인께 정식으로 인사를 드립니다."

당진진이 피식 웃으면서 호치백을 바라보았다.

"인사는 나중에 하고, 어서 건강을 되찾을 준비나 하세요. 남자가 그렇게 부실해서 되겠어요."

당진진의 말에 호치백은 미묘한 표정으로 말했다.

"어허, 남자란 그곳만 제대로 건강하면 세상 사는 데 아무런 지장이 없는 법입니다."

당진진이 궁금한 듯 호치백을 바라보았다.

"그곳이라니요?"

"아하하……."

호치백은 그냥 웃고 말았다.

역시 생각대로 순진한 아가씨였다.

호치백은 그녀가 칠종 중에서도 가장 지독하고 무섭다는, 독종 당진진일 거라고는 전혀 생각하지 못했다. 하지만 그녀는 천하가 다 아는 노처녀(?)였고, 남자 불감증의 여자였으나 그 나이에 그걸 모를 리는 없을 것이다.

단지 갑작스런 호치백의 말에 미처 거기까지 생각을 못한 것이리라. 만약 이전의 당진진이었다면 자신을 희롱했다고 당장에 독수를 펼쳤을 것이다.

第四章

군자지검(君子智劍)

―무림맹에 간자가 있다

　청수한 모습의 노도장은 얼굴에 인자한 미소를 머금고 관표와 백리소소를 바라보았다.

　노도장은 무당의 송학 도장으로 현 무림맹의 맹주였다.

　무림에서는 군자지검(君子智劍)으로 불리는 무림의 명숙이다.

　무당에는 전대의 고수들 중 현재까지 살아남아 있는 자들이 다른 문파에 비해서 상당히 많은 편이었다. 대략 장로급 인물만 해도 삼십 명 정도 되었다.

　이들은 무당파 최고의 고수들이라 할 수 있었고, 보이지 않는 곳에서 무당을 지키는 원천이었다. 각 문파마다 전대의 고수들이 은거해서 자파의 무공을 연구하며 지내고 있지만, 명문대파일수록 그 숫자가 많은 편이었다.

　전륜살가림이 그 힘을 가지고도 무림을 함부로 넘보지 못하는 이유가 있다면 십이대초인 이외에도 각파에 숨어 있는 전대의 은거 고수들 때문이라 할 수 있었다.

사실 이들의 숫자가 얼마나 되고, 어느 정도의 무공을 지니고 있는지는 그 문파 이외에는 어느 누구도 잘 알지 못한다. 단지 그들 중 대표적인 고수들만 무림에 이름이 알려져 있을 뿐이었다.

무당 역시 마찬가지인데, 살아 있는 전대 고수들 중 무공이 가장 강한 세 명을 일컬어 무림에서는 무당삼검이라고 불렀다. 그들은 아주 오래전부터 강호에 협명을 떨치던 고수들로, 그중 한 명이 송학 도장이었다. 무당삼검 중 한 명이었던 검선 송명 도장은 불과 몇 년 전 실종된 상태였고, 마지막 한 명이자 셋 중 가장 연장자인 송현 도장은 전전대의 최고 고수였던 진명 거사의 뒤를 이어 현 무당의 최고 고수로 알려져 있었다.

송현 도장은 완전히 은거하여 단 한 명의 제자를 두고 가르치는 데에만 열중하는 중이었다.

무당삼검 중 막내라 할 수 있는 송학 도장은 무당의 절대검진 중 하나인 오행검진의 수좌로 무림의 명숙들 사이에 가장 인망이 두터운 도인 중 한 명이었다.

품행이 군자의 도를 거스르지 않으며, 성격이 모나지 않았고 현명하여 무림에서 가장 많은 지인을 가진 사람 중 한 명이었다. 그는 정파뿐만 아니라 흑도사파의 고수들과도 많은 친분을 가진 몇 안 되는 정파의 인물 중 하나라고 알려져 있었다. 그래서 강호에서는 그에게 군자지검이라는 별호를 붙여주었다.

처음 무림맹이 결성되고 누가 맹주의 보위에 오르는가로 설왕설래가 있었다. 당시 가장 많이 사람들 사이에 오르내린 인물이 몇 명 있었지만, 별 무리 없이 송학 도장이 무림맹의 맹주가 되었다.

그의 원만한 성격과 현명함에 많은 점수가 주어진 때문이었다.

소림의 원화 대사는 송학 도장에 비해서 한 배분 위의 선배로 너무 고령이라 논의의 대상이 되지 못했다. 단지 무림맹의 상징적인 인물로 제갈령이 소림과 일대 설전을 벌인 끝에 은거를 깨고 나오게 한 것으로 유명하였다.

제갈령은 거기서 끝내지 않고 십이대초인 중 최고령자인 원각 대사에게 차후 도움을 주겠다는 약속까지 받아내어 군사로서의 역량을 과시하였다.

송학 도장의 옆으로는 군사인 제갈령과 제갈천문을 비롯해서 몇 명의 무림맹 장로들이 나란히 모여 있었다. 그들은 모두 무림맹의 핵심 인물들로, 현재 무림맹에 부재중인 백봉화타나 팽가의 가주인 팽대황을 제외하고 모두 모인 셈이었다.

무림맹에서도 가장 원로라 할 수 있는 원화 대사는 송학 도장의 바로 오른쪽에 앉아 있었다.

송학 도장은 관표와 백리소소를 보면 볼수록 감탄할 수밖에 없었다. 젊은 나이에도 불구하고 자신은 두 사람의 무공 수위조차 알아볼 수가 없었던 것이다.

'정말 명불허전이구나. 그리고 무후의 품위를 보았을 때 백봉의 제자 이전에 명가의 자손이 분명한 것 같다.'

확신은 들었지만 묻지는 않았다.

스스로 말하지 않는 것을 묻는 것은 상대를 불편하게 만든다고 생각했기 때문이다.

송학 도장은 의문을 가슴속에 묻고 말했다.

"무량수불, 그럼 이제 어느 정도 서로의 입장을 정리했고, 무림맹과 천문의 협조 체제에 대한 것도 마무리가 된 듯합니다. 혹시 또 다른 의견이 있으신 분은 말씀해 주십시오."

송학 도장의 말에 아무도 나서서 말하는 사람이 없었다.

그들은 이미 많은 이야기를 나누었고, 나름대로 몇 가지 사항에 대해서 합의를 한 상황이었다.

우선 관표와 백리소소는 무림맹에서 무상의 지위를 가지면서 어느 누구의 명령도 받지 않고 단지 무림맹의 일에 협조하는 관계를 유지하기로 하였다.

명목상으로는 맹주 다음의 위치였지만, 굳이 맹주의 명령을 받는 것이 아니라 협력 관계를 유지하면서 전륜살가림을 상대하는 데에만 유기적인 협조를 하기로 한 것이다. 그 외에 몇 가지 원칙을 정해놓고 세세한 것은 하나씩 다듬어가기로 하였던 것이다.

아무도 대답하는 사람이 없자 송학 도장이 입가에 은은한 미소를 머금고 말했다.

"두 분이 참 잘 어울려 보입니다. 두 분은 언제쯤 식을 올릴 생각이십니까?"

송학의 말에 백리소소의 얼굴이 붉어졌고, 제갈령의 얼굴은 굳어졌다.

수많은 사람들의 시선이 두 사람에게 모아졌다.

관표가 밝게 웃으면서 말했다.

"그렇지 않아도 어느 정도 날짜가 잡혔습니다. 이제 부모님과 의논을 해서 결정되면 많은 분들을 모시고 혼례를 치르려는 생각 중입니다. 그때 모두들 오셔서 축하해 주시기 바랍니다."

관표의 말에 많은 사람들이 환성을 질렀다.

무림 최고의 남녀가 혼례를 치른다면 그 자체만으로도 큰 화젯거리가 될 것이 분명하였다. 장로들은 저마다 덕담을 하면서 두 사람을 치하하였다.

관표의 혼례 선포에 제갈령과 제갈천문은 표정이 굳어졌지만, 금방 원상태로 돌아오면서 나름대로 치하의 말을 하였다.

한동안 관표의 혼례 문제로 덕담이 오고 간 후, 제갈령이 관표와 백리소소를 바라보고 말했다.

"두 분은 언제쯤 천문으로 돌아갈 생각이십니까?"

관표가 대답하였다.

"이삼 일 내로 돌아갈까 합니다."

제갈령이 신중한 표정으로 말했다.

"급한 일이 아니시라면 조금만 시간을 내서 무림맹에 머물러 주실 수는 없는지요?"

"무슨 특별한 일이라도 있습니까?"

"두 분과 의논해야 할 사항도 있고, 이왕 이곳에 오셨으니 무후께 도움을 받아야 할 일도 있기 때문입니다."

관표와 소소는 의아한 표정으로 제갈령을 바라보았다.

특히 소소에게 도움을 받아야 할 사항이란 것이 무엇인지 궁금했던 것이다.

"그것이 무엇인지요?"

제갈령이 생긋이 웃으면서 말했다.

"그 부분은 차후 말씀드리겠습니다. 그리고 이제 열흘 후면 곤륜에서도 사람이 도착한다고 했습니다. 제가 알기로 투왕께서는 곤륜과 특별한 관계가 있으시다고 들었습니다."

곤륜이란 말에 관표의 눈이 반짝였다. 그렇지 않아도 무림맹에 당연히 있어야 할 곤륜파의 인물들이 없어서 궁금하던 참이었다.

"그럼 잠시 머물며 폐를 끼치겠습니다. 그러나 너무 오래 머무르지는 못할 것 같습니다. 천문을 비운 지가 좀 되어서 빨리 돌아가 봐야 하기 때문입니다."

그 말을 들은 제갈령이 말했다.

"요청을 들어주셔서 감사합니다."

잠자코 듣고 있던 송학 도장이 말했다.

"무량수불, 두 분이 여기 계신다면 언제든지 환영입니다. 그리고 군사의 말처럼 따로 할 이야기가 있던 참입니다."

관표와 백리소소는 따로 하려는 말이 궁금했지만 더 이상 묻지 않았다. 말을 할 때가 되면 하리라고 생각한 것이다.

그 후, 한동안 이런저런 말을 주고받던 장로들이 돌아가고 자리엔 맹주인 송학 도장, 그리고 소림의 원화 대사와 함께 제갈령만 남았다.

분위기를 알아챈 종남의 주청군과 유광 등도 잠시 후에 만나기로 하고 자리를 비켜주었다.

모두 나가고 나자 맹주와 원화 대사, 그리고 제갈령의 표정이 신중해졌다.

관표와 백리소소는 담담한 시선으로 그들을 바라보았다. 무슨 이야기인지 해보라는 표정이었다.

제갈령이 관표와 무후를 보고 말했다.

"우선 지금부터 제가 하는 말은 기밀 사항이므로 여기 있는 다섯 사람 이외에는 무림맹에서 아무도 모르는 사실들임을 말해둡니다."

제갈령의 말에 관표가 고개를 끄덕이며 말했다.

"말해보십시오. 경청하겠습니다."

제갈령이 호흡을 조절한 다음 말했다.

"제가 은밀히 조사한 바에 따르면, 근래에 무척 많은 무림의 고인들이 암살당한 것 같습니다."

관표와 소소는 조금 놀란 표정으로 제갈령을 바라보았다.

제갈령의 표정은 굳어 있었고, 송학 도장과 원화 대사의 표정도 굳어 있었다.

관표가 물었다.

"조금 더 자세한 설명을 부탁드리겠습니다."

"무림맹이 결성되면서 우리는 무림의 은거 기인들을 찾아내어 그들을 영입하려 한 것은 모두들 잘 알고 계실 것입니다. 그런데 언제부터인가 우리가 찾아낸 은거 기인들이 모두 죽었다는 것을 알았습니다. 특히 그중에는 구의에 속한 몇 분과 패종 녹치 선배님까지 끼어 있었습니다."

그 말을 들은 관표와 백리소소는 약간 충격을 받은 표정들이었다.

구의 중 몇 명과 십이대초인 중 한 명인 녹치가 죽었다면 결코 쉽게 볼 일이 아니었다. 백리소소는 무엇인가 짚이는 게 있는 듯 눈을 반짝였다.

관표가 침중한 목소리로 말했다.

"제갈 군사님의 말은, 전륜살가림에서 무림맹이 포섭할 만한 고수들을 미리 알아내어 죽였다는 말입니까?"

제갈령이 고개를 끄덕이며 말했다.

"그렇습니다. 더군다나 패종 녹치를 비롯해 암살자의 손에 죽은 고수들은 제대로 반항조차 못하고 죽은 것 같습니다. 더욱 놀라운 것은, 흔적으로 보아 암습이 아니라 정면 결투를 벌인 것이 확실하다는 사실입니다."

관표와 소소의 표정도 조금 심각해졌다.

패종 녹치가 제대로 반항조차 못하고 죽었다면 얼마나 강자란 말인가? 선뜻 상상이 되지 않았다.

제갈령은 일단 좌중을 한 번 둘러본 다음에 말을 이었다.

"제 생각으로는 최소 삼존 중 한 명이 직접 나섰을 거라는 판단입니다. 그리고 그것이 사실이라면 삼존의 무공은 삼성의 아래가 아니라는 것도 확인이 된 셈입니다. 예상대로 백호궁의 전왕 묵치가 전륜살가림의 삼존 중 한 명이라고 가정한다면 당연한 일일지도 모릅니다."

관표와 소소의 얼굴이 딱딱하게 굳어졌다.

관표가 제갈령에게 물었다.

"그러니까 군사는 우리더러 현 상황이 위험하니 잠시 이곳에서 피해 있으란 말입니까? 그것 때문에 나와 소소를 따로 보자고 한 것입니까?"

제갈령은 담담한 표정으로 관표를 바라보았다.

자칫하면 상대의 자존심이 상할 수도 있는 상황이었다.

자신에 대한 자부심이 강한 사람일수록 그의 자존심을 건드려서는 안 된다는 것을 제갈령은 잘 알고 있었다. 그러나 다행스럽게도 관표는 그다지 자존심이 상한 듯한 표정은 아니었다.

관표는 이미 담대소와 겨루어보았기에 그들의 강함을 충분히 인지하고 있었던 것이다. 단지 제갈령은 아직 담대소가 삼존의 한 명일 거란 생각은 못하고 있는 것 같았다.

원화 대사가 조심스럽게 말하였다.

"아미타불, 투왕과 무후는 혹시 오해하지 않기를 바라네. 두 사람이 결코 약해서 그런 것은 아닐세. 하지만 일단 소나기는 피해 가라고 했네. 두 사람은 무림의 미래나 마찬가지라고 생각하네. 우리 같은 늙은 폐물이야 지금 죽어도 그만이지만, 두 사람을 비롯해서 제갈 군사 같은 젊은 인재들이 죽는다면 무림의 앞날은 참으로 암담해질 수밖에 없을 것이네."

옆에 있던 송학 도장이 그 말을 이어받았다.

"전륜살가림이 현 무림에서 가장 먼저 죽여야 할 고수가 있다면, 바로 두 분일 것입니다. 현재도 위협적이지만, 앞으로 발전 가능성도 무한하기 때문입니다. 만약 두 분이 무림맹을 나간다면 그들은 완전한 준비를 하고 두 분을 맞이할 것입니다."

관표와 소소는 원화 대사와 송학 도장을 바라보았다.

깨끗하고 맑은 눈이었다.

사심없이 무림의 미래와 두 사람을 걱정하고 있다는 것을 알 수 있었다. 관표와 백리소소는 뭉클한 감동을 느끼지 않을 수 없었다. 관표는 잠시 원화 대사를 바라보다가 말했다.

"그들이 기다리고 있다는 말은 내가 이곳을 나가면 곧 그들이 알 것이란 말이고, 그 말은 무림맹에 그들의 간자가 있어서 그들에게 알릴 것이란 말로 들리는데, 맞습니까?"

송학 도장과 원화 대사도 딱딱하게 굳은 얼굴로 제갈령을 바라보았다. 그들도 그 부분에 대해서는 상당히 민감한 것 같았다.

제갈령은 침착한 목소리로 말했다.

"그렇게 생각하고 있습니다."

관표가 물었다.

"제갈 군사께서 그렇게 말하는 것은 어떤 연유가 있을 것이라고 생각합니다만."

"그렇습니다."

"군사께서는 그 부분에 대해서 조금 더 자세히 말해주셨으면 합니다."

"우선 구의를 비롯해 몇몇 분들은 무림맹에서만 겨우 그 위치를 알고 있었습니다. 그런데 그분들이 모두 표적이 되었습니다."

"하지만 전륜살가림에서 먼저 찾아낸 것일 수도 있지 않습니까?"

제갈령이 고개를 흔들었다.

"우선 그들이 오래전부터 찾고 있었거나 먼저 찾아냈다 해도 하필이면 이 시기에, 우리가 알아낸 분들을 골라서 죽일 수는 없을 것입니다. 그리고 결정적인 것은 그분들의 위치를 아는 사람들은 무림맹과 친분이 있는 몇몇 분들뿐이라는 사실입니다. 그들이 아무리 좋은 정보망을 가지고 있어도 중원 천지에 흩어져서 은거하고 있는 무인들의 위치를 한 번에 정확하게 찾아낸다는 것은 불가능한 일입니다."

모두들 할 말이 없었다.

제갈령의 말은 분명 일리가 있었던 것이다.

관표가 조금 심각한 표정으로 말했다.

"그 정도의 고급 정보를 빼내려면 무림맹에서도 상당히 중요한 위치에 있는 사람이어야 가능한 일이라고 생각하는데, 군사께서는 어떻게 생각하십니까?"

송학 도장과 원화 대사의 얼굴도 심각하게 변했다.

이미 두 사람도 그 부분에 대해서 생각하고 있었다.

관표가 말한 대로 그 정도의 고급 정보를 빼내려면 무림맹에서도 최소 장로급 이상은 되어야 가능하기 때문이었다.

그 말은 다시 말해서 조금 전 모였던 사람들 중 누군가가 범인일 수도 있다는 말이었다. 그래서 그들을 모두 보내놓고 관표와 이야기를 했던 것이다. 모두 무림의 명숙들이었고, 아무리 생각해 보아도 의심 가는 사람이 없었다.

사실 그들 중 누군가를 의심한다는 자체도 어려운 일이었다. 그만큼 수십 년 동안 무림을 종횡하며 명성을 쌓아온 노강호들로 무림에서 전륜살가림의 간자 노릇을 할 이유가 없었던 것이다.

송학 도장과 원화 대사가 대답을 못하고 머뭇거릴 때 제갈령이 가볍게 고개를 끄덕였다.

"맞습니다. 저도 그렇게 생각하고 있습니다. 그러나 그 범인이 누구인지는 전혀 예상하지 못하고 있습니다. 그래서 두 분이 잠시 이곳에 머물러 주었으면 하는 것입니다. 최소한 범인이라도 잡을 때까지."

"그럼 그들을 잡을 수 있는 방법은 있는 것입니까?"

제갈령의 입가에 작은 미소가 어렸다.

"몇 가지 방법을 동원하고 있습니다. 그리고 은밀하게 조사를 하고 있습니다. 곧 꼬리가 잡힐 것이라고 생각합니다만, 시간이 걸릴 것 같습니다."

이해할 수 있는 일이었다.

관표는 소소를 바라보았다.

사실 몇 가지 이유로 무림맹에 잠시 머물러도 괜찮다 생각하는 관표였다. 우선 곤륜파의 일행을 만나보고 싶었다. 그리고 현재 곤륜에 계신 두 분 사부님의 소식도 궁금했다.

관표가 자신을 바라보자 소소는 고개를 끄덕이며 말했다.

그녀는 이 안에 들어와서 처음으로 입을 연 것이다.

"저는 관 대가의 뜻에 따르겠습니다."

관표는 고개를 끄덕이고 나서 대답하였다.

"굳이 위험을 자처할 필요는 없겠죠. 그리고 만나봐야 할 분들도 계시고, 며칠만 기다려 보겠습니다."

제갈령이 일어서서 포권지례를 하고 말했다.

"먼저 제 뜻에 따라준 두 분에게 감사드립니다. 빠른 시간 내에 간세를 잡아내어 두 분이 편안하게 돌아가도록 해드리겠습니다. 우선 두 분의 숙소는 이곳 금천부 안의 귀빈실에 준비해 두었습니다. 괜찮으시다면 제가 두 분을 안내해 드리겠습니다. 그리고 군륜의 운룡검 선배님께서 돌아오실 때 두 분과 함께 오시겠다고 전해달라 하였습니다."

관표의 표정이 밝아졌다.

두 분이 자신의 사부인 경중쌍괴라는 것을 알았기 때문이다.

관표의 표정을 본 제갈령은 조금 궁금한 표정으로 관표를 보면서 말했다.

"그렇게 반가워하시는 것을 보니 운룡검 노선배님과 함께 오시는 두 분이 투왕과 깊은 인연이 있으신 분들 같습니다."

관표가 고개를 끄덕이며 말했다.

"제 사부님들이십니다."

그 말을 들은 제갈령의 눈이 커졌다.

뿐만 아니라 송학 도장이나 원화 대사도 조금 놀란 듯하였다. 그러나 그것도 잠시, 그들은 모두 궁금한 얼굴로 관표를 바라보았다.

천하에 투왕을 키운 사부들이라면 어떤 사람들일지 궁금했던 것이다. 그러나 관표의 말을 들은 백리소소의 표정이 살짝 굳어지는 것을 본 사람은 아무도 없었다.

그녀는 조금 안타까운 시선으로 관표를 바라보았다.

'관 대가께선 사람을 너무 믿으시는구나. 지금 두 사부님의 정체를 말하면 곤란한데.'

하지만 이미 늦었다.

그녀는 속으로 아쉽게 생각하면서 제갈령의 눈치를 슬쩍 살폈다. 그녀는 호기심 어린 시선으로 관표를 보고 있었다.

관표는 남들이 자신을 보는 것을 인식하지 못하고 아련한 표정으로 자신이 무공을 수련하며 두 사부와 함께 지내던 시기를 생각하였다.

부쩍 두 분의 사부가 그리워진다.

송학 도장이 물었다.

"투왕의 사부시라면 무림의 고인들이 분명하실 터, 이 송학은 그분들이 무척 궁금합니다."

원화 대사와 제갈령도 기대 어린 시선으로 관표를 본다.

잠시 자신의 세계 속에 빠졌던 관표가 멋쩍게 웃으면서 대답하였다.

"그분들은 강호에 활동하신 적이 거의 없으셔서 말을 해도 잘 모르실 것입니다. 두 분은 곤륜파의 전전대 기인들이셨습니다."

원화 대사와 송학 도장이 놀란 표정을 지었다.

관표의 말대로라면 관표는 명성뿐이 아니라 배분상으로도 굉장히 높다고 할 수 있었다.

송학 도장이 새삼 관표를 바라보면서 말했다.

"곤륜의 전전대 기인이시라면 투왕의 배분은 이 송학과 같지 않을까 합니다."

관표는 웃으면서 말했다.

"하지만 저는 엄격하게 곤륜의 제자는 아니라고 할 수 있습니다. 여기에는 여러 가지 사정이 있으니 차후 말씀드릴 기회가 있으리라 생각합니다."

"무량수불, 이거 먼 길을 오셔서 바로 회의를 하시느라 피곤하실 텐데 너무 잡고 있었습니다. 어서 가셔서 편히 쉬시길 바랍니다. 그럼 제갈 군사가 수고 좀 해주십시오."

제갈령이 미소를 지으며 말했다.

"수고라니요. 그럼 두 분은 저를 따라오십시오."

제갈령이 앞을 서고 관표와 무후가 그 뒤를 따라나섰다.

송학 도장과 원화 대사가 자리에서 분분히 일어나 배웅을 한다.

두 사람이 금천부 취의청 문을 열고 나가자 원화 대사가 조용히 염불을 외우면서 말했다.

"아미타불, 참으로 어려울 때 무림에 영웅이 나타난 것이란 생각이 드네. 내 이미 천문의 혈투에서 투왕과 무후의 무공을 보았지만, 지금도 믿어지지 않을 정도이네."

송학 도장이 원화 대사를 바라보며 담담한 목소리로 말했다.

"무량수불, 뭐든지 너무 뛰어나면 많은 사람들에게 질투를 받게 마련입니다. 부디 그런 일이 없기를 바랄 뿐입니다."

송학 도장의 말에 원화 대사가 조금 아련한 표정으로 말했다.

"감히 질투심마저 갖지 못할 정도로 강해진다면 차라리 나을지도."

"그것은 정말 쉽지 않은 일입니다."

"허허, 그냥 그렇다는 말일세. 하지만 나는 저 두 사람이라면 가능할지도 모른다고 생각하는 중일세. 그리고 그렇게 되지 않으면 전륜살가림과의 결전이 끝나고 난 후 무림은 다시 혼란 속으로 빠져들 것일세."

원화 대사의 말에 송학의 표정이 조금 굳어졌다.

"참으로 걱정입니다. 말란다고 될 일도 아니고."

"아미타불, 일단 지켜보기로 하세. 너무 미리 앞서는 것은 좋은 일이 아니지. 부처님의 가호가 있기를."

원화 대사의 말에 송학은 고개를 흔들며 말했다.

"제갈 군사부터 흔들리는 것 같아 걱정입니다."

"아미타불, 자네도 눈치를 챘는가? 허허, 제갈 군사가 욕심을 버렸으면 좋겠는데. 쉬운 일이 아니로다. 인연이 아닌 것을 탐하면 반드시 인과응보가 따르게 마련인데."

송학 도장은 가볍게 숨을 내쉬었다.

"투왕을 무림맹에 머물게 한 것이 잘한 일인지 모르겠습니다. 혹여 군사의 사심이 앞설까 봐 걱정이 됩니다."

"너무 걱정하지 마시게. 내 보아하니 투왕과 무후가 그리 쉬운 상대는 아닐 것이야. 그리고 차라리 잘된 일일지도 모르네. 문제가 되는 것은 빨리 터지고 해결되는 것이 좋은 것."

원화 대사의 말에 송학 도장은 조용히 하늘을 바라보았다.

'지금은 우리끼리 다툴 때가 아닌데. 각 문파들은 서로 자신의 욕심을 감추지 못하는구나. 그래도 투왕과 무후가 있어서 큰 위안이 되는구나. 무량수불. 많은 피가 흐르지 않았으면 좋겠는데… 참으로 어렵고도 어렵구나.'

송학 도장의 입에서 가벼운 한숨이 새어 나왔다.

第五章
쌍봉지전(雙鳳智戰)
―여자의 직감은 검보다 무섭다

　제갈령은 관표와 소소를 숙소로 안내하기 위해 금천부의 취의청 문을 열고 밖으로 나왔다가 놀라서 멈추어 섰다. 무려 삼십여 명이나 되는 사람들이 그들을 기다리고 있었던 것이다.

　정확하게는 투왕과 무후를 보기 위해 몰려온 사람들이란 걸 알 수 있었다.

　놀라운 것은 그들이 전부 무림맹의 수뇌급 인사들이란 사실이었다. 삼십여 명이면 무림맹 소속 대문파들의 어지간한 고수들은 전부 모인 셈이다.

　제갈령으로서도 예상하지 못한 상황이었다.

　그들이 얼마나 자존심이 강한지 잘 알기 때문이었다.

　새삼스럽게 투왕과 무후의 무게가 그녀의 가슴을 누른다.

　제갈령이 놀라는 것과는 달리 관표와 백리소소는 이미 취의청 밖에 사람들이 몰려와 있는 것을 알고 있었기에 담담한 표정이었다.

제갈령은 담담한 두 사람의 표정을 보고 가볍게 한숨을 내쉬었다.

'최소한 무공과 명성에서는 도저히 내가 비교될 수 없는 사람들이구나. 그러나 세상은 힘만이 전부가 아니다. 그리고 내 곁에 투왕이 서있게 된다면 내 지혜는 더욱 빛을 발할 것이다.'

애써 위안을 삼은 제갈령은 침착하게 한쪽으로 물러섰다.

기다리던 무림맹의 고수들은 관표와 백리소소가 나타나자 서로 다투어 인사를 해왔다.

관표와 백리소소는 그들과 일일이 인사를 나누어야만 했다.

이때 중후한 인상의 남자가 앞으로 나왔다.

남자의 뒤에는 이전에 관표도 보았던 맹호군 팽대현이 서 있었다. 직감적으로 관표는 눈앞의 남자가 누구인지 알 수 있었다.

사십대로 보이지만 남자는 실제 나이가 육십에 가까운 노인이었고, 그가 바로 하북팽가의 가주이자 무림의 절대고수 중 한 명이라는 비룡광도(飛龍光刀) 팽대황이었다.

팽대황은 바로 관표의 의제 중 한 명인 팽완의 아버지이기도 했다. 그는 무림맹에 왔다가 투왕이 왔다는 소리를 듣고 곧바로 달려온 것이다.

더군다나 관표가 유지문, 그리고 팽완과 의형제라는 말을 들었기에 그의 걸음은 더욱 빨라졌다.

팽대황은 아들의 말을 믿고 있었기에 그 소문을 듣고 크게 놀라지는 않았다.

팽대황이 포권으로 예를 취하며 말했다.

"팽대황입니다. 내 완아에게 듣기는 했지만, 이렇게 만나게 되어 참으로 반갑습니다."

관표가 얼른 마주 예를 취하며 말했다.

"관표입니다. 의제의 아버님이시니 말을 놓으십시오."

팽대황은 관표가 직접 인정을 하자 가슴이 뭉클해지는 느낌이었다. 아들의 말을 믿고는 있었지만 그래도 상대에게 확인을 받자 관표가 고맙기도 하고 아들이 대견스럽기도 하였다.

'그래도 완이가 세상을 허투루 살지는 않았구나. 이런 용을 의형으로 두다니. 허허.'

속으로 기꺼운 생각을 하면서 애써 진지한 표정으로 말했다.

"비록 자식의 의형이지만 여긴 무림맹입니다. 이곳은 사적인 자리가 아니니 투왕으로서, 그리고 천문의 문주로서 걸맞은 대우를 받아야 마땅합니다."

팽대황의 말에 관표는 고개를 끄덕였다.

그의 말이 옳다고 생각한 것이다.

수많은 무림의 원로들이 부러운 표정으로 팽대황을 바라보고 있었다. 성격이 올곧고 패도적인 팽대황이었지만, 지금 순간은 조금 경직되는 기분이 들었다.

많은 사람들이 자신을 바라보자 세상의 중심에 자신이 서 있는 듯한 기분이었다.

자신이 아들 하나는 정말 잘 두었다는 생각이 들었다.

제갈령은 담담한 표정으로 이런 모습들을 지켜보고 있었다. 그러나 그녀의 눈이 불타고 있는 것을 본 사람은 아무도 없었다.

백리소소를 제외하곤.

그녀를 바라보는 백리소소의 입가엔 엷은 미소가 어려 있었다.

'참으로 영악하구나. 두 분의 원로를 이용해서 관 대가와 나를 잡아놓고 네가 어떤 음모를 꾸밀지 모르지만, 지금은 모른 척해주마. 하지만 나를 향해 이빨을 디밀진 말아라! 그리고 관 가가를 넘보지 말아라! 조금이라도 그런 기미가 보인다면 너는 세상에 태어난 것을 후회하게 될 것이다.'

백리소소의 눈은 차갑게 가라앉아 있었다.

그녀는 자신을 건드리는 자를 그냥 둔 적이 없었다.

무후천마녀란 별호가 그냥 생긴 것이 아니었던 것이다.

겨우 숙소로 돌아온 관표와 백리소소는 몹시 피곤했다. 사람을 상대하는 것이 그리 쉬운 일은 아니었던 것이다.

관표와 백리소소가 머물 곳은 금천부 내에 있는 봉황각의 금루라는 곳이었다.

봉황각은 무림맹에서 가장 귀한 손님들을 맞이하기 위해 만들어놓은 곳으로 금, 은, 황, 적, 청, 녹, 백 등의 일곱 개 색으로 구분되어 있었다.

그중 금루는 이들 일곱 개의 루 중에서도 가장 고급이었다.

금루에 온 제갈령이 두 사람에게 물었다.

"금루 안에는 모두 네 개의 방이 딸려 있습니다. 그중 한 곳에는 시녀들이 있으니 혹시 시키실 일이 있으면 그들에게 시키십시오. 그리고 세 개의 방 중 하나는 손님을 맞이하는 곳이고, 두 곳은 숙소입니다."

제갈령의 소개를 받으며 안으로 들어간 두 사람은 금루의 화려함과 세련됨에 내심 감탄을 하였다.

관표와 소소는 제갈령에게 인사를 한 후, 한 개의 방으로 함께 나란히 들어갔다.

그 모습을 바라보는 제갈령의 눈이 다시 한 번 불타고 있었다.

설마 두 사람이 함께 한 방으로 들어갈 줄은 몰랐던 것이다.

이는 곧 두 사람의 사이를 자신에게 과시하는 것 같았던 것이다.

제갈령은 가볍게 입술을 물고 돌아섰다.

이상하게 분하고 억울한 생각이 들었다.

무후를 생각하자 가슴에 불이 이는 듯한 느낌이었다.

'지금은 잠시 너에게 맡긴다. 하지만 오래 가지는 않을 것이다.'

제갈령은 떨어지지 않는 발걸음을 겨우겨우 돌려야 했다.

검협이라 불리는 조광의 이마에 땀이 맺히고 있었다.

"후욱."

숨소리와 함께 자리에서 일어선 조광이 금정을 내려다보면서 말했다.

"사부에게 이야기는 전했소?"

금정이 배시시 웃으면서 말했다.

"걱정하지 마세요. 이미 사람을 보냈답니다. 소식을 듣자마자 부리나케 달려오실 것입니다. 마침 가까운 곳에 계시니 시간도 오래 걸리지 않을 것입니다. 그리고 그날이 바로 투왕이 죽는 날일 것입니다."

조광이 흡족한 표정으로 말했다.

"흐흐, 때 맞춰 투왕이 이곳으로 왔으니, 이는 하늘이 돕는 것 아니겠소. 그래, 내용은 내가 말한 대로 한 거요?"

"물론이죠. 금연 사매와 금진 사매를 죽인 것은 투왕이고, 투왕이 무림맹에 와 있다고 전하라 했습니다. 다행히 사매의 죽음을 조사하느라 화산 근교에 와 있으니, 얼마 안 있어 이곳으로 오실 것입니다. 더군다나 투왕이라면 이를 가는 화산에서도 관표에 대해서 악담을 했을 것이니 전혀 의심하지 않을 것입니다. 문제는 투왕 관표가 사부님이 이곳에 올 때까지 이곳에 있을까 하는 점입니다."

"당분간 이곳에 있을 것이라고 들었소. 그러니 걱정 마시오. 설혹이곳을 나간다 해도 어차피 갈 곳은 정해져 있으니 문제가 되진 않을 것이오. 불괴의 성격으로 투왕이 어디로 간들 쫓아갈 테니 말이오."

금정이 곱게 눈을 흘기며 말했다.

"조 오라버니는 나빠요. 두 사람을 서로 상잔시키려 하다니."

조광이 음흉하게 웃으면서 금정을 바라보았다.

"우리의 행복을 위해서요."

"아이… 누가 뭐래요. 그냥 말이 그렇다는 거죠."

"흐흐, 역시 우리는 너무 잘 어울리는 한 쌍이오."

조광이 금정을 덥석 안았다.

금정이 조금 앙탈을 부리는 듯하다가 그대로 그의 품 안에 안겨들었다. 조광의 품에 안긴 금정은 사부에게 조금 미안한 생각이 들었다. 그러나 이미 일은 저질러지고 난 다음이었다.

'사부, 나를 원망하지 마세요. 나를 먼저 버린 것은 사부랍니다. 사부님이 사랑하시는 금화 역시 함께 죽여서 묻어드리겠습니다.'

제갈천문은 투왕과 무후를 숙소까지 데려다 주고 온 제갈령의 안색이 딱딱하게 굳어 있는 것을 보고 그녀의 기분이 썩 좋지 않다는 것을 알았다.

제갈천문이 미소를 머금고 물었다.

"평소 냉정하던 네 표정이 아니구나. 무슨 일이 있었느냐?"

제갈령은 얼굴을 풀며 가볍게 웃었다.

"화가 난 것이 아니라 잠시 질투를 했습니다."

제갈천문이 조금 뜻밖이란 표정으로 제갈령을 바라보며 물었다.

"질투? 네가 말이냐?"

"저도 여자랍니다."

"하하, 투왕 때문이냐?"

제갈령의 표정은 어느새 담담해져 있었다.

"아마도 그런 것 같습니다."

"네가 투왕을 좋아하긴 하는가 보구나?"

"제가 어찌 좋아하지도 않는 남자를 차지하기 위해 이렇게 고생을 하겠습니까?"

"그래, 그건 그렇고. 투왕을 언제까지 잡아놓을 셈이냐? 단지 간자가 있고 혹시 위험할지도 모른다는 말 한마디로 그를 오랫동안 잡아놓기엔 쉽지 않은 일이다. 지금 요지문에 청부를 넣고 있긴 하지만, 그쪽에서 준비를 하려면 시간이 걸릴 것이다."

"투왕을 무림맹에 조금 더 확실하게 묶어놓을 수 있는 방법이 있을 것 같습니다."

제갈천문의 표정이 밝아졌다.

"그것이 무엇이냐?"

"곤륜의 발걸음을 묶으면 됩니다."

제갈천문이 의아한 표정으로 제갈령을 바라보았다.

제갈령의 눈이 반짝이고 있었다.

이제 자신이 준비할 수 있는 시간을 충분히 벌 수 있을 것 같았기 때문이다.

'두 사람이 무림맹에 있어야 내가 그들을 갈라놓고 무후를 함정에 몰아넣기가 쉽다.'

그녀에겐 이미 무후를 함정에 넣을 수 있는 방법이 있었다.

요는 시간이 문제였다. 그리고 지금 시간을 벌 수 있는 방법을 찾은 것이다.

관표와 백리소소는 제갈령이 돌아간 후 금루 안의 가장 큰 방 안에 나란히 앉아 있었다.

관표와 백리소소는 오랜만에 편안하게 쉴 수 있었던 것이다.

둘은 이미 목욕까지 마친 상태였고, 한 번의 사랑을 공유한 다음이었다. 개운한 마음으로 시녀를 시켜 가져온 차를 마시는 두 사람은 평화로워 보였다.

귀빈을 위해 준비한 칠금향의 차는 독특한 향과 고소한 맛으로 두 사람의 기분을 더욱 상승시켜 주었다.

관표는 차를 한 모금 마시고 내려놓으며 백리소소를 바라보고 물었다.

"소소는 어떻게 생각하고 있는 것이오?"

"무엇을 말인가요?"

"무림맹의 간자 말이오."

"간자가 있는 건 사실일 것입니다. 하지만 그게 전부는 아니겠죠. 최소한 원화 대사님과 송학 도장님은 순수하게 우리를 걱정하고 계시지만, 제갈령은 믿을 수 없습니다."

"믿을 수 없다면?"

"사람이 뛰어나면 질투를 받게 되고 다른 사람들에겐 박탈감을 주기도 한답니다. 특히 항상 세상의 관심을 받아오던 사람이 갑자기 존재감을 잃게 된다면 이성을 잃을 수도 있는 것이 인간입니다."

관표는 묵묵히 백리소소의 말을 듣고 있었다.

그녀의 말을 조금은 알 것도 같았던 것이다.

"혹시 너무 앞서 가는 것은 아니오?"

"그럴 수도 있습니다. 그러나 준비는 하는 것이 좋습니다. 대책없이 있다가 남에게 이용당하고 우습게 되는 수가 있기 때문입니다. 아니면 그 이상일 수도 있고요."

관표가 고개를 끄덕이며 말했다.

"하긴, 제갈령 정도의 뛰어난 여자라면 전륜살가림과 결전이 끝난 후 천문과의 경쟁 구도에 대해서도 미리 생각하고 있을 것이오."

백리소소는 밝게 웃으면서 관표를 보았다.

'그리고 그녀는 자신과 자신의 가문을 위해서도 관 대가를 차지하려 하는 것 같습니다.'

물론 백리소소는 그것을 말하진 못했다.

정말 관표의 말대로 너무 앞서 가는 것일 수도 있기 때문이었다.

어차피 이 문제는 자신과 제갈령과의 문제라고 생각하는 소소였다.

"제갈령뿐이 아니라 제법 많은 문파들이 그 부분을 생각하고 있을 것입니다. 천문으로 인해 그들의 위치가 흔들릴 것이라 생각하는 문파들이 제법 있을 것이기 때문입니다. 조금 전에 수많은 사람들이 우리를 환대한 것은 결코 좋게만 생각할 것이 아닙니다. 벌써부터 관 대가와 나를 살펴보기 위해 왔다고 생각하는 것이 좋을 것입니다. 그리고 제갈령은 그들을 뭉치게 해서 차후 천문을 상대하려 할 것입니다."

관표도 고개를 끄덕였다.

"생각한 것이 있다면 내 눈치 보지 말고 준비를 하시오. 준비를 한다고 해서 나쁠 것은 없을 테니."

백리소소가 엷은 미소를 머금고 관표를 바라보았다.

그녀의 미소 속에는 어떤 자신감이 어려 있었다.

"그들이 감히 넘겨다 볼 수 없는 힘을 이쪽에서 가지고 있다는 것을 과시만 해도 충분할 것이라 생각합니다. 그리고 관 대가는 이미 그 정도의 힘을 가지고 있지 않습니까?"

"그래서 나도 우리 혼례식을 조금 성대하게 할 생각이오. 그때 천문의 힘을 보여줄 생각이오."

"좋은 생각입니다. 문제는 우리가 여기에 머무는 동안입니다. 제갈령은 영리한 여자입니다. 그동안 그녀가 어떻게 행동할지는 누구도 예측하기 어렵습니다."

"이 안에 있을 때 말이오? 설마 그럴 리야 있겠소?"

"그래도 모르는 일입니다."

관표가 묵묵히 백리소소를 바라보았다.

그녀의 맑고 깊은 눈을 들여다보던 관표가 고개를 끄덕이며 말했다.

"아무래도 소소는 내가 모르는 무엇인가를 눈치챈 모양이구려."

"아직은 제 생각일 뿐이라 조금 더 지난 후에 말씀드리겠습니다. 그렇지만 여러 가지 상황을 고려해서 준비는 할 생각입니다."

"그래, 어쩔 셈이오?"

"내일 아침 일찍 무림맹을 빠져나가서 장 단주를 만나고 올 생각입니다."

"몰래 나갈 생각이오?"

"호호, 그럴 필요는 없죠. 관 대가는 부림맹의 무상입니다. 잠시 나와 함께 무림맹 밖을 돌아본다고 하면 아무도 의심하지 않을 것입니다. 아마도 다정한 시간을 가지려는가 보다 하고 생각할 것입니다. 그때 잠시 만나서 몇 가지 지시를 하면 될 것 같습니다. 그리고 설혹 제갈령이 아니더라도, 우리가 천문으로 갈 때를 생각해야 할 것 같습니다."

백리소소의 말에 관표가 고개를 끄덕였다.

"좋은 생각이오. 일단 소소의 생각대로 합시다. 어차피 나야 이곳에서 사부님을 기다린다고 생각하면 속 편할 것이오."

백라소소가 고개를 흔들었다.

"가가, 아마도 곤륜에서 오시는 분들은 조금 늦어질지도 모릅니다."

관표가 백리소소를 바라보았다.

"무슨 뜻이오?"

"조금 전에 제가 말한 이유 때문입니다. 하지만 확실한 것은 아니니까 너무 마음에 두진 마십시오."

"알겠소."

백리소소가 관표의 품 안에 안겨들었다.

그날은 그렇게 시간이 흘렀다.

그 다음날, 무림맹 내의 무사들은 투왕과 무후가 함께 무림맹 밖을 구경하러 나가는 것을 보았다. 그러나 두 사람의 좋은 시간을 방해하려는 사람은 아무도 없었다.

무림맹을 돌아본다는 핑계하에 둘만의 시간을 가지려 한다는 것을 눈치챌 수 있었기 때문이다. 그들이 다정하게 걸어나가는 모습을 보면서 질투의 시선을 보내는 몇 개의 시선이 있었지만, 그들로서는 지켜볼 수밖에 없었다.

　관표와 백리소소는 무림맹의 오른쪽 담장을 따라 산책을 하며 여유롭게 종남산의 경치를 구경하고 있었다. 오솔길은 무림맹의 뒷부분까지 오자 다시 한 번 오른쪽으로 꺾어졌다. 무림맹은 뒤쪽으로 종남산을 끼고 있기에 더 이상 뒤쪽으로 돌아갈 수 없었던 것이다.

　그곳부터는 종남산을 끼고 오른쪽으로 작은 길이 나 있었다.

　둘은 오랜만에 이런저런 이야기를 하면서 걷다 보니 시간 가는 줄 모르고 있었다. 그렇게 걸음을 옮기다 보니 작은 야산이 하나 나타났다.

　그 야산엔 아주 작은 나무들이 심어져 있었고, 네모 반듯한 바위들이 산을 둘러싸고 계단처럼 층층이 쌓여 있었다.

　길을 가다 멈추어 선 백리소소는 잠시 동안 그 야산을 바라보았다. 그녀의 눈이 반짝였다.

　관표도 잠시 동안 야산을 바라보다가 말했다.

　"산이 높은 것은 아니지만 참으로 아름답구려. 하지만 마치 누가 만들어놓은 것처럼 보이는구려."

　백리소소가 입가에 미소를 머금고 말했다.

　"가가, 산의 경치도 좋지만 이제 장 단주를 만나러 가야 할 시간입니다. 이러다간 늦겠습니다."

　"그럽시다. 여기서야 보는 사람 없으니 신법을 펼치면 오래 걸리진 않을 것이오."

　두 사람이 신형이 가볍게 허공으로 떠오르더니 종남산 자락을 끼고 사라졌다.

떠나기 전 백리소소는 다시 한 번 야산을 바라보았다.

그날 오후가 되어서야 관표와 백리소소는 나란히 무림맹으로 돌아왔다. 그러나 누구도 감히 두 사람이 어디 가서 무엇을 했느냐고 묻는 사람은 없었다.

관표가 무림맹에 들어온 지도 벌써 열흘이 넘어가고 있었다.

그동안 관표와 백리소소는 유지문, 팽완과 어울렸고, 하북팽가와 종남파의 유지들과도 더욱 친해질 수 있었다. 그리고 그럴수록 종남의 위세는 갈수록 높아져서 이젠 구파의 한 축으로 완전히 자리를 잡아가고 있었으며, 팽가 또한 더욱 자신의 위치를 공고히 할 수 있었다.

이는 관표와 무후의 힘이 크다고 할 수 있었다. 그리고 유광과 팽대현을 비롯한 팽가와 종남의 사이도 급속도로 가까워지고 있었다. 특히 팽대현과 유광은 유난히 마음이 잘 맞는 편이어서 어느새 형, 동생 하는 사이가 되어 있었다.

나이가 많은 팽대현이 형이 되었고 유광이 동생이 된 것이다.

열흘 동안 무림맹의 화제는 단연 관표와 무후의 혼인에 대한 이야기가 중심이었고, 그 외엔 관표의 의제인 유지문과 팽완에 대한 이야기가 많았다.

특히 일반 무사들은 유지문과 팽완이 투왕과 무후의 인정을 받은 것은, 지금처럼 정파가 제구실을 못하는 상황에서도 꿋꿋하게 협과 의를 지켜왔기 때문이라고 생각하였다.

그렇기 때문에 두 사람이야말로 구파일방이나 오대세가 중의 진정한 협객이라고 떠들어댔다.

그러다 보니 유지문과 팽완에 대한 인기와 지명도는 어느새 무림십

준을 넘어섰고, 무림맹의 무사들은 두 사람을 일컬어 강북쌍웅이라고
부르기도 하였다.

또 어떤 사람들은 거기에 관표를 더해서 무림삼웅(武林三雄)이라고
부르기도 하였다. 이래저래 관표와 무후는 무림맹의 모든 시선을 한꺼
번에 끌어갔다. 그럴수록 제갈령의 소외감은 더해가고 있었다.

그리고 또 하나의 화제가 된 것은 유광의 무공 수위였다.

이미 관표로 인해 한 단계 발전한 유광의 무공이 얼마나 강해졌을까
하는 부분에 있어서 많은 사람들의 의견이 분분했던 것이다. 이런저런
이유로 무림맹에서의 시간은 관표와 백리소소에게도 요긴한 시간들이
되고 있었다.

관표에게 아쉬운 점이 있다면 운룡검 나현을 비롯한 곤륜파의 사람
들이 아직도 무림맹에 돌아오지 않고 있다는 점이었다.

운룡검 나현은 전륜살가림으로 인해 와해 직전까지 간 곤륜파의 살
아남은 제자들을 데리고 무림맹에 합류하기 위해 다시 돌아간 상황이
었다.

곤륜파의 살아남은 제자들은 곤륜산의 험지에 있는 그들만의 은거
지에 숨어 있다고 했었다. 어떻게 보면 자신도 곤륜과 무관하지 않았
기에 별반 도움을 주지 못한 것이 미안하고 가슴 아팠다. 그렇기에 상
황이 허락된다면 성심성의껏 곤륜을 도울 생각이었다.

특히 곤륜의 사람들을 기다리는 가장 큰 이유라면 자신의 사부인 경
중쌍괴 때문이었다. 나현이 돌아올 때 두 사부를 대동한다는 말을 제
갈령을 통해 들은 터라, 이왕이면 그들이 돌아온 다음 두 사부를 뵙고
천문으로 돌아갈 생각이었다.

백리소소 역시 사부인 백봉이 몇 가지 일 때문에 성수곡으로 돌아가

고 없다는 점이 아쉬웠지만, 다행히 성수곡에서 그녀를 잘 따르던 시녀가 무림맹 내 백봉의 거처에 남아 있었기에 그녀들과 함께 어울릴 수 있었다.

백리소소는 곤륜파의 제자들을 기다리는 관표를 보면서 안타까운 표정을 짓곤 하였다.

'단순히 위험하다는 이유만으로 나와 관 대가를 이곳에 오래 붙잡아 둘 수는 없을 것이다. 제갈령이 나를 노리고 관 대가를 가슴에 품은 것이 확실하다면 무엇인가를 준비하고 있을 것이다. 그리고 그 준비가 끝날 때까지는 나와 관 대가를 이곳에 묶어두려고 할 것이다. 그렇다면 관 대가를 이곳에 확실히 묶어두기 위해서라도 곤륜의 문하들이 이곳에 일찍 도착하는 것을 방해할 것이 분명하다. 관 대가는 천문에 큰 문제가 없는 한 두 사부님을 뵙고 가려 할 것이기 때문이다. 그녀가 나를 노리고 관 대가에 대해서 흑심을 품은 것이 확실하다면 분명히 그렇게 했을 것이다.'

그러나 짐작일 뿐이었다.

그것을 사실처럼 말할 수는 없기에 그녀는 가슴속에 묻어두었다. 그러나 백리소소는 자신의 짐작을 믿고 있었다. 여자의 직감은 눈으로 보이는 진실보다 더욱 정확한 경우가 많았다. 특히 자신이 사랑하는 사람에 대해서는 민감하게 마련이다.

그렇게 확신을 하면서도 말하지 않은 것은 증거가 없는 직감일 뿐이었고, 설혹 그것이 사실이라고 해도 곤륜의 사람들에게 위해는 없을 것이라고 판단한 때문이다.

관표는 기다리는 두 분 사부님도 도착하지 않고 열흘이 지나도록 무리맹의 간자에 대해서도 전혀 누구인지 감조차 잡지 못하고 있자 조금씩 초조해지고 있었다.

사실 그로서는 천문에 가서 할 일이 꽤 많았던 것이다.

참다못한 관표는 자신과 백리소소를 미끼로 오히려 상대를 함정으로 몰아 적에게 타격을 주는 방법도 생각을 했지만, 포기했다. 일단 간자를 잡지 못하면 그 부분도 들킬 확률이 높기 때문이었다. 그렇다고 백리소소가 준비한 패를 함부로 사용하기는 싫었다.

第六章
삼타종결(三打終結)
―뜻이 있는 곳에 초식이 있고,
검이 형을 이루지 않는 것은
보이지 않는 곳에서 기가 움직이기 때문이다

　해가 조금씩 기울어가는 무림맹의 모습은 한 폭의 산수화 같았다. 평원의 언덕에 종남산 자락을 등지고 고고하게 서 있는 고성의 담벼락에 조금씩 노을이 지고 있었으며, 여기저기서 밥 짓는 연기가 하늘로 모락모락 피어오르고 있었다.

　주변이 모두 산이라 홀로 우뚝 선 무림맹의 모습엔 고독한 무사의 정취가 물씬 배어 나오기도 하였다. 무림맹 정문으로 나 있는 대로엔 사람들의 발자취가 완전히 사라지고 없었다.

　아직 해가 저문 것은 아니지만, 오늘따라 유난히 무림맹을 찾는 사람들이나 무림맹에서 밖으로 나가는 사람들이 없었던 것이다. 그리고 지금 사람의 자취가 완전히 없어진 대로를 통해 세 명의 여승이 무림맹을 향해 다가서고 있었다.

　무림맹을 지키고 섰던 선위무사들은 따분하게 서 있다가 다가오는 세 명의 여승을 호기심 어린 시선으로 바라보았다.

선위무사들은 조금씩 긴장한 표정이 되어갔다.

무림에 여승들이 있는 곳은 단 세 개의 문파뿐으로, 아미와 보타암, 그리고 연화사였다. 어느 문파의 여승이든 무림에서 그 명성과 자부심은 대단한 곳들이었다.

다가오는 여승들 중 가운데 선 여승은 나이가 사십대 후반 정도 되어 보였는데, 얼굴이 냉정해서 보는 것만으로도 가슴에 한기가 도는 느낌이었다. 그리고 그녀의 오른쪽에 있는 여승은 이제 이십대 중반의 모습으로 비구니임에도 불구하고 섬세한 아름다움을 잃지 않고 있었다.

왼쪽에 있는 여승은 삼십대 중반으로 보였는데, 역시 보기 드물게 아름다웠다.

선위조 조장인 점창의 소풍검(小風劍) 문곡이 여승들에게 다가서며 예를 취하고 물었다.

"점창의 문곡이라고 합니다. 여스님들께서는 어디서 오는 분들이신 지요?"

가운데 선 여승이 차가운 시선으로 문곡을 바라보았다. 순간 문곡은 자신도 모르게 상대의 기세에 압도되는 것을 느끼고 얼른 내공을 끌어 모았다. 그러나 여전히 그녀의 기세에 대항하기엔 역부족이었다.

문곡은 등에 식은땀이 흐르는 것을 느꼈다.

여승이 냉막한 목소리로 말했다.

"여기에 투왕이라고 불리는 어린놈이 와 있는가?"

"그, 그렇습니다."

"나를 그놈에게 안내하라!"

"누구신지……."

"나는 연옥심이다."

"여, 연옥심… 불괴 대비단천!"

문곡은 하마터면 그 자리에서 주저앉을 뻔하였다.

무림에서 가장 상대하기 어렵고 괴팍하다는 늙은 괴물이 설마 눈앞의 여중일 줄이야……. 오죽했으면 그녀를 일컬어 불야차(佛野次)라고 했을까? 문곡은 가슴이 심하게 떨리는 것을 느꼈다.

불야차가 정사 중간의 괴물이라곤 하지만 그녀의 대제자인 금정이 무림맹의 장로 중 한 명이라 결코 외인이라고 할 수는 없었다.

무림맹에서 금정을 공들여 끌어들인 이유가 그녀의 무력도 무력이지만, 그녀의 사부인 연옥심 때문임을 문곡도 잘 알고 있었다. 그것이 아니라도 함부로 대해서는 안 되는 인물이었다.

즉, 선 조치 후 보고를 해야 하는 몇 안 되는 인물 중 하나로, 그녀가 원한다면 일단은 들어줘야 할 상황이었다.

문곡이 공손하게 말했다.

"제가 안내하겠습니다. 저를 따라오십시오."

문곡이 앞장서면서 수하들에게 눈짓을 하였다.

그의 수하들이 빠르게 무림맹 안을 향해 달려갔다.

최소한 연옥심보다 빠르게 무림맹주와 투왕에게 소식을 전해야 하기 때문이었다.

투왕 또한 연옥심보다 결코 무게 면에서 떨어지는 인물이 아닌지라 함부로 할 수 없었다. 서로 어떤 사연이 있는 줄도 모르고 무조건 그 앞으로 데려갈 수는 없었던 것이다.

무림맹 내에 긴장감이 돌기 시작했다.

십이대초인 중 한 명인 불괴가 투왕을 찾아왔다는 것 하나만으로도 무림맹은 발칵 뒤집어졌다. 더군다나 불괴의 말투로 두 사람이 결투를 벌일지도 모른다는 말이 번져 나가자 무림맹 내의 모든 무사들은 흥분하기 시작했다.

그들도 연옥심의 제자들이 정의맹 소속이었고, 화산의 하수연이 그녀의 마지막 제자임을 잘 알고 있었기에 사정을 조금은 눈치챌 수 있었던 것이다.

십이대초인들의 결투.

무인들에게 있어서 놓칠 수 없는 구경거리였다. 그러나 아쉽게도 금천부는 일반 무사들이 들어갈 수가 없었다. 대신 각파의 장로급 인사들은 전부 금천부 쪽으로 발걸음을 서두르고 있었다.

금천부 정문 앞에는 벌써 연락을 받은 송학 도장과 일부 장로들이 나와서 대비단천 연옥심을 기다리고 있었다. 그리고 그중엔 불괴의 대제자인 금정도 있었다.

그리고 금천부 정문 쪽 광장에는 무려 천여 명이나 되는 무림맹 소속 각 방파의 제자들이 모여들었다. 방파의 수뇌들도 자신의 제자들이 모여드는 것을 말리지 않았다.

고수들의 대결은 보는 것만으로 무인들에겐 큰 기연이고 경험이라고 할 수 있는 것이다. 권장은 못할망정 막을 수는 없었던 것이다.

잠시 후 금천부 앞의 광장을 관통해 오는 큰길가로 세 명의 여승과 점창의 문곡이 나타났다. 모든 시선이 그들에게 쏠린 가운데 그들은 어느새 금천부 앞으로 다가서고 있었다.

금정은 얼른 앞으로 나와 연옥심에게 인사했다.

"금정이 사부님께 인사를 드립니다."

"잘 있었느냐? 혹시 무림맹에서 너를 홀대하지는 않더냐?"

"제자는 잘 있었습니다. 그보다도 사부님께서 오신 것은?"

"여기 네 사매인 금연을 죽인 투왕이란 놈이 와 있다고 들었다. 내 오늘 기필코 그놈과 사생결단을 내고 말 것이니 나를 그놈의 거처로 안내해라!"

금정은 조금 놀라는 표정으로 사부님을 말리는 척했다.

"사부님, 먼저……."

"뭐 하는 것이냐? 어서 그놈에게 나를 안내하지 않고!"

"무량수불, 참으로 오랜만입니다."

그때 송학 도장이 앞으로 나서자 연옥심도 어쩔 수 없이 마주 예를 취하였다. 아무리 연옥심이라도 무당의 송학은 그녀와 연배가 비슷했다. 그리고 현 무림맹의 맹주였던 것이다.

이전에 이미 안면도 있던 사이였다.

아무리 불야차라는 그녀라도 더 이상 못 본 척할 수는 없었다.

"도사, 오랜만입니다. 미리 말하지만 나를 막을 생각은 하지 마시오."

연옥심의 성격을 잘 아는 송학 도장은 빙긋이 웃었다.

비록 성질이 괴팍하고 남에게 심할 정도로 지기 싫어하는 성격이지만, 결코 마인은 아니었다. 그래서 무림맹을 결성하고 그녀에게도 도움을 요청하였고, 그 제자를 무림맹의 장로로 앉힌 것이다.

어찌 보면 연옥심은 정의맹과 무림맹에 양다리를 걸치고 있었지만, 그것은 그녀의 의지가 아니었다. 그녀는 자신의 제자들이 어느 곳을 돕든지 자신이 스스로 알아서 하도록 한 것이다.

어차피 둘 다 정파연합이고, 차후에 어느 쪽이 주도권을 잡든지 자신에게 해가 되지는 않을 것이라고 생각했던 것이다. 그래서 금연은 막내인 하수연과 친하기에 정의맹을 도왔고, 금정은 조광에게 넘어가 무림맹을 돕게 된 것이다.

단지 그녀가 모르는 사실이 있다면, 금정과 조광의 사이였다.

송학이 침착한 표정으로 말했다.

"어떤 일인지 모르지만, 우선 천천히 이야기를 나누어보고 시시비비를 가리는 것이 옳지 않겠소?"

"흥. 늙은 도장, 그런 개수작은 다른 데 가서 알아보고 빨리 투왕인지 뭔지 하는 어린아이나 내게로 데려오시오. 그놈이 내 제자를 죽인 것은 내가 확실하게 확인하고 온 것이니."

연옥심으로선 지금 당장이라도 검을 뽑아 들고 안으로 들어가지 않은 것만으로도 송학 도장에 대한 예의를 다 했다고 할 수 있었다.

송학은 상황으로 보아 연옥심을 막기는 쉽지 않을 거라고 생각하였다. 그러나 지금같이 함께 상대해야 할 적을 앞에 두고 자중지란을 일으키는 것은 어떤 면으로도 좋은 일이 아니었다.

송학이 다시 한 번 대비단천 연옥심을 말리려고 할 때였다.

"나를 찾아오셨습니까?"

굵은 목소리와 함께 관표와 백리소소가 금천부 안에서 걸어나왔다. 연옥심 뒤쪽에 늘어서서 구경하던 무사들은 관표와 소소가 나타나자 환성을 질렀다.

그것이 연옥심의 비위를 더욱 건드리고 말았다.

"네놈이 바로 투왕이라고 불리는 어린아이냐?"

그 말을 듣고 백리소소의 미간에 힘줄이 곤두섰다.

"불가에서는 자신의 마음에 들지 않으면 누구든지 어린아이라고 말하는 모양이군요."

연옥심의 냉막한 시선이 백리소소를 향했다.

언뜻 감탄한 표정이 떠올랐다가 사라졌다.

"네가 무후구나. 어린아이가 힘이 좀 있다고 어른에게 이빨을 들이대다니. 그러다가 제명에 죽지 못할 것이다."

연옥심의 말에 백리소소가 고혹적인 미소를 지었다.

"아무리 그래도 늙어 꼬부라진 할망구 중보다는 오래 살 것이니 너무 걱정하지 않으셔도 됩니다."

백리소소의 말에 연옥심의 눈에서 살기가 감돌았다.

"네년이 죽고 싶은가 보구나?"

"그럴 리가 있나요. 저는 사랑하는 사람을 두고 혼자 죽고 싶은 생각은 없답니다. 참, 선배님은 여승이시니 그 깊은 사정을 모르시겠군요. 참으로 안타까운 일입니다."

전혀 안 안타까운 표정이었다.

연옥심의 얼굴이 얼음처럼 굳어졌다.

최소한 말싸움에서는 연옥심이 밀리고 있었던 것이다.

"네 실력이 그 입심만큼 되길 바란다."

연옥심 나서려 하자, 그에 앞서 그녀의 양옆에 서 있던 두 명의 비구니 중 나이가 어린 비구니가 앞으로 나서며 말했다.

연옥심의 다섯 번째 제자인 금화였다.

"사부님께서는 잠시 이 제자에게 기회를 주셨으면 합니다. 저런 어린아이와 어울리는 것은 격이 맞지 않으십니다."

자신이 가장 자랑스럽게 생각하는 제자인 금화가 나서자 연옥심은 조금 망설였다. 그녀의 말대로 자신이 상대하기에는 연옥심과 연배 차이가 많았던 것이다.

잠시 망설이던 연옥심이 금화에게 물었다.

"자신있느냐?"

"소녀의 실력은 사부님이 잘 아십니다."

연옥심이 고개를 끄덕이며 한 발 뒤로 물러섰다.

"그래도 조심하거라. 요즘 제법 한다는 아이다."

"걱정 마십시오, 사부님."

금화가 가볍게 미소를 지으며 돌아서서 백리소소를 바라보았다.

백리소소는 담담한 표정으로 그녀를 마주 보았다.

"아미타불. 무후는 무공만 강한 것이 아니라 입심도 대단하군요. 하지만 부모에게 어른을 대하는 교육은 받지 못한 것 같습니다. 소승이 당신의 멍청한 부모를 대신해서 어른에 대한 예의범절을 가르쳐 볼까 합니다."

빗대어서 백리소소의 부모를 욕하고 있었다.

그녀도 무후의 사부가 백봉이란 말을 들었기에 차마 그녀의 사부를 빗대진 못한 것이다. 그러나 그녀가 백리소소의 조부가 누구인지 알았다면 그런 말을 하진 못했을 것이다.

의연하게 말하는 금화를 연옥심은 흡족한 표정으로 바라보았다. 자신의 제자 중 하수연을 빼고 가장 막내에다가 나이도 가장 어렸지만, 재질이 뛰어날 뿐 아니라 무공도 가장 강했다.

그러나 연옥심은 이미 그녀의 무공이 대제자인 금정을 오래전에 넘어서고 있다는 것을 알고 있었다. 그래서 연옥심이 가장 아끼는 제자였고, 사실상 그녀에게 자신의 모든 것을 물려줄 생각이었다.

'금화라면 제아무리 무후의 무공이 강해도 능히 상대할 수 있을 것이다. 소문으로 무후의 무공이 나와 견줄 정도라고 하지만 그것은 터무니없는 말이고, 현 후기지수 중에 금화를 이길 만한 고수는 없을 것이다.'

연옥심의 자부심이었다. 그러나 그녀는 멀리서 금정의 눈이 질투에 불타고 있는 것을 보지 못했다.

'사부, 나를 원망하지 마세요. 사부가 먼저 나를 버렸다는 것을 알았기에 나도 버린 것뿐입니다.'

금정은 혹시라도 자신의 감정이 들킬까 봐 은근슬쩍 시선을 내리깔았다. 그러나 그녀의 그런 시선을 느끼고 있는 사람이 있을 줄은 그녀도 생각하지 못하고 있었다. 더군다나 그 상대가 지금 강적이라고 할 수 있는 연옥심과 금화를 앞두고 있는 백리소소일 줄은 더욱 생각지 못하고 있었다.

금화가 나서자 백리소소는 묘한 웃음을 짓고 그녀를 바라보다가 말했다.

"예의범절이란 오고 가는 것이지 어느 한쪽이 일방적으로 지킨다고 되는 문제가 아니지. 그리고 너는 감히 내 부모를 욕했다. 그러니 내 손이 맵다고 원망하지 말거라!"

백리소소의 전신에서 한기가 뿜어져 나왔다.

그 기세에 금화는 자신도 모르게 가슴이 떨리는 것을 느꼈다.

금화는 얼른 내공을 끌어올리면서 말했다.

"아미타불. 금화라고 합니다. 무후의 명성은 들었지만, 나는 내가 진다고 생각하지 않습니다. 그리고 자식이 잘못하면 부모가 욕을 먹는 것은 당연한 것입니다."

"누가 먼저 잘못했는지 천천히 생각해 보아야 할 것이다."

소소가 천천히 앞으로 걸어나왔다.

금화가 자신의 검을 뽑아 들며 말했다.

"무기를 뽑으십시오."

백리소소는 무기를 뽑는 대신 차가운 목소리로 말했다.

"너 따위를 상대하기 위해 무기를 뽑아 들 필요는 없다. 너나 잘해라!"

백리소소의 신형이 순간 흐릿해졌다. 그리고 갑자기 고무줄처럼 늘어나더니 금화의 면전을 향해 쏘아왔다.

그 속도가 너무 빨라서 금화가 검초를 펼치려 할 때 이미 그녀의 신형은 금화의 코앞에 와 있었다.

"차앗!"

기합과 함께 금화의 검이 부드럽게 궤적을 그렸다.

그와 동시에 그녀의 검에서 서너 개의 검기가 연꽃처럼 뭉치면서 백리소소를 공격해 갔다.

불괴라 불리는 대비단천 연옥심의 대비연화구검(大조蓮花九劍)이 펼쳐진 것이다.

검에 맺힌 연꽃을 본 무림맹의 무사들과 원로들이 찬탄을 터뜨렸다. 기가 모여 형상을 이루는 경지란 그렇게 쉬운 것이 아니었다.

무림맹의 원로들 중에서도 저 정도의 경지에 이른 사람이 많지 않다고 할 수 있었다.

금화의 얼굴에 미미한 미소가 감돌았다.

이 정도라면 제아무리 무후라도 낭패를 면치 못할 것이라고 생각한 것이다. 그러나 그것은 그녀의 착각이었다.

세 송이의 연꽃이 백리소소를 그대로 치고 나갔다.

보는 대부분의 사람들은 백리소소가 금화의 공격에 당했다고 생각하며 아! 하는 함성을 내질렀다. 그러나 관표를 비롯해서 몇몇 원로들의 표정은 담담했다.

공격이 성공했다고 생각하던 금화의 안색이 굳어졌다.

분명 검기가 스치고 갔는데, 가격했을 때의 느낌이 없었던 것이다. 마치 아무것도 없는 허공을 친 것 같은 느낌이었다. 그리고 공격을 당한 백리소소의 신형이 연기처럼 흩어지면서 사라지고 있었다.

"헉!"

소리와 함께 금화가 놀라 다시 한 번 검초를 펼쳐 내려 하였다. 그러나 그 순간 그녀의 측면에서 갑자기 나타난 백리소소의 손이 기묘하게 곡선을 그리고 있었다.

철썩.

하는 소리와 함께 백리소소의 손바닥이 금화의 뺨을 후려쳤다.

금화의 고개가 확 돌아가면서 몇 개의 이가 튀어나왔다.

"이것은 내 부모님을 욕한 대가다. 그리고 이건 내게 무례하게 군 대가다."

백리소소의 신형이 슬쩍 떠오르더니 이마로 그녀의 반질반질한 머리 위쪽을 박아버렸다.

픽! 하는 소리와 함께 호박 깨지는 소리가 들리면서 금화가 그 자리에서 주저앉았다.

"그리고 이건 이자다."

소소는 마지막으로 그녀의 턱을 차버렸다.

픽! 하는 소리와 함께 금화가 뒤로 날아가 땅바닥을 세 바퀴나 구르더니 그 자리에 주저앉았다가 천천히 큰대 자로 뻗은 채 기절해 버렸다.

삼타종결(三打終結)이었다.

모두들 멍하니 바라만 보고 있었다.

설마 연옥심의 제자 중 무공이 가장 강할지도 모른다는 금화 사태가 이렇게 쉽게 질 줄은 몰랐던 것이다.

이건 실력에서 차원이 다르다고 할 수 있었다.

연옥심이 도와주고 싶어도 그럴 시간도 없었거니와 그럴 수도 없었다. 그녀가 뛰어들려는 순간 한가닥의 기운이 그녀를 막았기 때문이다.

관표가 백리소소를 도와 연옥심을 견제한 것이다.

연옥심은 백리소소의 무공을 보고 관표의 기세를 느끼고 나서야 두 사람의 무공이 명성 그대로임을 알았다. 이젠 그녀도 함부로 검을 뽑아 들고 나설 수 없게 되었다.

연옥심은 기절해 쓰러진 자신의 제자를 본 후 백리소소에게 말했다.

"대단하구나. 과연 무후라 불릴 만하다. 하지만 네년을 용서할 수 없다."

연옥심이 무기를 뽑아 들려고 하자 관표가 앞으로 나섰다.

"당신은 내가 상대하리다."

연옥심이 관표를 바라보았다.

"내가 바라는 바다. 우선 네놈부터 죽여 제자의 복수를 하겠다."

관표가 가볍게 웃었다.

"무슨 일인지 정확하게는 모르겠지만 일단 걸어온 싸움이니 나도 피하진 않으리다. 그럼 먼저 승부를 내고 이야기합니다."

"네놈은 아직도 인정을 못하는 것이냐? 그래도 투왕이란 별호까지 받은 자가 자신이 한 일에 대해서 변명을 하다니, 네놈이 그러고도 무사라고 할 수 있느냐?"

"대체 내가 무슨 일을 했는지 나도 모르고 있으니, 선배가 정확하게 말을 해보시오."

"흥, 바로 천문의 혈투에서 내 제자가 실종되었다! 네 손에 죽었다고 하더군."

그 말을 듣고 관표의 표정이 굳어졌다.

"화산의 하수연을 돕기 위해 왔었군. 그렇다면 나를 해하고자 왔을 텐데 내가 그냥 죽어줄 순 없을 테고, 어차피 살아 있었다 해도 내 손에 죽었을 목숨이었군."

연옥심이 코웃음을 쳤다.

"네놈이 내 제자를 죽인 것에 대해선 원망하진 않겠다. 강호 밥을 먹으면서 어쩔 수 없겠지. 하지만 나는 내 제자의 복수를 해야겠다. 그래서 너에게 정식으로 도전을 하겠다. 네놈이 장부라면 나의 도전을 거절해선 안 될 것이다."

관표는 연옥심을 바라보았다.

생각했던 것보다 막 나가는 여자는 아니란 생각이 들었던 것이다. 그리고 지금 상황에서도 연옥심은 냉정했다. 역시 십이대초인이란 아무나 되는 것은 아닌 모양이었다.

"좋소. 제자의 복수를 하겠다 하니 받아들이죠. 대신 진다면 당신의 제자를 내가 죽였다고 한 사람이 누구인지 꼭 말해주길 바라겠소."

연옥심의 얼굴에 살기가 돌았다.

"네놈이 날 이길 수 있다고 생각하는 것이냐? 그리고 오늘 너와 나 둘 중에 하나는 반드시 죽을 것이다. 조건 같은 것은 꿈도 꾸지 말아라!"

관표는 말없이 자신의 하나 남은 도끼를 손가락으로 툭 치며 말했다.

"더 이상의 말은 불필요하고, 내 말을 받아들인 것으로 여기겠소. 그럼 여기서 하겠소, 아니면?"

연옥심이 자신의 대비신검을 뽑아 들며 말했다.

"장소에 상관이 있겠는가? 이 정도 넓이라면 충분하지."

관표는 사방을 둘러보았다.

금천부로 들어가는 대문 앞은 굉장히 큰 광장이었다.

담과 담이 중첩되면 적이 숨어 들어오기 쉽기 때문에 무림맹에서도 가장 중요한 금천부 정면은 하나의 광장으로 만들어놓은 것이다. 광장을 따라 가로세로로 넓은 길들이 있고, 그 길들은 금천부 이외의 다른 구역들로 이어져 있었다.

광장은 천여 명의 무인들로 가득했지만, 두 사람이 겨루기에 충분한 여유가 있었다.

관표 역시 도끼를 꺼내 들며 말했다.

"좋습니다."

두 사람이 무기를 꺼내 들자 주변 사람들이 분분히 물러섰다.

이미 두 사람의 기세로 보아 말린다고 될 일이 아니었던 것이다.

차라리 둘이서 한바탕하고 나서 처리하는 것이 옳을 것 같았기에 송학을 비롯한 무림맹의 수뇌들은 서로 전음과 눈짓으로 의논을 하고 뒤로 물러서서 자리를 마련해 준 것이다.

송학 도장과 원화 대사를 비롯한 무림맹의 수뇌들이 뒤로 물러서고 있을 때 마침 제갈령을 비롯해서 제갈가의 사람들이 뒤늦게 나타남으로 인해, 무림맹에 있던 수뇌진들은 물론이고 무리맹에 가입한 문파들의 정예 무사들 대부분이 이 자리에 모이게 되었다.

한쪽에는 유지문과 팽완을 비롯한 종남과 하북팽가의 사람들이 급하게 달려와 한자리를 차지하고 긴장한 채 두 사람을 지켜보았다. 그리고 그들 주변과 광장을 빙 둘러선 모든 무사들은 기대와 긴장이 어린 표정으로 두 사람을 바라보고 있었다.

십이대초인들의 결투.

평생을 가도 다시 보기 어려운 일인 것이다.

뒤로 물러서는 백리소소의 손에 땀이 배어 나오고 있었다.

그녀는 연옥심이 얼마나 강한지 느끼고 있었던 것이다.

'최소 검제보다 반수 이상 위다. 도종 시숙님이나 마종 어르신과 겨룬다면 비슷할까? 어쩌면 더 위일지도 모른다.'

백리소소의 판단이었다.

배분상으로 본다면 연옥심이 도종이나 마종보다 반 배분 정도 위였다. 그리고 그녀의 명성이 두 사람보다 조금 더 위라고 할 수 있었다.

백리소소가 긴장하는 것은 당연하였다.

관표는 가볍게 숨을 몰아쉬고 도끼를 들어올리며 천천히 앞으로 걸어나갔다.

연옥심과 관표의 거리는 이 장 정도.

관표의 걸음이 멈추었다.

두 사람이 마주 보자, 지켜보던 모든 사람들은 숨소리조차 내지 못하고 조용해졌다.

시간이 흐른다.

긴장으로 꽉 조여진 공간과 시간이 모든 사람들의 사고와 이성을 한곳으로 모아놓고 있었다.

둘은 그렇게 마주 본 채로 무려 반 각 동안이나 움직이지 않고 있었다. 오히려 지켜보던 사람들의 몸이 조금씩 경직되고 있었다.

유지문이 긴장을 참지 못하고 유광에게 물었다.

"사숙님, 지금 상황은 어떤 것입니까? 왜 서로 공격을 하지 않고 마주 보고만 있는 것입니까?"

유지문은 나직하게 물었지만, 너무도 고요한 상황이라 그 소리는 주변 사람들에게 전부 들렸다.

그렇지 않아도 궁금해하던 무사들이 유광에게 시선을 집중했다.

유광은 근래 들어 관표로 인해 무에 대해서 새롭게 큰 깨우침을 얻고 있는 중이었고, 이전에 비해 비약적으로 무공이 발전해 있었다. 사실 관표를 만나고 자신이 얼마나 무공이 발전했는지 본인 스스로조차 모를 정도였다.

또한 무공뿐만이 아니라 무공에 대한 이론이나 안목도 비약적으로 발전한 상황이었다.

그는 찬찬히 관표와 연옥심을 살펴본 다음에 말했다.

"두 분은 이미 초식을 겨루고 있다. 꼭 무기를 휘두르는 것만이 공격을 하는 것은 아니다. 저 두 분은 초식을 무형지기로 배출해 펼칠 수 있는 경지에 달해 있다. 아주 미미하지만 두 분의 무기는 계속 움직이고 있을 것이다. 그리고 어느 순간 두 분 중 한 분이 밀리거나 실수를 한다면 그때부터 공격이 시작될 것이다."

유광의 말이 끝나기도 전에 관표의 도끼가 무서운 속도로 연옥심의 목을 치고 나갔다. 그리고 그 순간 연옥심의 검이 단 하나의 연화를 만들면서 번개처럼 위로 치켜 올라갔다.

팟! 하는 소리가 들리면서 두 사람이 다시 제자리로 돌아갔다.

연옥심의 목에 미세한 생채기가 나 있었으며, 관표의 가슴 쪽 옷자락이 갈라져 있었다.

연옥심의 미간이 좁혀졌다.

'위험, 큰일날 뻔하였다.'

연옥심은 가슴이 서늘해지는 것을 느끼고 있었다.

일부러 밀리는 척하고 관표를 끌어들였지만 관표는 그 함정을 알고도 공격해 왔다. 그리고 둘은 한 수로 무승부를 이룬 것이다. 연옥심의 자존심에 상처가 나는 순간이기도 하였다.

第七章

칠기화월(七氣花月)
—만겁의 꽃은 달빛 아래 아름다웠다

연옥심은 감탄한 표정으로 관표를 다시 한 번 바라보았다.

"제법이다. 그러나 이번에도 네가 나를 이길 수 있는지 보겠다."

연옥심의 검이 천천히 올려지더니 그대로 부드럽게 곡선을 그리면서 관표를 찔러갔다.

호흡이 가빠졌던 무인들의 심장이 일시간 정지하는 듯하였다.

그녀의 검은 속도가 그다지 빠르지 않았기에 일류를 넘나드는 고수라면 누구라도 피하고 막을 수 있을 것 같았다.

오히려 일류고수 정도라면 역습을 해도 될 것만 같았다.

그러나 연옥심의 검초를 본 송학 도장이 놀라서 말했다.

"무량수불, 내 이 나이가 되어서 절정에 달한 만검(慢劍)을 보다니! 참으로 홍복이로다."

만검이란 말에 무사들이 눈을 크게 뜨고 연옥심의 대비신검을 바라보았다.

만검.

느린 검, 또는 게으른 검이라고도 불리는 만검은 절대의 경지에 도달한 검의 고수만이 펼칠 수 있는 검법의 한 단계를 말한다. 원래 느린 검초가 아니라 빠르고 쾌속한 검초를 느리게 펼치는 것으로, 만약 상대가 이 검초를 피하려 하거나 막으려 할 때 검초는 갑자기 빨라지게 된다.

원래 빠른 것보다 느리게 움직이던 물체가 갑자기 빨라지면 더 빠르게 보이는 법이다. 어떻게 보면 간단한 이치지만 내공으로 검을 다스리는 무인들에게 이것은 쉬운 일이 아니었다. 그리고 만검에는 또 다른 경우의 수가 있었다.

지금처럼 평범해 보이는 초식 속에서 갑자기 검기나 검강이 뿜어진다는 점이었다. 이 또한 처음부터 펼친 검기나 검강이 아니기에 어느 순간 뿜어질지 알 수가 없다.

막거나 피하기가 극히 어려운 만큼 펼치기도 쉽지 않은 것이 만검이었다. 우선 만검을 펼치기 위해서는 내기를 마음대로 조절할 수 있는 심검의 경지에 달해야 하며, 검강을 완벽하게 다룰 수 있어야 했다.

강호무림에 그 정도의 경지를 이룬 사람이 몇이나 되겠는가?

말로만 들었던 만검.

무사들은 눈을 부릅뜨고 있었다.

관표는 심호흡을 하였다.

상대가 펼치는 검법이 만검이라고 하였다.

만검이란, 초식이 아니라 검의 경지를 말하는 것이다. 그러니만큼 제아무리 관표라 해도 지금 펼치는 연옥심의 만검이 어떤 초식을 응용해서 펼치는 것인지 알 길이 없었다. 갑자기 어떤 변화를 이루게 될지도 알 수가 없었다.

연옥심의 검이 위험 지역을 넘어서고 있었다.

관표의 도끼가 둥글게 반월을 그리면서 연옥심의 대비신검을 쳐갔다. 그런데 관표의 도끼는 연옥심의 만검에 비해 번개처럼 빨랐다.

만검 대 쾌부(快斧)의 대결.

두 개의 무기가 충돌하려는 순간이었다.

갑자기 연옥심의 검이 기묘하게 도끼를 피하면서 번개처럼 빨라졌다.

검이 너무 빨라 하나의 섬광이 스치는 것 같았다.

허공에 무려 일곱 개의 연화가 피어났다.

그것을 본 무사들은 모두 탄성을 질렀고, 몇몇 고수의 입에서는 경탄이 새어 나왔다.

유광은 넋을 잃은 듯이 중얼거렸다.

"말로만 듣던 칠성조화연(七星造化蓮)이라니. 허허, 오늘 내 눈이 정말로 호강하는구나."

검강으로 일곱 개의 꽃을 만든다는 칠성조화연.

검초에서 검기나 검강이 검화를 그리며 공격하는 초식은 상당히 많은 편이었다.

가장 유명한 것으로 화산의 매화검법이 있고, 아미의 연화검법이 있을 것이다. 그러나 지금 연옥심이 펼친 검법은 조금 달랐다.

처음부터 검기를 꽃의 형태로 펼치거나 검초 자체가 꽃의 형이 아니다. 검강이 자연스럽게 뭉치면서 마치 꽃처럼 보인 것이다. 즉, 유형이 무형이 되고 무형의 검강이 다시 유형으로 나타난 것이다.

이는 검선의 경지에 올라야만 가능한 일이었다.

이백 년 전 무당의 절대검자라던 태극검성(太極劍聖) 장한선이 이 경지에 올랐었다고 한다. 그 이후 검강으로 일곱 개의 검화를 만들어낸 고수는 거의 나타나지 않았다.

듣기로는 검종이 태극검성 이후 처음 일곱 개의 검화를 만들어냈고, 천검 백리장천은 무려 아홉 개의 검화를 만들어 구화등선(九花登仙)이라는 말을 들으며, 천군삼성 중 한 자리에 올랐다고 했다. 하지만 그것은 어디까지나 들리는 소문일 뿐, 지금 두 사람의 결투를 지켜보는 수많은 사람들 중 이 경지를 직접 눈으로 확인한 이는 없었다.

모두들 입을 쩍 벌리곤 허공에 아련하게 빛나는 검화들을 바라볼 때였다.

쾌속하게 찍어가던 관표의 도끼가 허공에서 딱 멎었다. 그리고 그의 도끼가 자리에서 허공으로 치켜 올라가며 다시 한 번 반월을 그렸다.

순간 도끼가 갑자기 일곱 개로 갈라지더니 둥근 만월 형태의 강기로 변해서 검화를 공격하기 시작했다.

뿐만 아니라 관표의 등엔 한 마리 용이 꿈틀거리며 나타났다. 마치 거대한 용의 그림이 그려진 장포를 걸친 것 같은 모습은, 보는 사람들에게 경외감을 느끼게 만들었다.

사대신공이 집약된 그의 도끼는 탈명수월을 한 번에 펼치면서 연옥심의 공격을 정면으로 마주쳐 간 것이다. 일곱 개의 도끼와 일곱 개의 달이 허공에 화려한 수를 놓자 보는 사람들은 넋을 잃었다.

의형이 당할까 봐 가슴이 덜컥했던 유지문이 놀라서 물었다.

"저… 저 둥근 원형의 강기는 무엇입니까, 사숙?"

"허허, 나도 모르겠다. 그러나 저 원형의 강기는 칠성조화연과 같은 경지로 펼쳐진 부법의 정화인 것 같구나. 그리고 무공을 펼치면서 등에 용의 모습이 나타나다니… 아아, 참으로 멋지도다. 내 살아서 이런 대결을 볼 수 있다니… 참으로 영광이로다."

유광은 황홀한 표정으로 두 사람을 바라보았다.

유지문 역시 눈을 부릅뜨고 바라보았지만 그가 볼 수 있는 것은 오로지 일곱 개의 꽃과 일곱 개의 원형 강기가 서로 엉키고 풀어지는 것뿐이었다.

두 사람이 어떻게 움직이고 어떤 초식을 쓰는지를 그의 시선은 좇아가지 못하고 있었던 것이다.

두 사람은 일순간에 십오 초식을 겨루었고, 칠십이 번의 검과 팔십일 번의 도끼질을 하였다.

그리고 그때,

티디딩! 하는 소리가 들림과 동시에 검화들이 밝은 홍색으로 변하면서 관표의 칠대사혈을 공격해 갔고, 관표의 원형 강기도 은은한 청색으로 변하며 마주 공격해 갔다.

둘이 공력을 극성으로 끌어올렸다는 것을 알 수 있었다.

유광은 자신도 모르게 주먹을 쥐었다.

'승부다.'

백리소소 역시 긴장한 표정으로 두 사람을 바라보았다.

보는 모든 사람들의 숨소리가 멈추었다.

촤르릉! 하는 소리와 함께 홍색의 검화와 청색의 만월이 한꺼번에 뭉치면서 충돌하였다. 그리고 사람들은 보았다.

연옥심의 검이 기묘한 호선을 그리면서 관표의 가슴을 가르고 지나가는 것을.

모두 관표가 당했다고 생각하는 순간, 관표의 등에 나타났던 용이 금색으로 찬란하게 빛나면서 관표의 도끼는 반투명한 광채로 뒤덮였다.

그리고 그의 도끼에서 한 마리의 용이 뿜어져 나왔다.

광룡삼절부법의 두 번째 초식인 비룡섬이 그의 손도끼로 펼쳐진 것이다. 픽! 하는 소리가 들리면서 두 사람의 신형이 갈라섰다.

바람이 분다.

지켜보는 사람들은 숨조차 크게 쉬지 못하고 두 사람을 바라만 보았다.

후욱, 소리가 들리면서 연옥심이 털썩 주저앉더니, 다시 한 번 쿨럭, 소리와 함께 피를 토해내고 뒤로 넘어갔다.

기절한 것이다.

관표는 자신의 몸을 내려다보았다.

가슴과 옆구리에 큰 검상이 나 있었다.

조금만 더 깊이 들어갔으면 내장까지 끊어져 나갈 뻔하였다. 생각만 해도 아찔한 순간이었다.

'만약 이전에 엽 형님에게 만검에 대한 이야기를 듣지 않았으면 낭패를 면치 못할 뻔했다.'

관표는 가볍게 숨을 몰아쉬고 기절해 있는 연옥심을 바라보았다.

상당히 심하게 다쳤을 것이다.

상대가 너무 강해서 자신도 전력을 다해야만 했던 것이다.

백리소소가 관표에게 살며시 다가와서 그의 손을 잡아주었다.

"수고하셨어요. 이제 좀 쉬셔야 합니다."

"나보다도 불괴 선배를 좀 봐주시오. 나는 견딜 만하오."

백리소소는 관표의 꿋꿋한 얼굴을 바라보았다.

언제 보아도 믿음직한 모습이었다.

"알겠습니다. 잠시만 기다리세요."

백리소소는 빠른 걸음으로 연옥심에게 다가섰다.

그제야 정신을 차린 송학 도장과 원화 대사 등이 연옥심에게 달려왔다. 금정과 연옥심의 또 다른 두 제자는 아직도 멍하니 서 있었다. 마치 꿈을 꾸는 듯한 모습이었다.

그녀들은 스승의 패배를 아직도 믿을 수가 없었던 것이다.

세상천지에 스승인 연옥심을 이길 수 있는 강자라면 천군삼성밖에 없을 것이라고 굳게 믿었다.

그 믿음이 깨진 상실감은 그녀들의 기력을 전부 뽑아갔다.

그녀들뿐만이 아니었다.

보고 있던 모든 무사들은 꿈을 꾸다 깨어난 기분이었다.

그들이 확인한 무의 경지.

두 사람이 정식으로 겨룬 것은 불과 반의 반 각도 되지 않는 시간이었다. 상당 시간 서로 마주 보고 서 있기만 한 것에 비해서는 너무도 짧았지만, 그 시간 동안 보여준 두 사람의 무공은 보는 사람들로 하여금 혼을 깨우는 요술과도 같았다.

송학 도장은 가볍게 숨을 몰아쉬면서 말했다.

"만검의 꽃이 만월의 달빛 아래 지는구나."

두 사람의 대결은 그렇게 끝이 났다.

후에 두 사람의 대결을 지켜보았던 무인들에 의해 칠기화월(七氣花月) 용봉쟁투(龍鳳爭鬪)라고 불렸던 결전은 이렇게 관표의 승리로 끝을

맺은 것이다.

송학 도장과 원화 대사, 그리고 제갈령과 관표가 함께 앉아 있었다. 그리고 관표의 옆에는 백리소소가 앉아 있었는데, 그들은 조금 심각한 표정들이었다.

관표는 새로운 옷으로 갈아입은 상태였는데, 아직 결투의 잔재를 완전히 벗어버리지 못한 듯 얼굴이 약간 창백했다.

제갈령은 송학 도장을 바라보면서 말했다.

"불괴 연옥심 선배님의 일은 누군가의 충동질로 인해 일어난 것 같습니다. 아마도 연옥심 선배를 이용해 투왕 관 공자님께 복수를 하려고 했던 것 같습니다."

"무량수불, 그렇다면 제갈 군사는 화산에서 불괴를 충동질시켰다고 생각하시는 것인가?"

"그랬을 것이라 생각합니다. 불괴 선배님은 마치 기다렸다는 듯이 화산에서 이곳으로 달려왔고, 오자마자 앞뒤 가리지 않고 관 공자님에게 달려들었습니다. 그렇다면 화산이나 여타 관 공자님께 원한이 있는 문파가 불괴 선배님을 이용하기 위해서 거짓말을 했다고 볼 수밖에 없습니다. 그리고 상황을 보았을 때, 그 사람은 연옥심 선배님과 상당한 친분이 있는 사람일 것입니다. 그렇지 않다면 연옥심 선배님이 다른 사람의 말을 들으려조차 하지 않을 정도로 그 말을 믿고 있지는 않을 것이기 때문입니다. 물론 정황 자체가 누군가 말하지 않아도 의심을 받을 수 있는 상황이긴 하였습니다만."

조용히 듣고 있던 원화 대사가 제갈령에게 물었다.

"아미타불, 군사의 말에 일리가 있네. 관 대협이 이곳에 있다는 정보는 친인에게 얼마든지 들을 수 있고, 여기서 화산은 그리 먼 거리가 아니니. 그렇지만 우리는 조금 더 생각해 봐야 할 것 같네. 단순하게 생각하기에는 지금 무림의 상황이 조금 복잡하지 않은가."

"대사님 말씀이 맞습니다. 문제는 불괴의 제자들을 누가 죽였는지도 알아내야 한다는 겁니다. 당시 실종된 사람들은 불괴의 제자들과 당문의 소가주를 포함한 제자들, 그리고 화산의 제자들입니다. 그들의 무게는 결코 가볍지 않습니다. 무후께서 그들을 해하지 않았다는 말을 듣고 다방면으로 조사해 보았지만, 아직도 어떤 실마리조차 찾지 못했습니다. 마치 세상에서 꺼진 듯이 사라진 것입니다. 분명 누군가가 불괴와 당문을 천문과 상잔시키기 위해 장난을 쳤다고밖에 볼 수 없습니다. 제 예상으로는 전륜살가림에서 납치한 것이라 생각하고 있습니다. 그렇지 않다면 어떤 방법으로도 그들의 실종을 설명할 수가 없습니다."

제갈령의 말에 관표의 표정이 조금 굳어졌다.

어차피 그들과 결전 중이라 어쩌면 자신이라도 그들을 죽였을지 모른다. 그러나 지금 불필요한 오해를 받기는 싫었다.

송학 도장은 조금 더 신중하게 생각하는 모습으로 말했다.

"원화 사숙과 제갈 군사의 말은 혹시 누군가가 불괴와 관 대협을 상잔시키려 하지 않았을까 하고 생각하시는 것 같은데, 그거 이외에 다른 경우의 수는 없는 것입니까?"

송학 도장에 비해서 원화 대사는 한 배분이 위였다.

비록 두 사람이 무당과 소림으로 문파는 다르지만 서로 친분을 가지고 있기에 송학 도장이 원화 대사를 사숙이라고 불렀다.

송학 도장의 말에 원화 대사가 웃으면서 말했다.

"허허, 그렇다는 것은 아니고 생각은 해보아야 하지 않겠나 하는 이야기일세. 그리고 다른 경우의 수는 아무리 생각해도 없기 때문에 그런 결론을 내린 것일세. 마치 세상에서 지워진 듯이 사라졌으니, 약간의 단서조차 없지 않은가 말일세."

제갈령 역시 고개를 끄덕이며 말했다.

"지금으로선 그거 이외에는 설명할 방법이 없습니다. 문제는 그들을 살려서 납치해 간 것인지, 아니면 죽여서 화골산 같은 것으로 흔적을 없앤 것인지 그것을 잘 모르겠습니다."

송학 도장과 원화 대사의 표정이 굳어졌다.

어떤 것이든 좋은 상황은 아니었다.

잠시 침묵이 흐른 후 제갈령이 관표와 백리소소를 바라보며 말했다.

"안타깝지만 지금 상황에서는 투왕과 무후께서 아무리 무죄를 주장해도 연옥심에게 증거를 댈 수가 없는 상황입니다."

그러나 관표와 백리소소의 표정은 담담했다.

관표는 단호한 표정으로 말했다.

"이 문제는 어차피 내가 해결해야 할 일입니다. 연 선배가 의심을 해도 할 수 없는 일입니다. 그리고 그들은 어차피 천문을 공격한 자들, 실제 내가 그들을 맞이했다면 내가 직접 그들을 죽였을 것입니다. 그러니 내가 죽였다고 오해를 받아도 억울하거나 두렵지 않습니다. 어차피 나와 천문은 나를 공격한 자들을 결코 그냥 두지 않을 생각입니다. 그러니 그 부분은 그만 말했으면 합니다."

말을 하는 관표의 몸에서 가공할 정도의 패기가 솟아 나오고 있었다. 절대로 그들을 용서하지 않겠다는 의지가 그의 말 한마디 한마디에 담겨 있었다. 그리고 관표의 말을 듣는 백리소소 역시 안색이 차갑게 굳어져 있었다.

관표의 단호한 말에 송학 도장과 원화 대사의 표정이 심각하게 굳어졌다. 그들로서는 화산이나 사천당가, 그리고 남궁세가 등이 다시 한 번 관표와 갈등을 겪는 것은 원하지 않았던 것이다.

자칫하면 천문과 정대문파들 사이에 다시 한 번 큰 전쟁이 벌어질 수 있고, 그렇지 않아도 붕괴 직전에 있는 화산이나 남궁세가 등에 치명타가 될 수 있었기 때문이다.

수백 년 이상을 이어져 내려온 명문정파들이 명멸할 수 있는 상황이었다. 제갈령 역시 안색을 굳히고 있었다. 그녀는 새삼스런 표정으로 관표를 바라보았다.

지금까지 구대문파와 오대세가, 그리고 일방이라 불리는 개방의 경우 그들만의 어떤 연대감을 가지고 있었다. 정파의 핵심이라 할 수 있는 이들의 힘은 어느 누구도 함부로 할 수 없는 것이었다. 만약 이들 중 한 문파가 타 문파의 침입을 받는다면, 그들은 상대를 무림공적으로 몰아서 힘을 합해 상대하곤 하였다.

그래서 오대천이라고 해도 감히 이들 문파만은 함부로 하지 못했다. 그리고 그런 점을 이용해서 타 문파를 억압했을 때, 그 문파는 억울한 상황이라고 해도 감히 대항하려 하지 못했다.

설혹 상대가 예상하지 못할 만큼 강해서 이쪽이 피해를 입는다 해도 다른 문파들의 눈치 때문에 적당한 선에서 타협을 하곤 했다. 그런데 지금 그 전통에 천문이 정식으로 반발하고 나선 것이다.

송학 도장이나 원화 대사, 그리고 제갈령은 지금 화산이나 남궁세가, 그리고 사천당문이 지고 물러난 상황이기에 그들이 도발하지 않는 한 상황은 어느 정도 마무리되었다 생각하고 있었다.

아니, 오히려 그들은 정의맹에 속했던 문파들을 설득하고 천문의 사과와 적당한 보상으로 원한 관계를 잊게 해주려고 했었다.

그것이 천문에게 도움이 되는 일이라고 생각했던 것이다. 그러나 지금 관표의 말을 듣고 자신들이 큰 오해를 하고 있었다는 것을 깨우쳤다.

관표가 그들과 타협할 생각이 없었다는 것을 지금에서야 안 것이다. 그리고 자신을 공격했던 그들을 용서할 생각도 없다는 것도 알았다. 오히려 그는 자신과 천문을 공격한 정의맹 소속 문파들에게 복수를 하려 하고 있었던 것이다.

항상 자신들 위주로만 생각해 온 송학 도장과 원화 대사는 당황했다. 그제야 사실상 피해자가 천문이었고, 정의맹은 제멋대로 천문을 악의 무리로 규정하고 박해하려 했다는 사실도 깨우쳤다.

사과해야 하는 것은 정의맹 소속 문파들이 되어야 한다는 사실도 깨우쳤고, 실제 천문이 복수하려 하는 것은 그들의 입장에서 보자면 당연한 수순이라는 사실도 깨우쳤다.

항상 구대문파를 비롯한 정대문파들 입장에서만 생각하다 보니 그것이 습관처럼 굳어져서 그 사실을 미처 생각하지 못했던 것이다. 사실 천문이 힘있는 문파가 아니었다면 지금도 그것을 깨우치지 못했을 것이다.

원화 대사는 조용히 눈을 감았다.

'아미타불, 그동안 명문이라는 틀 안에서 너무도 오만했구나. 지금처럼 작은 사리분별조차 제대로 못하다니, 참으로 부끄럽구나.'

송학 도장 역시 상황이 예상하지 못한 곳으로 흐르자 당황하고 있었다. 지금이라도 관표를 말리고 싶었지만, 그의 얼굴에 떠오른 확고한 의지를 보자 입을 다물 수밖에 없었다.

최소한 지금은 자신이 어떤 말을 해도 통하지 않을 거란 사실을 알았기 때문이다. 그리고 정의맹에 속했던 문파들을 두둔한다는 사실 자체가 너무도 공평하지 못한 처사라는 사실을 깨우쳤기 때문이다.

두 사람과는 달리 제갈령의 눈엔 집요함과 경탄이 함께 어우러지고 있었다.

'과연 투왕 관 상공은 희대의 영웅이다. 누가 있어서 감히 대화산과 남궁세가, 그리고 사천당가를 상대로 저렇게 말할 수 있으랴. 이는 저 분만이 가능한 일이다.'

그녀의 시선이 슬쩍 백리소소를 바라보았다.

여전히 조용한 그녀였다.

무표정한 그녀가 무슨 생각을 하는지 알 수 없었다. 단지 그녀가 투왕이 가고자 하는 길을 함께 가려 한다는 사실은 알 수 있었다.

어떤 면에서는 그 부분이 더욱 기분 나빴다.

'흥, 힘만 센 인형 같은 계집. 그저 제 남자가 하자는 대로 따라 하는 것 외에는 생각할 줄도 모르는 너 따위는 투왕의 아내가 될 자격이 없다.'

그녀는 백리소소를 무시하고 다시 한 번 관표를 보고 말했다.

"관 공자님의 말대로 일단 그 이야기는 하지 않는 것이 좋을 듯합니다. 나중에 다시 말할 기회가 있을 듯합니다. 그보다는 무림맹의 간자를 잡는 것이 더욱 중요하다고 생각합니다. 실제 이번 불괴의 일에도 그 간자가 매우 중요한 역할을 했다고 생각합니다. 그렇지 않다면 관 공자님과 무후가 이곳에 있다는 사실을 연옥심이 그렇게 빨리 알 수는 없었겠죠."

원화 대사와 송학 도장이 제갈령을 바라보았다.

무엇인가 단서를 잡은 것이 있느냐는 표정들이었다.

제갈령이 가볍게 고개를 흔들었다.

"아직은 없습니다. 그러나 현재 의심이 가는 인물이 있습니다. 그자를 잡으면 가능할 것 같습니다."

지금까지 조용히 있던 백리소소가 말했다.

"다행히도 간자를 잡을 수 있을 것 같습니다."

모두 백리소소를 바라보았다.

백리소소는 가볍게 웃음을 지었다.

갑자기 방 안이 환해진다.

제갈령조차 그녀의 미모에 시선을 떼지 못할 정도였다.

원화 대사가 후다닥 정신을 차리고 가볍게 염불을 외면서 말했다.

"허허, 무후 시주의 미모는 참으로 경국지색이란 말을 무색케 합니다. 간자에 대해서 어떤 고견이 있으신지 궁금합니다."

원화 대사의 말에 제갈령은 이상한 패배감을 느끼곤 조금 참담해지는 기분을 애써 참았다. 그녀의 미모야 이미 자신도 인정하고 있던 것이 아닌가. 그럼에도 화가 나는 것은 어쩔 수 없는 일이었다.

마음이 흔들릴 때는 말을 하지 않아야 한다.

그래야 실수를 하지 않기 때문이다.

그녀는 입을 꾹 다물고 백리소소를 바라보았다.

백리소소는 살짝 고개를 숙이며 말했다.

"대사님의 칭찬은 참으로 감당하기가 어렵습니다. 그냥 지나가는 말로 흘리고 질문에 대답을 하겠습니다. 사실 이는 아주 우연한 기회에 제가 그들이 하는 말을 엿들었기 때문에 가능했습니다. 하지만 제가 아는 것은 단 한 명이고, 그 이상으로 또 누가 있는지는 모릅니다. 한

가지 확실한 것은 최소 한 명 이상의 조력자가 있다는 사실입니다."

모두들 아연한 표정으로 바라보자 백리소소는 단호한 표정으로 말했다.

"하지만 저도 제가 들은 목소리만으로 모든 것을 파악하기는 쉽지 않습니다. 그리고 상대가 아니라고 잡아떼면 그만입니다. 그래서 제게 삼 일만 말미를 주었으면 합니다. 그러면 그 후에 이 부분에 대해서 자세히 말씀드릴 수 있을 것 같습니다."

백리소소의 말에 모두들 고개를 끄덕였다.

그녀의 말에 궁금한 것은 많았지만, 지금은 무엇을 물어도 대답할 표정이 아니었던 것이다.

중요한 것은 간자를 잡을 수 있는 기회가 생겼다는 것이었다.

숙소로 돌아오자 관표가 백리소소를 바라보며 말했다.

"언제 간자가 하는 말을 엿들은 것이오? 항상 나와 함께 있었는데, 나는 전혀 모르고 있었소."

백리소소가 웃으면서 말했다.

"간자 중 한 명은 금정 사태인 것 같습니다."

백리소소의 말에 충격을 받은 관표가 그녀를 바라보았다.

관표는 가볍게 숨을 고르며 말했다.

"금정 사태는 불괴의 수제자요. 그녀의 신분으로 어떻게 전륜살가림의 간자가 될 수 있단 말이오?"

백리소소가 엷게 웃으며 말했다.

"질투심과 정분이라는 두 가지가 겹쳐지면 충분히 가능한 일입니다."

관표는 더욱 이해할 수가 없었다.

"지금 금정 사태가 어떤 남자와 내연의 관계란 말을 하고 있는 것이오? 하지만 그녀는 비구니란 말이오."

"그녀는 비구니지만 충분히 아름답죠. 그리고 비구니도 여자랍니다. 남자를 알게 되면 눈이 멀게 되는 것은 아주 잠깐이죠. 특히 나이를 먹어서 억눌려 있던 성에 눈을 뜨게 된다면 보이는 것이 없을 수도 있답니다."

관표는 잠시 동안 백리소소를 신기한 표정으로 바라보았다.

"그럼 그녀가 질투를 한다는 말은 또 무엇이오?"

"그녀는 자신의 사매에게 질투를 하고 있답니다. 스승의 사랑을 독차지한 금화 사태가 그녀를 조금 삐뚤어지게 하였고, 전륜의 간자는 그런 그녀에게 접근하여 자신의 여자로 만든 것 같습니다."

"대체 소소는 언제 그런 것을 전부 안 것이오?"

"저는 백봉화타의 제자입니다. 알다시피 사부님은 무림제일의 의원이시고, 저 역시 제법 많은 의학을 공부했습니다. 의학은 사람을 아는 것부터 시작을 한답니다. 사람을 안다는 것은 정신을 이해하는 것이고, 그 다음은 육체를 이해하는 것입니다. 사람의 육체는 성을 알게 되면서 조금씩 변하게 된답니다. 첫 성 관계를 가지면서 체형이 변하게 되고 많은 관계를 가질수록 알게 모르게 변화를 하게 된답니다. 제가 본 금정 사태는 엉덩이와 가슴의 모습에서 이미 성에 대해서 어느 정도 개화했을 때의 모습이었습니다. 비구니가 가져서는 안 되는 모습이었죠. 그래서 은근히 살펴보았는데, 그녀는 금화 사태를 질투하고 있었습니다. 그래서 여러 가지 정황을 추리해서 결론을 내렸던 것입니다."

관표는 가볍게 한숨을 내쉬면서 말했다.

"혹시 금정 사태의 나이가 많아서 체형이 변한 것은 아니오?"

백리소소가 고개를 흔들었다.

"그건 아니에요. 나이가 들어서 변한 것과는 다르답니다. 그리고 금정 사태의 무공을 생각한다면 더욱 그렇답니다."

관표는 더 이상 백리소소의 말을 부정하지 않았다.

대신 다른 의문이 들었다.

"하지만 금정 사태가 남자를 알았다고 해서 그녀를 간자라고 단정할 순 없는 것 아니겠소? 그리고 그녀와 내연의 관계에 있는 남자가 간자란 보장도 없지 않겠소?"

백리소소는 고개를 끄덕이며 말했다.

"제 직감일 뿐입니다. 그래서 일단 삼 일간의 시간을 달라고 했던 것입니다. 확인이 필요하니까요."

"그녀의 뒤를 밟아볼 생각이오?"

백리소소가 미소를 지었다.

"관 대가와 제가 몸을 숨기고 미행한다면 누구도 그 미행을 눈치채지 못할 것입니다."

관표 역시 웃으면서 고개를 끄덕이며 말했다.

"하지만 그녀가 삼 일 안에 자신의 남자를 만나지 않으면 어쩔 셈이오? 지금은 여러 가지로 어수선해서 상당히 조심스러울 텐데."

백리소소가 슬며시 웃으면서 말했다.

"그건 저한테 맡겨놓으세요."

"무슨 대안이 있는 것이오?"

"생각이 있습니다. 그보다는 음양접을 조금 빌려주세요."

관표는 멀뚱한 시선으로 그녀를 바라보았다.

第八章

연심이화(戀心以火)

—남녀의 음양이란 세상의 자연스런 이치일 뿐이다

　강서성의 북부를 관통하는 간장강 기슭에 있는 객잔 별실.

　강물을 타고 흐르는 바람이 시원하게 창 안으로 들어오고 있었다.
햇살이 잘게 부서져 흩어지는 강변의 아름다움이 창틀을 중심으로 펼
쳐져 있었다.

　삼 일이 지나면서 조금씩 거동을 할 수 있게 된 호치백은 자신의 앞
에 그림처럼 앉아 있는 진당을 바라보았다. 고고하게 앉은 채 창밖의
광경을 바라보는 그녀의 모습은 창 틈으로 보이는 간장강의 풍경보다
아름다웠다.

　풋풋하고 청순한 아름다움에 어딘지 모르게 근접하기 어려운 그녀
의 기품은 호치백의 가슴을 새삼 두근거리게 만들었다.

　'참으로 오묘한 것이 여자라지만, 이제 겨우 이십대의 여자에게서
나를 울렁거리게 하는 성숙함이 묻어나올 수 있단 말인가? 보이는 모

습과 행동을 보면 분명 어린 여자인데, 가끔 들여다보이는 분위기를 보면 세상을 살 만큼 산 여자의 모습이 보인다. 그리고 어떤 때는 세상을 한눈에 내려다보는 도도함도 있다. 그것은 어떤 분야든 최고의 경지에 올라본 사람만이 가지는 자신감 같은 것이다. 참으로 종잡을 수 없는 여자다.'

호치백은 혼란스런 마음을 가다듬으며 다시 한 번 진당이라고 자신을 소개한 그녀를 바라보았다.

참으로 고아하고 아름다웠다. 특히 그녀의 몸에 흐르는 차갑고 강인해 보이는 기운은 호치백의 가슴을 두근거리게 만들었다.

"어험."

호치백이 헛기침을 하자, 당진진이 고개를 들고 그를 바라보았다.

"다친 곳은 좀 나은 것 같습니까?"

호치백이 얼굴을 찡그리며 말했다.

"움직일 수는 있지만 아직 완전하진 못한 것 같습니다."

당진진은 눈을 곱게 흘기면서 말했다.

"남자가 엄살이 심하시군요. 제가 보기엔 이제 어느 정도 나은 것 같은데."

호치백이 싱긋이 웃으면서 말했다.

"흠, 뭐, 그렇게 말한다면 어쩔 수 없이 일어나기야 하겠지만, 엄살은 절대 아니오."

"엄살이 아니라면 허약한 체질인가 봅니다."

호치백이 흠칫하며 당황한 표정으로 말했다.

"그럴 리가! 이 호치백은 어디에서든 허약하다는 소리를 들은 기억이 없습니다."

"그럼 엄살이군요?"

"엄살도 아닌데……."

호치백은 당진진의 눈치를 슬쩍 살피면서 말끝을 흐렸다.

왠지 엄살이 아니라고 우기다간 다시 허약한 남자라는 말을 들을 것 같았기 때문이다. 그럴 바엔 차라리 엄살로 하는 것이 나을 것이라는 판단이 섰다.

남아가 여자에게 허약하다는 소리를 들어서야 되겠는가?

그것은 호치백 일생일대의 수치스런 말이었다.

그는 당진진이 말을 하기도 전에 얼른 말을 돌렸다.

"그런데 진 소저는 여기서 나가면 어디로 갈 생각이오?"

호치백의 말에 당진진은 잠시 생각해 보았다.

원래대로라면 그녀는 다시 관표를 찾아나서야만 했다. 그런데 이상하게 호치백과 헤어지기가 싫었다. 그렇다고 당장 함께 있자는 말을 하기에는 자존심이 상했다.

그녀가 망설이고 있을 때였다.

"괜찮다면 내가 진 소저에게 은혜를 갚을 수 있도록 기회를 주셨으면 합니다."

당진진은 호치백을 바라보았다.

"은혜랄 것까지는 없습니다. 그저 어쩌다 보니 구해준 것이고, 제가 아닌 누구라도 그렇게 했을 것입니다."

"진 소저는 간단하게 말할 수 있을지 모르지만, 제 입장에서 보면 생명을 구해주신 은인입니다. 그것은 절대 가벼운 은혜가 아닙니다. 내가 그 은혜를 모른 척한다면 강호의 친구들이 욕을 할 것이고, 제 스스로도 용납할 수 없을 것입니다. 그러니 제가 진 소저에게 조금이라도 은혜를 갚을 수 있게 시간을 내주셨으면 합니다."

당진진은 가볍게 한숨을 쉬었다.

"저는 괜찮습니다. 그러나 그렇게 부담이 되신다면 약간의 시간은 내도록 하겠습니다."

호치백의 얼굴이 환해졌다.

"여기서 멀지 않은 곳에 나와 아주 가까운 지인이 살고 계시는데, 우선 그곳으로 갔으면 합니다. 그분이라면 우리를 편안하게 맞아주실 것이라 생각합니다. 진 소저가 괜찮다면 일단 그곳에 가서 잠시 머무는 것이 어떻습니까?"

당진진은 어떻게 할까 망설였다.

그녀는 호치백이 가려고 하는 곳이 어디인지 이미 알고 있었다.

호치백이 가려는 곳은 분명 백리세가일 것이다.

내내 관표와 백리소소를 미행했고, 호치백은 그들과 함께 있었다. 그리고 그들이 백리세가에 가서 한동안 있었던 것을 잘 알고 있는 그녀였다.

최소한 호치백이 백리세가와 어떤 연관이 있고, 관표와 무후 역시 백리세가와 어떤 이해관계가 있을 것이라 짐작하고 있던 참이었다.

'어차피 함께 있다 보면 다시 투왕을 만나게 될 것이다.'

아주 오래전 이미 안면이 있었던 천검 백리장천이 자신의 정체를 알아챌까 봐 걱정되기도 하였지만, 아무리 천검이라도 탈태환골한 자신을 알아보진 못할 것이라고 생각했다.

그녀는 일단 결심을 하자 호치백을 보고 말했다.

"마침 세상 구경을 나온 참이니 그것도 나쁘지 않을 것 같습니다. 하지만 그 지인이란 분이 흉보지나 않을까 걱정입니다."

호치백이 호탕하게 웃으면서 말했다.

"걱정 마십시오. 그럴 분은 아닙니다."

호치백의 호언장담에 당진진이 미소를 지었다.

그 미소를 본 호치백은 다시 한 번 가슴이 두근거리는 것을 느꼈다.

잠시 후 겨우 마음을 안정시킨 호치백이 고개를 흔들며 말했다.

"진 소저, 앞으론 함부로 웃지 마시오."

당진진이 의아한 표정으로 호치백을 바라보았다.

"웃지 말라뇨?"

"진 소저가 아무 곳에서나 웃으면 세상엔 상사병에 걸린 남자들이 길을 가득 메우고도 남을 것이오."

당진진이 피식 웃으며 말했다.

"농담도 잘하시는군요."

"농담이라니요. 진 소저는 스스로 자신의 아름다움을 모르기 때문에 하는 말입니다."

당진진은 조금 얼굴을 붉히며 말했다.

"세상엔 저보다 예쁜 여자들도 많답니다."

"그럴지도 모르지만 최소한 진 소저보다 예쁘게 웃는 여자는 내 아직까지 보지 못했소."

"흥, 낭인검 호치백님의 명성은 이렇게 아부와 입심으로 얻어진 것이군요."

"하하, 맞습니다. 이 호치백의 명성은 바로 아부와 입심 때문입니다. 하지만 호치백은 여자에 관해서 함부로 거짓말을 하지 않습니다. 그리고 아무에게나 아부를 하진 않지요."

호치백의 진지한 표정에 당진진이 눈을 흘기며 말했다.

"그걸 제가 어찌 알겠어요."

호치백이 억울하다는 표정으로 말했다.

"허, 이거 참, 그럼 내가 어떻게 하면 믿겠습니까?"

당진진이 엷게 웃으면서 말했다.

"호호, 만약 내공을 쓸 수 없게 점혈하고 저 물속으로 뛰어든다면 제가 믿을게요."

"그 말을 믿겠소."

순간 호치백은 자신의 십이대혈을 스스로 점하고 그대로 창밖을 향해 몸을 날렸다.

당진진은 급작스런 상황에 멍하니 호치백이 뛰어내리는 모습을 바라보다가 풍덩! 하는 소리가 들리자 그제야 정신이 번쩍 들었다.

'저… 정말 혈도를 점혈하고 물속에 뛰어들다니!'

그녀는 고수다.

호치백이 정말로 자신의 혈을 점했는지 안 했는지 정확하게 알 수 있었다. 특히 내공을 사용하지 못하게 점혈한 십이대혈은 상당히 위험한 혈도들이었다.

그곳을 전부 점혈하고 나면 쉽게 해혈하지도 못하거니와 보통 사람에 비해서 몸을 움직이기도 쉽지 않게 된다. 그리고 갑작스런 점혈은 근육을 뻣뻣하게 만든다.

그 상태에서 차가운 강물 속으로 뛰어드는 것은 굉장히 위험한 일이었다. 더군다나 지금 밖으로 흐르는 강은 제법 물살도 있는 편이었다.

"이, 이런 바보 같은! 누가 정말 하랬나!"

그녀는 발을 동동 구르다가 빠르게 신법을 펼쳐 밖으로 나왔다.

그러나 어디에도 호치백의 그림자가 없었다.

내공을 폐하고 물속에 들어갔으면 부자유스런 몸으로 인해 기류에 휩쓸렸을 가능성이 높았다.

그녀는 조금도 망설이지 않고 겉옷을 벗은 다음 물속으로 뛰어들었다. 그녀가 물속으로 뛰어들고 천천히 차 몇 모금 마실 정도의 시간이 흐른 후(약 삼 분 정도), 그녀의 신형이 물 밖으로 올라왔다.

그녀의 옆구리엔 축 늘어진 호치백이 걸려 있었다.

방 안으로 들어온 당진진은 급하게 호치백을 바닥에 내려놓고 그의 혈을 푼 다음 몇 군데의 혈도를 더 가격했다. 그러나 호치백은 여전히 정신을 차리지 못하고 꾸르륵거린다.

다급해진 그녀는 자신의 입으로 호치백의 입술을 덮쳐 누르곤 숨을 불어넣기 시작했다.

한동안 숨을 불어넣던 당진진은 무엇인가 조금 이상한 느낌에 얼른 고개를 들고 호치백을 내려다보았다.

호치백이 눈을 멀뚱히 뜨고 그녀를 올려다보고 있는 것이 아닌가?

"괘, 괜찮은가요?"

호치백이 멋쩍게 웃으면서 말했다.

"조금 전부터 괜찮았었소."

당진진은 그 말을 듣고 조금 원망스런 표정으로 말했다.

"조금 전부터라면 왜 가만히 있었죠? 괜히 걱정했네."

호치백이 슬쩍 눈을 돌리면서 말했다.

"너무 좋아서 말을 잊어버렸소. 난 그냥 열흘 내내 그렇게 있고 싶었는데."

"뭐라구요! 아니, 죽었다 살아나서 바닥에 누워 있는 것이 뭐가……."

말을 하던 당진진은 무엇인가를 깨닫고 얼굴이 붉게 물들고 말았다.

호치백이 호탕하게 웃으면서 일어섰다.

"아, 참으로 아쉽구나. 세상에 수만 종의 무공이 있으면서 어째 시간을 멈추게 하는 무공은 없단 말인가? 남자의 비극이로다."

얼굴이 붉어진 채 화를 내려던 당진진은 그 말을 듣고 그만 킥, 하고 웃고 말았다.

호치백의 얼굴이 너무 능청스러웠던 것이다.

은근슬쩍 미소를 짓던 그녀의 표정이 갑자기 굳어졌다.

그러고 보니 그녀의 생애 첫 입맞춤이었던 것이다.

갑자기 가슴이 두근거린다.

당황한 당진진은 애써 태연한 표정으로 말했다.

"난 농담으로 말한 것뿐인데 누가 진짜 뛰어들라고 했나요?"

호치백은 능글거리면서 말했다.

"그렇게 안 했으면 내 어찌 세상 아래에도 천국이 있다는 것을 알 수 있었겠소. 아! 그저 시간이 원망스러울 뿐이오. 정말 좋았는데."

당진진의 눈썹이 다시 곤두섰다.

무엇인가 당한 듯한 느낌이 들었던 것이다.

"그럼 혹시 다……."

"허허, 내 오늘 일은 평생 동안 간직하겠소. 그런데 강변에 핀 꽃들이 정말 아름답지 않소?"

화를 내려던 당진진의 기세가 다시 죽었다.

슬쩍 창밖을 바라보았다.

강변에 흐드러지게 핀 꽃들이 보인다.

호치백의 말대로 정말 아름다웠다.

그렇지 않아도 민망했던 당진진은 호치백의 말에 대꾸를 하면서 말을 돌리려 했다.

"정말 아름다워요."

"안타까운 일이오."

당진진이 호기심 어린 표정으로 물었다.

"무엇이 말인가요?"

"저 꽃들이 진 소저로 말미암아 빛을 잃고 있으니 어찌 안타까운 일이 아니겠소."

당진진의 얼굴이 다시 붉어졌다.

그녀는 조금 토라진 목소리로 말했다.

"흥, 순 아부."

"정말인데."

"거짓말."

"내 눈을 보시오. 진실하지 않소?"

"안 그런 것 같은데."

"휴, 남자의 진실이 이렇게 왜곡당하다니… 내 다시 한 번 강물에 뛰어들어 진실을……."

"뛰어들려면 뛰어드세요. 누가 말리나?"

움찔한 호치백이 새삼 그녀를 바라보며 말했다.

"그런데 진 소저."

"뭔가요?"

"참으로 아름답소."

호치백의 시선은 물에 완전히 젖어서 착 달라붙은 당진진의 몸매를 바라보고 있었다.

겉옷을 벗은 채인지라 얇은 속옷은 몸에 착 달라붙어서 가슴 선이 다 드러나 보이고 있었다.

더군다나 속옷은 흰색이었다.

"꺄악!"

당진진이 급하게 자신이 벗어놓은 외투를 찾아 입었다.

호치백의 아쉬운 시선이 그런 그녀를 좇고 있었다.

'괜히 말했다.'

금정은 근래 들어 불안한 마음을 감추지 못하고 있었다.

그녀는 직감적으로 무림맹에서 무슨 일인가가 은밀하게 벌어지고 있다는 느낌을 받고 있었던 것이다. 그러나 그것이 무엇인지 정확하게 알 수가 없었다.

그래서 그녀는 극도의 자제력을 발휘하여 조광을 만나는 일을 자제하고 있었다.

그녀는 내상으로 기절한 사부와 금화를 사매인 금명과 번갈아 돌보면서 지내고 있었다.

금정은 사부와 사매가 치료를 받고 있는 곳과 자신의 거처만을 오가면서 지냈다.

지금도 그녀는 홀로 사부인 연옥심을 돌보고 있었다.

금명은 먼저 두 사람을 돌보고 있다가 숙소로 쉬러 간 다음이었다. 쓰러진 채 정신을 차리지 못하는 사부와 사매를 보면서 금정의 마음은 착잡했다.

그러나 사부가 자신이 아닌 사매를 택한 것을 생각하면 다시 반감이 든다. 그리고 자신보다 뛰어난 사매를 당장이라도 죽이고 싶었다.

그녀가 이런저런 생각에 잠겨 있을 때, 문이 열리면서 백리소소가 들어왔다.

금정은 다시 한 번 착잡한 심정으로 나타난 백리소소를 바라보았다. 사매들의 원수이기도 했지만, 지금은 사부를 치료하고 있는 의원이기도 했던 것이다.

사실 그녀가 어떤 마음을 먹고 있다고 해도 감히 어떻게 할 수 있는 여자도 아니었다.

그녀는 조용히 합장을 하고 말했다.

"오셨습니까?"

"고생이 많으세요."

"아미타불, 당연히 제가 해야 할 일입니다."

백리소소는 다시 한 번 그녀에게 예를 취하고 연옥심과 금화를 진맥한 후, 작은 알약을 물에 타서 누워 있는 두 사람의 목에 있는 혈을 누른 후 강제로 먹였다.

꾸루룩 하는 소리와 함께 약이 두 사람의 목구멍으로 넘어가는 것을 확인한 백리소소는 금정을 돌아보고 말했다.

"두 분 모두 내일이면 일단 정신을 차릴 것 같습니다. 건강도 어느 정도는 회복되리라 생각합니다."

금정이 가볍게 한숨을 내쉬며 말했다.

"아미타불, 무후님의 수고가 많으셨습니다."

백리소소가 고개를 가볍게 흔들었다.

"자세한 이야기는 연 선배님이 정신을 차린 후 해야겠지만, 여기에는 많은 오해가 있는 것 같습니다. 그보다도 저와 관 대가께서 너무 경솔했던 것 같습니다. 금정 사태님께 다시 한 번 사과드립니다."

금정이 오히려 당황하였다.

"아닙니다. 무후님의 말을 믿겠습니다."

백리소소는 잠시 금정을 바라보다가 말했다.

"사과의 의미로 작은 선물이라도 하고 싶은데, 가진 것이 없습니다. 괜찮으시다면 이것이라도 선물로 드리고 싶습니다."

백리소소가 품 안에서 작은 옥병을 꺼내어 금정에게 주었다.

금정은 옥병을 보면서 선뜻 받지를 못했다.

백리소소가 조금 미소를 지으며 말했다.

"이것은 여스님들께는 큰 소용이 없는 것일지도 모릅니다. 그러나 추후 연화사에 중요한 손님이 오신다면 그때 선물로 내놓으면 좋을 것입니다. 받아두십시오. 화해하고자 하는 뜻으로 주는 것이니 받지 않으면 제가 참으로 무안해집니다."

금정이 마지못한 듯 받아 들며 물었다.

"이것이 무엇에 쓰는 것인지요?"

백리소소의 얼굴이 살짝 붉어졌다.

"그것은 세상에서 가장 구하기 어려운 귀물 중 하나입니다. 하지만 제가 말하기엔 조금 부끄러운 물건입니다. 연화사에 큰 기부를 하신 분이 있다면, 그것을 선물로 주면서 부인과 함께 사용하라고 하면 좋아하실 것입니다. 어떻게 보면 남자들에게 더없이 귀중한 선물일 수도 있습니다."

금정은 오히려 더욱 궁금해졌다.

"그래도 무엇인지 정확하게 알아야 저도 그분들께 선물로 줄 수 있을 것입니다."

백리소소는 조금 망설이다가 말했다.

"제 부군 되실 관 대가께서는 세상에 보기 드문 몇 가지 약물들을 가지고 계십니다. 이것은 그중에 하나로, 도가의 양성술을 연마하시던 도인들이 만들어낸 것이라고 합니다. 먹는 물건은 아니고, 남녀가 합방을 할 때 여자의 몸에 바르면 향이 가득해지고 남자의 양기가 오래도록 지속되게 해줄 뿐 아니라, 두 사람의 사랑을 더욱 돈독하게 만들어준다고 합니다. 그래서 특히나 나이 드신 분들이나 조금 권태기에 있으신 분들에게 최고의 선물이 될 것입니다. 하지만 이런 물건을 불가에 선물하는 것이 옳은 것인지 모르겠습니다."

백리소소는 말을 하면서도 몹시 부끄러워하였다.

금정이 인자하게 웃으면서 말했다.

"아미타불, 남녀의 음양이란 부끄러운 것이 아니라 자연스러운 세상의 이치일 뿐입니다. 마침 연화사엔 나이 많으신 유지 분들이 여럿 있으셨는데 좋은 선물이 될 듯합니다."

"좋게 생각하고 받아주셔서 감사할 뿐입니다."

백리소소가 다시 한 번 예를 취하자 금정이 웃으면서 마주 합장을 하였다.

"제가 오히려 고마울 따름입니다."

"부디 연 선배님이 일어나시면 금정 사태께서 중간에 좋은 말로 화해할 수 있는 길을 열어주시길 바랍니다."

"무후께서 하신 말씀이 사실이라면 좋은 결과가 있을 것이라고 생각합니다. 하지만 저보다도 무후께서 직접 말씀하시는 것이 오히려 설득력이 있을 거란 생각이 듭니다. 사부께서는 조금 괴팍하시긴 하지만 결코 악하지 않으신 분이니 능히 알아들으실 것이라 생각합니다."

백리소소가 고개를 흔들었다.

"저와 관 대가는 급한 일로 내일 이곳을 떠나서 천문으로 돌아가야 하기 때문에 아무래도 연 선배님을 뵙고 가긴 어려울 것 같습니다."

금정도 어쩔 수 없다는 표정으로 말했다.

"그렇다면 어쩔 수 없지요. 소승이 잘 말씀드려 보겠습니다."

"그럼 저는 금정 사태님만 믿고 이만 돌아가 보겠습니다. 그리고 내일 제가 떠나는 것은 아무에게도 말하지 말아주십시오. 무림맹의 일로 인해 은밀하게 떠나는 것이라 상당히 조심하고 있는 중입니다."

금정이 입가에 미미한 미소를 머금고 말했다.

"소승은 모르는 것으로 하겠습니다. 하지만 이렇게 급히 떠나는 것으로 보아 매우 중요한 일인가 봅니다?"

백리소소가 근심 어린 표정으로 말했다.

"어차피 나중에 장로급 분들은 알게 되실 테지만, 저는 백봉 사부님에게 무엇을 전해주기 위해서 조금 서두르는 것입니다. 그 이상은 저도 말하기가 어렵습니다."

금정이 조용히 고개를 흔들었다.

"비밀은 아는 사람이 적을수록 좋은 것, 제가 어찌 그것을 모르겠습니까? 더는 말하지 않으셔도 됩니다."

"이해해 주신다니 감사합니다. 그럼 저는 이만."

백리소소가 돌아가자 금정의 숙여졌던 고개가 들렸다.

그녀는 묘한 눈으로 손에 들린 옥병을 바라보고 있었다.

불현듯 조광이 그리워지는 그녀였다. 그리고 내일이면 사부와 사매가 정신을 차린다고 했으니 오늘이 아니면 그를 만나기가 쉽지 않을 것 같았다.

그날 밤 자정이 지났을 때, 금정의 신형이 은밀하게 움직이고 있었다.

그녀는 철저하게 사방을 둘러본 다음 자신의 거처에서 불과 이십여 장 떨어져 있는 조광의 거처로 숨어들었다.

잠들어 있던 조광은 갑자기 금정이 들어서자 기겁을 해서 일어섰다.

"아니, 이 새벽에 무슨 일이오?"

"중요한 일이 있어서 왔어요."

조광이 의아한 표정으로 물었다.

"대체 이 밤중에 중요한 일이 무엇이란 말이오?"

"내일 무후가 자신의 사부에게 무엇인가 중요한 것을 전하기 위해서 떠난다고 들었어요."

조광의 눈이 빛났다.

그렇지 않아도 백봉이 어딘가에 숨어서 혈강시의 약점을 찾고 있다는 것을 알고 있었다. 그래서 어떻게 하든지 그녀의 거처를 찾으려고 은밀하게 조사를 하던 참이었다.

"그게 사실이오?"

"사실이죠. 무후에게 직접 들었어요."

이어서 그녀는 무후와 있었던 일을 이야기했다.

다 듣고 난 조광이 눈을 빛내며 말했다.

"정 매, 정말 고맙소. 정말 중요한 정보를 알려주었구려. 이번 일만 잘되면 전륜살가림에서 나의 입지는 더욱 확실해질 것이오."

"저야 항상 오라버니의 편이랍니다. 하지만 이번 일은 사부님에게 너무 죄송스럽기만 합니다."

"마음 독하게 먹으시오. 어차피 벌어진 일이고, 먼저 배신을 한 것은 당신의 사부가 아니오. 그리고 금화는 당신의 모든 것을 빼앗아간 여자요."

"그렇긴 하지만……."

"자, 이리 오시오. 이왕 여기까지 왔으니 그냥 갈 순 없는 것 아니겠소."

"저, 저는 빨리 가봐야……."

"어허, 뭐가 그리 급하단 말이오. 어차피 우리 작전대로 당신의 사부인 연옥심은 큰 내상을 입고 누워 있지 않소. 그리고 정 매가 그리도 싫어하는 금화도 크게 당한 상태. 우리는 축배도 들지 못했지 않소. 그리고 이제 당신의 사부가 일어나면 다시 만나기도 어려울 것 아니겠소."

금정이 가볍게 한숨을 내쉬었다.

"그래도 사부님이 누워 계신데……."

"다 잊으시오. 이제 우리의 미래만 생각합시다."

금정이 아련한 표정으로 조광을 바라보았다.

그의 얼굴을 보자 마음이 조금 진정된다.

"저는 오라버니만 믿겠습니다."

"하하, 걱정 마시오."

조광이 그녀를 가볍게 끌어안았다.

금정이 얌전하게 그의 품 안에 안겼다.

잠시 서로 안고 있던 두 사람이 조금씩 대범해지기 시작하면서 금정은 작은 옥병을 꺼내었다.

조광이 궁금한 표정으로 물었다.

"그것은 무엇이오?"

금정이 품 안에서 꺼낸 옥병을 열며 말했다.

"이건 제가 선물로 받은 사랑의 묘약이랍니다."

뚜껑이 열리자 사람을 취하게 만드는 은은한 향기가 방 안에 가득해졌다.

"참으로 멋진 향기요."

"이것을 몸에 바르면 남자에게도 아주 좋답니다."

"하하, 어디서 난 것인지는 모르겠지만, 향기만으로 그 효력을 능히 가늠할 것 같소. 그것을 어떻게 사용하는 것이오?"

"제가 알아서 할 테니 어서 옷을 벗으시어요."

이어서 남녀의 옷 벗는 소리가 들려왔다.

第九章

차도살인(借刀殺人)

一급하면 붙는다

　조광이 머무는 소풍각의 문 바로 앞에는 다섯 명의 그림자가 나란히 서 있었다.

　그들은 관표와 백리소소, 그리고 송학 도장과 원화 대사였다. 그리고 마지막 한 명은 대비단천 연옥심이었다.

　원래 연옥심의 내상은 심했지만, 백리소소의 의술과 백봉의 영약으로 인해 일단 정신을 차릴 수 있었다. 백리소소는 금정에게 그녀가 오늘 밤이면 정신을 차린다는 사실을 숨기고 다음날이나 되어야 깨어날 것이라고 하였다.

　금정은 백리소소에게 받은 약을 시험해 보고 싶은 마음과 내일이면 사부가 정신을 차린다는 말을 듣고 서둘러 조광을 만나게 된 것이다.

　금정을 몰래 감시하던 관표는 그녀가 움직이자 백리소소에게 신호를 보냈고, 백리소소는 깨어난 연옥심의 아혈과 마혈을 제압해 놓고 있다가 금정의 뒤를 미행해 온 것이다.

백 마디 말보다 직접 보고 듣는 것이 가장 빠르다고 생각한 것이다. 그리고 관표와 백리소소는 증인으로 송학 도장과 원화 대사를 아무도 모르게 대동해 왔다.

사실 두 사람은 영문도 모르고 두 사람과 함께 이곳으로 왔었다. 놀란 마음으로 관표를 따라왔던 송학 도장이나 원화 대사는 너무 놀라서 숨이 멎는 기분이었다.

설마 불야차의 제자와 검협이라 불리는 조광이 간자였다니, 그리고 지금 방 안에서 보이는 저 추잡한 짓은 무엇이란 말인가?

모두 망연한 표정을 짓고 있었다.

그때 측은한 표정으로 연옥심을 본 송학 도장은 가슴이 찌르르해지는 것을 느꼈다.

불괴라 불리는 연옥심이 울고 있었던 것이다.

아혈과 마혈이 제압당해 말도 못하고 움직이지도 못하지만 그녀의 눈에서 흐르는 눈물은 보는 사람의 콧날을 시큰하게 했다.

그녀의 상실감을 충분히 이해할 수 있을 것 같았다.

송학 도장은 손을 흔들어 연옥심의 아혈과 마혈을 풀어주면서 전음으로 말했다.

"아미타불, 참으로 일이 이렇게 될 줄은 저도 짐작하지 못했습니다."

연옥심은 망연하게 송학 도장을 바라보았다.

백리소소는 송학 도장이 연옥심의 아혈과 마혈을 풀어주자 크게 당황하였다. 그리고 그녀가 미처 어떤 조치를 취하기도 전에 갑자기 안에서 두 남녀의 놀라는 소리가 들려왔다.

무엇인가 문제가 생긴 것 같은 목소리들이었다. 그리고 그때 연옥심의 신형이 그대로 소풍각의 문을 부수고 안으로 들어갔다.

"이 때려죽일 년! 네년이 그러고도 나의 제자란 말이냐!"

벌거벗은 채 서로 엉켜 있던 두 남녀는 기겁해서 일어서려 하였다. 그러나 그들은 일어서려는 그 자세로 나뒹굴고 말았다.

두 사람은 기묘한 자세 그대로 붙어버렸던 것이다.

음양접의 마술이 다시 한 번 펼쳐진 상황이었다.

두 사람은 서로가 붙어버린 것을 알고 놀라서 소리를 지를 때 연옥심이 들이닥친 것이다.

"무량수불."

"아미타불."

송학 도장과 원화 대사가 얼른 고개를 돌리고 말았다.

이미 예상하고 있던 백리소소는 아예 안을 들여다보지도 않았다.

관표는 바닥에 쓰러져 있는 두 남녀를 보고 한숨을 쉬고 말았다. 서로 합궁을 한 채 붙어 있는 두 남녀의 모습은 정말 보기 민망한 것이었다. 아무리 일어서려고 해도 몸이 붙은데다가 두 사람의 성기가 안에서 붙어 있는 상황이라 일어서거나 도망칠 수도 없었던 것이다.

대비단천 연옥심은 너무 기가 막혀서 멍하니 그 모습을 바라보고만 있었다.

간자가 잡힌 그 다음날, 무림맹은 다른 날과 별다른 기미 없이 조용했다.

송학 도장과 원화 대사, 그리고 관표와 백리소소는 서로 의논하여 일을 조용히 처리하였던 것이다.

가장 민망한 것은 붙어 있는 두 남녀의 처리였다.

참으로 황당한 상황인지라 어떤 식으로 처리를 해야 할지 방법이 떠오르지 않았다. 이는 백리소소조차도 미처 예상하지 못했던 결과였다.

금정에게 자극을 주어 조광에게 가도록 하고, 음양접으로 인해 두 사람이 붙어 도망을 치지 못하도록 하려던 계획은 성공하였다. 그러나 그녀가 바란 것은 애무 중에 서로 붙음으로 해서 그저 도망치지 못할 정도만 되기를 바랐던 것이다.

그런데 생각했던 것보다 두 사람은 너무 급했던 모양이다.

결국 처리를 연옥심에게 맡겼는데, 연옥심은 그녀가 왜 불야차인지 실감나게 두 사람을 다루었다.

조광은 거시기가 잘려 나갔고, 그곳이 박힌 금정은 소변 불능이 되었다. 잘려 나간 거시기가 그녀의 옥문 입구를 막고 있었기 때문이다.

결국 그 상태로 두 사람을 무림맹의 비밀 지하 감옥에 가두고 모든 것을 비밀에 부치고 말았다. 그리고 그날 대비단천 연옥심은 만류하는 사람들의 손길을 뿌리치고 무림맹을 떠났다.

연옥심이 떠난 후, 관표와 백리소소는 다시 무림맹의 맹주인 송학도장과 군사인 제갈령, 그리고 원화 대사를 만났다.

간자에 대한 이야기와 이후의 무림맹에 대해서 이런저런 이야기를 주고받은 다음 관표가 제갈령에게 물었다.

"군사께서 우리에게 부탁하려 한 것이 무엇이오?"

제갈령이 입가에 미소를 머금고 말했다.

"이제 두 분의 도움으로 간자도 잡았으니 안심하고 이야기할 수 있을 것 같습니다. 먼저 투왕께 부탁하고 싶은 것은 천주삼흉(天朱三凶)을 상대해 달라는 것입니다."

천주삼흉이란 말이 나오자 모두들 안색이 변했다.

천하에 가장 흉악한 악마들이라고 할 수 있는 천주삼흉이라면 무림에서조차 그 이름을 떠올리기 싫어하는 인물들이었다. 오죽했으면 천주(붉은 하늘이란 뜻)라고 불리었겠는가?

육십 년 전 무림에 사람을 죽이고 인육을 먹는 마두들이 나타났는데, 그들이 바로 천주삼흉이었다.

당시 천주삼흉은 따로 인육삼흉이라고도 불렀다.

그들은 일란성 세 쌍둥이였는데, 태어나면서부터 왜소증을 앓고 있었다. 그들이 무림에 나타났을 땐 나이가 육십이 넘었지만 세 사람의 키는 모두 일곱 살 꼬마 아이와 비슷했다.

셋은 그 왜소증으로 인해 사람들에게 심한 놀림을 받으며 자랐고, 그들의 부모는 그들의 나이 일곱이 될 때까지 돌보다 병으로 죽고 말았다.

그 이후 세 형제가 겪은 세상은 너무도 가혹했다. 그걸로 인해 세 사람의 성격이 삐뚤어지면서 세상을 저주하였다고 전해진다.

그러다가 셋은 무림의 대마두였던 귀영삼마(鬼影三魔)의 눈에 띄어 그들의 제자가 되었다.

세 명의 마두는 세 아이가 뛰어난 머리와 마공을 익히기에 적합한 원한을 가졌다는 것을 알고 그들을 제자로 삼은 것이다.

귀영삼마의 무공에다가 우연히 기연까지 얻은 세 쌍둥이의 무공은 강호에서도 상대할 자가 많지 않아서 세상의 누구도 이 세 사람을 함부로 하지 못했다.

한 사람 한 사람의 실력이 능히 절대의 경지였고, 세 사람이 연수합격하면 천하에 당적할 자가 없다고 했던 흉인들이었다. 그래서 그들은 무림오흉의 수좌가 될 수 있었다.

오흉은 모두 다섯이 아니라 일곱 명이었고, 그중 수좌인 일흉은 이들 세 명을 한꺼번에 일컫는 말이었다. 그러나 세 사람의 너무나 잔혹한 손속과 흉심은 결국 소림으로 하여금 당시 소림제일고수였던 원각 대사와 당시의 십팔나한을 출동시키는 결과로 이어졌다.

호북성에서 원각 대사와 소림십팔나한을 상대한 삼흉은 백여 합을 겨루었지만 칠종의 한 명인 원각 대사와 십팔나한진을 상대하기에는 역부족이었다. 결국 삼흉은 도망가면서 원각과 소림에 저주를 퍼붓고 사라졌다.

천주삼흉이 사라지기 전까지 그들 손에 죽어간 사람이 무려 팔백이 넘었다고 한다.

그 삼흉이 다시 무림에 나타난 것이다. 그리고 그들은 나타나자마자 바로 무림맹에 정식으로 도전장을 냈다.

그들은 현 무림을 대표하는 무림맹의 최고 고수와 대결한 다음 소림으로 갈 생각을 하는 것이다.

삼흉과의 대결은 무림맹의 상징성에 있어서도 결코 쉽게 생각할 수 없는 일이었다. 그러나 현재 무림맹에서 이들 삼흉과 대결할 수 있는 고수가 없었다.

원각 대사가 소림을 대표한다고 할 때, 무림맹에서 자신있게 이들과 겨루어서 이길 수 있는 고수는 칠종의 한 명인 백봉 정도에 불과했다. 그러나 백봉은 현재 혈강시에 대한 연구 때문에 나설 수가 없는 입장이었다.

백봉 이외에 원화 대사가 있지만, 원화 대사는 일단 소림사의 원로이고 세 사람을 상대로 확실하게 이긴다는 보장이 없었다.

이야기를 듣고 난 관표가 제갈령을 보면서 물었다.

"그들이 지금 같은 시기에 갑자기 나타난 것은 우연입니까?"

제갈령이 미묘하게 웃었다.

"반은 그렇고 반은 아닙니다. 그들은 어차피 나서려 했고, 그들을 자극해서 먼저 무림맹으로 오게 한 것은 저입니다."

"그들을 이용해서 무림맹의 힘을 과시하고 중원의 힘을 집중시키려는 의도입니까?"

제갈령은 내심 관표의 직관력에 감탄하였다.

결코 무공만 강한 사람이 아니란 것을 다시 한 번 알 수 있었다.

"그것도 있습니다. 그렇지만 또 다른 이유도 있습니다. 우선 지금 무림엔 영웅이 필요한 시기입니다. 그 영웅을 중심으로 전륜살가림을 상대한다는 명분이 필요하기 때문입니다. 물론 투왕 관표님은 지금도 확실한 영웅으로서 부족함이 없습니다. 그러나 기존 명문정파와는 조금 껄끄러운 사이입니다. 특히 정의맹에 속해 있던 문파들과는 좋지 않은 관계로 엮여 있습니다. 그리고 그들은 관표님에 대해서 상당히 좋지 않은 소문을 퍼뜨리고 있는 중입니다. 그래서 조금 더 정파인으로서의 면모를 보여줄 필요가 있다고 생각했습니다. 이번 삼흉의 일은 그것 때문에 벌어진 일이기도 합니다. 투왕이 삼흉을 물리침으로써 정의맹에서 퍼뜨린 악소문을 종식시키고, 투왕과 삼흉의 대결을 보러 몰려든 강호의 무사들을 무림맹으로 흡수하려는 계획입니다. 혹시 이 일로 인해서 기분이 나쁘셨다면 용서하시기 바랍니다."

관표는 잠시 제갈령을 바라보다가 말했다.

속내를 숨기지 않은 너무 솔직한 말이었다. 그리고 그녀의 계획은 충분히 공감이 갔다. 송학 도장과 원화 대사도 내심 그녀의 계획에 찬성을 하였다.

현재 무림맹은 너무 구파일방과 오대세가 중심이었고, 강호의 중소 문파들과 일반 무사들에게는 그리 많은 지지를 받고 있지 못하였다. 그러나 실제 전륜살가림과 결전을 생각해서 그들의 힘을 하나로 응집 시키는 것은 아주 중요한 일이었다.

관표는 잠시 제갈령을 보다가 말했다.

"단순히 그뿐입니까? 그거 말고 다른 이유도 있을 것 같은데."

별로 개의치 않겠다는 관표의 말에 제갈령은 미소를 지으며 말했다.

"물론 다른 이유도 있습니다. 바로 그 이유 때문에 무후님의 힘이 필요합니다."

관표와 소소가 제갈령을 바라보았다.

"삼흉과 투왕이 겨룬다는 소문이 나면 전륜살가림과 무림의 시선이 전부 이쪽으로 집중될 것입니다. 그때 무후께서는 파랍이라고 불리는 마을을 찾아주셨으면 합니다."

백리소소가 흥미롭다는 표정으로 제갈령을 바라보았다.

"파랍이라는 마을이라니, 참 독특한 이름의 마을이군요. 그런데 제가 거기 가서 무엇을 해야 하는 거죠?"

"파랍이라는 이름보다는 구인촌이라는 이름으로 불린다고 들었습니다. 저도 겨우겨우 그 마을의 대략적인 위치만 알아냈을 뿐입니다. 그곳에는 아주 오래전 천축 땅에서 쫓겨온 파랍의 후예들이 살고 있다고 들었습니다. 파랍이란 마을 이름이기도 하지만 사람 이름이기도 한 것입니다. 무엇보다도 중요한 것은 그들이 혈강시의 파해법을 가지고 있다는 사실입니다."

관표가 제갈령을 보면서 물었다.

"파랍이 누구요?"

"파랍은 오래전 천축에서 쫓겨난 하희문의 문주입니다. 중원식 이름으로는 구차차라고 한답니다."

관표는 그 말을 듣고 이전에 백골노조가 말했던 하희문에 대한 말이 떠올랐다.

활강시의 원조라고 할 수 있는 하희문은 중원의 고루강시문이 천축으로 쫓겨가서 만들어진 곳이라고 했다. 천축에서 하희문으로 거듭난 고루강시문은 기존의 강시에서 훨씬 더 발전한 활강시를 만들었고, 그에 대한 연구가 중원보다 많이 앞섰다고 했다.

'참으로 기구한 운명의 문파로다. 중원에서 쫓겨갔다가 다시 중원으로 쫓겨오는 신세가 되다니. 그래도 중원의 후예들이니 모습은 중원인과 크게 다르지 않을 테고, 중원에 와서 숨어 살기는 어렵지 않았으리라.'

제갈령은 무후를 보면서 말했다.

"그들은 활강시를 만들다 천축 무림의 분노를 사서 중원으로 쫓겨났다고 들었습니다. 지금 전륜살가림의 혈강시는 그들이 원조라고 들었습니다. 그리고 그들에게 혈강시의 파괴법이 있다는 것을 알아내었습니다. 문제는 전륜살가림도 구인촌의 존재를 알고 그들을 찾고 있다는 것입니다."

"그러니까 군사는 관 대가께서 삼흉과 겨루면서 무림의 관심을 끌고 있을 때, 나는 은밀하게 무림맹을 나가서 구인촌을 찾아 거기서 혈강시를 깰 수 있는 비법을 얻어 오라, 이건가요?"

"그렇습니다. 그리고 그것은 오로지 무후만이 가능한 일입니다. 제가 알기로 혈강시에 사용하는 약물에 대해서 정확하게 파악하려면 반드시 의학과 약초에 대한 깊은 조예가 있어야 하기 때문입니다. 그리고 아무래도 무공도 강해야 할 것입니다. 무림맹에선 투왕을 제외하면 지금 무후의 경지에 달한 고수가 없습니다. 또한 아직도 간자가 남아 있을지도 모릅니다. 솔직히 저는 금정 사태와 조광 이외에도 아직 더 있을 것이라고 생각하는 중입니다."

제갈령의 말을 듣고 관표의 표정이 조금 굳어졌다.

그는 백리소소가 위험해지는 것을 별로 바라지 않았던 것이다.

"그곳에 가면 혈강시들이 있을지도 모르는데, 무후 혼자서는 위험한 일이오."

제갈령은 그런 관표의 표정을 읽으면서 말했다.

"철저하게 준비를 하고 가면 절대로 위험하지 않을 것입니다. 제가 알아낸 바에 의하면, 하희문은 구인촌에 정착하면서 강시에 대한 모든 것을 폐기하고 그것을 어느 곳에 숨겨놓았다고 합니다. 활강시를 만드는 법이 너무 잔인해서 자신들이 천축에서 쫓겨났다는 것을 깨우친 구차차는 자신들이 강시를 연구하는 한 언제고 중원에서도 설 자리가 없을 것이라 생각한 것 같습니다. 그래서 후대의 하희문 제자들에겐 강시술 자체를 배우지 못하게 했다고 들었습니다. 대신 중원의 무공과 자신들이 알고 있는 천축의 무공을 결합해서 익혔다고 합니다. 그들이 조금 강하기는 하지만 결코 십이대초인과 겨룰 정도는 아니라고 합니다. 무후님의 무공이라면 충분히 이겨낼 수 있으리라고 믿기 때문에 부탁을 드리는 것입니다."

"꼭 소소 혼자 가야 하는 것이오?"

"사람이 많으면 다른 사람의 관심을 끌 수 있고, 아직 남아 있을지도 모르는 간자들에게 들킬 수도 있습니다. 그래서 제 생각으론 구인촌에 가는 일행을 셋 정도로 생각하고 있습니다. 이런 일은 소수 정예화가 좋다는 것이 제 생각입니다."

관표는 백리소소를 보면서 걱정스런 표정으로 말했다.

"어디를 가든지 눈에 띨 텐데."

"그 정도는 감안하고 있습니다."

제갈령이 한 개의 인피면구를 꺼내 들었다.

인피는 정교하게 만들어진 평범한 청년의 얼굴 모습이었다.

"가는 동안 남장을 하고 가시면 됩니다. 그리고 두 사람은 무림맹에서 가장 무공이 강하고, 믿을 수 있는 사람으로 선정할 생각입니다."

그 말을 들은 백리소소가 고개를 흔들었다.

"혼자서 가죠. 그게 오히려 편할 것 같습니다. 만약 꼭 누군가를 대동해야 한다면 청룡단에서 두 명을 차출해 가든지 하겠습니다. 이 부분은 제가 알아서 하겠습니다."

제갈령이 빠르게 허리를 숙여 말했다.

"그렇게 해주신다면 감사할 따름입니다."

송학 도장과 원화 대사 역시 고마움을 표시하였다.

관표만은 조금 못마땅한 표정으로 제갈령과 백리소소를 바라보았다. 그는 백리소소가 위험해지는 것이 싫었고, 잠시지만 서로 떨어져 있는 것도 싫었던 것이다. 그러나 현실은 어쩔 수 없는 상황으로 몰아가고 있었다. 하지만 이들 중 제갈령의 눈 깊은 곳에 차가운 한광이 어리는 것을 본 사람은 아무도 없었다.

혈존은 희미하게 미소를 머금고 말했다.

"그러니까 지금 요지문을 통해서 암살해 달라고 들어온 청부의 대상이 무후란 말인가?"

요지문의 문주이자 대살수인 광요객은 탁자 위에 올려진 초상화를 보면서 공손한 표정으로 말했다.

"그렇습니다. 그리고 무후는 이런 모습으로 변장을 하고 모 지점으로 갈 것이라고 했습니다."

혈존은 잠시 생각에 잠겼다.

"누구의 청부인지 모르지만, 이들은 요지문 정도로 무후를 제거할 것이라고 생각하진 않을 것이다. 그렇다면 무림맹에서도 요지문을 의심하고 있다는 말이고, 실상은 전륜살가림에 이 말이 전해지기를 바라고 있다는 말인가? 어차피 요지문도 더 이상 숨어서 활동할 필요가 없으니 그들이 안다고 달라지는 것은 없지만, 이번 청부는 여러 가지로 재미있군."

"그런 것 같습니다. 요지문이 나서지 않더라도 림에서 이 비밀을 안다면 알아서 처리해 줄 것이라 생각한 것 같습니다. 즉, 누구인지 모르지만, 어떤 식으로든 림을 이용해서 무후를 처리하려고 하는 것 같습니다. 그리고 이 기회를 이용해서 요지문과 림과의 관계도 다시 한 번 알아보려고 하는 것 같습니다. 그리고 청부를 넣은 시기도 절묘합니다. 무림맹에 간자로 가 있던 조광이 죽은 다음이고, 무후가 구인촌으로 가는 명분과 이유도 충분합니다."

혈존은 얼굴이 조금 굳어졌다.

"죽은 간자 따위는 어쩔 수 없는 일이고, 구인촌에 대한 정보는 무림맹이 어떻게 알았을까? 어쩌면 우리에게도 그들의 간자가 있을지도 모르겠다. 중요한 것은 이제 그곳엔 아무도 살고 있지 않다는 것이겠지. 그리고 무후가 그곳으로 간다는 사실이 중요하겠지."

"아마도 제갈가에서 알았을 것입니다. 제갈가는 아주 오래전부터 중원에 들어온 하희문을 추적하고 있었다는 정보가 있었습니다."

혈존의 표정이 조금 굳어졌다.

"제갈세가… 과연 대단한 곳이군. 그들이 조금만 빨랐으면 큰일날 뻔하였다."

"이는 천운입니다. 좋은 징조라는 생각이 듭니다."

"어떻게 하는 것이 좋겠는가?"

"어차피 본 문이 백호궁이나 혈교와 관계가 있고, 또한 혈교나 백호궁이 림과 관계가 있다는 것을 무림맹에서 어느 정도 눈치채고 있다 들었습니다. 그러나 단순한 짐작만 가지고는 백호궁이나 혈교를 공격하지는 못할 것입니다. 이번 일로 그들 내부에서 몇몇이 요지문과 림의 관계를 확신한다 해도 어디까지나 그들만의 확신일 뿐입니다. 어차피 요지문은 지하로 숨어들 생각이었습니다. 무엇보다도 무후는 림의 미래를 위해서도 반드시 죽여야 할 무림의 절대고수 중 한 명입니다. 이 기회를 놓쳐서는 안 된다고 생각합니다."

"결국 가장 중요한 것은 무림맹에서 누군가가 무후를 죽이려 한다는 것이군."

"그렇습니다. 아무래도 차후의 무림 대권에 무후의 존재가 껄끄러웠던 것 같습니다. 그래서 우리를 이용해 그녀를 처리하려는 것 같습니다."

"그녀를 가장 껄끄럽게 생각하는 사람이 이 일의 배후겠군."

"그럴 것이라 생각합니다. 하지만 그 뒤를 캐도 배후를 알기는 쉽지 않을 것 같습니다."

"그렇겠지. 이 정도의 일을 꾸밀 정도라면 그만한 능력도 힘도 있을 테니. 자네 생각엔 누구일 것 같은가?"

"무후를 가장 강력한 경쟁자로 생각할 수 있는 자라면 같은 여자인 제갈령일 가능성이 크다고 생각합니다. 하지만 제갈령이라면 지금 같은 시기에 무후를 제거하려 하지는 않을 것입니다."

혈존은 잠시 생각에 잠겼다.

"중요한 것은 기회가 왔다는 것이군."

"다방면으로 조사해 보아도 분명히 함정은 아닙니다. 무후를 제거하려면 지금이 확실한 기회인 것은 분명합니다. 문제는 누구를 보내느냐 하는 점입니다."

혈존의 입가에 미소가 어렸다.

"마침 나와 그녀 사이엔 빚이 있다. 내가 직접 가기로 하지. 청부를 허락한다고 해라. 대신 대가는 확실하게 받도록."

"직접 가시려는 것입니까?"

"그녀를 확실하게 처리하려면 내가 가는 것이 가장 적합하다. 그것이 피해를 극도로 줄이고 그녀를 죽일 수 있는 방법이다. 지금이 아니라면 언제 기회가 다시 올지 아무도 모른다."

광요객은 혈존의 말이 옳다고 생각했다.

무림의 고수는 역시 고수가 상대하는 것이 가장 적합하다.

혈존이라면 무후를 확실하게 죽일 수 있을 것이다. 그리고 혈존의 입가에 떠오른 미묘한 미소를 보고 느끼는 것이 있었기에 더 이상 말을 하지 않았다.

이미 무후의 미모에 대해서는 듣고 있었던 것이다.

혈존의 표정에서 무후에 대한 욕심을 읽은 것이다.

이런 일은 모르는 척해주는 것이 가장 좋다.

"복명. 그럼 그렇게 알고 준비를 하겠습니다. 그런데 누구를 데려가

실 것입니까?"

"이럴 땐 굳이 많은 사람을 데려갈 필요가 없다. 상황을 보니 저쪽에서도 은밀하게 움직일 것이고, 기껏해야 서너 명 정도일 것이다. 두 구의 혈강시를 데려가기로 하지. 그 정도면 누구의 눈에도 띄지 않고 은밀하게 움직일 수 있을 것이다."

광요객의 얼굴이 굳어졌다.

"단 두 구의 혈강시만 데리고 말입니까?"

"그렇다."

"불가합니다. 혹시 모를 상황을 대비해서 충분히 준비하시는 것이 옳을 것입니다."

"두 구의 혈강시면 몇백의 어지간한 고수들보다 강하다."

"그래도 만약이라는 것이 있습니다."

"그 정도라면 충분할 것이다. 대신 너는 혹시 모를 상황에 대비해서 그녀와 함께 가는 고수들이 누구인지 철저하게 조사하여라."

광요객은 혈존의 결심이 확실한 것을 느끼자 더 이상 어쩔 수 없다는 것을 알았다.

"복명."

혈존은 조금 들뜨는 기분을 느꼈다.

무후의 모습이 눈앞에 어른거린다.

그의 두 주먹이 불끈 쥐어진다.

'미인은 힘있는 자의 것. 그녀를 내가 취하겠다. 그 정도면 중원을 도모했던 보람으로 충분하다.'

혈존은 당장이라도 무후를 품 안에 안은 기분이었다.

第十章

초인혈투(超人血鬪)

―주사위는 던져졌다

제갈령은 하늘을 보고 있었다.

별이 총총하게 떠 있는 하늘의 모습은 아름다웠다. 그러나 그녀의 시선은 그 아름다움을 감상하고 있지 않았다.

아름다움을 감상하기엔 그녀의 머리 속이 너무 복잡했다.

'이제 주사위는 던져졌다. 요지문이 청부를 받았다는 것은 반드시 무후를 죽이겠다는 의지를 알려준 것이다. 그렇다면 그녀의 무공을 감안하고 사람을 보낼 것이다.'

그녀는 감정이 복잡해지는 것을 느꼈다. 그러나 다시 한 번 모질게 마음을 가다듬었다.

문득 무후에 대한 생각이 떠올랐다.

금정과 조광이 첩자일 것이라고는 그녀도 생각하지 못한 부분이었다. 그런데 그녀가 그것을 어떻게 알았을까? 그녀가 하는 말을 엿들었다고 하지만, 제갈령은 그 말을 다 믿지 않았다.

'어쩌면 그녀는 내가 생각했던 것보다 더 뛰어날지도 모른다. 그러나 이번 함정은 전혀 생각하지 못했을 것이다.'

제갈령은 스스로를 믿었다.

"마음이 심란한 것이냐?"

제갈령이 고개를 돌려 소리가 난 곳을 바라보았다.

아버지인 지룡 제갈천문이 서 있었다.

"혹시 모를 만약의 수를 생각하고 있었습니다. 그리고 무후가 죽은 이후를 생각하는 중이었습니다."

"침착하게 해야 한다. 그리고 최악의 경우에 대해서도 생각해 두어야 한다. 일이 잘되어 무후가 죽는다 해도 투왕에게 다가서는 것은 천천히 시간을 두고 해야 한다. 너는 그에 대한 복안이 있느냐?"

"어떤 상황이 되든 저희가 확보하고 있는 첩자들을 희생시키면 문제가 없을 것입니다. 그리고 무후가 죽는다면 첩자들과는 상관없이 저역시 책임을 면하기 어렵습니다. 그때 저는 형벌의 의미로 머리를 자른 다음 군사 직을 내놓고, 그 죄가 다할 때까지 투왕의 아래서 백의종군하려고 합니다. 그것이 보기에도 좋고 투왕에게 접근하기도 편할 것 같습니다."

제갈천문이 고개를 끄덕였다.

"좋은 생각이다. 어차피 너는 다시 복직하게 될 테고, 그땐 투왕이 네 곁에 있을 테니 더욱 그 입지가 확실해질 것이다."

그녀의 눈이 깊게 가라앉았다.

야망이 감추어진 여자의 눈은 매혹적이다.

'그리고 무림을 구한 부부로 나와 관 공자의 이름이 영원토록 남을

것입니다.'

그녀는 그 꿈이 바로 눈앞에 있다고 생각하며 말했다.

"이제 준비를 해야 할 것 같습니다."

"걱정 마라, 언제나 준비는 되어 있다. 너는 시기만 결정하면 된다."

"시기는 투왕이 천주삼흉을 이긴 후가 될 것입니다. 그때쯤이면 제아무리 무후를 구하려 해도 상황은 종료된 다음일 것입니다."

"네가 잘 알아서 하리라 믿겠다."

제갈령이 입가에 미소가 어렸다.

강호무림이 다시 한 번 술렁거리기 시작했다.

무림의 절대 악마라고 불리는 천주삼흉이 무림맹에 도전하였고, 그 상대로 투왕 관표가 나섰다는 소문은 단 며칠 만에 강호를 뒤흔들었다.

인육삼마라고도 불리는 천주삼흉의 흉명은 강호무림사에서도 유명한 일화 중 하나였다.

그들이 나타난다는 말만 듣고도 무림이 들썩거릴 정도였다.

그런 삼흉이 나타난 것도 놀랍지만, 나타나자마자 무림맹에 도전한 것은 더욱 놀라운 일이었다. 당연히 소림을 먼저 찾을 것이라 생각했기 때문이다. 또한 그들이 무공에 자신감이 없었다면 할 수 없는 일이기도 했다.

그런 삼흉을 상대로 무림의 영웅으로 부상 중인 관표가 나선다고 하자 무림은 어디를 가나 그 이야기로 화제가 만발하였다. 그리고 무림맹을 향해서 수많은 무사들이 모여들기 시작했다. 특히 관표와 삼흉이 대결을 할 종남산 근교는 시간이 지날수록 인산인해를 이루고 있었다.

무림맹이 있는 구룡평은 구룡상단으로 인해 유명했던 곳이고, 바로 얼마 전까지는 무림맹이 있던 곳으로 유명했다. 그러나 지금은 투왕 관표와 삼흉의 대결 장소로 더욱 유명해지고 말았다.

투왕과 삼흉의 대결을 보기 위해 몰려든 강호의 무사들을 상대로 수많은 임시 상점과 좌판상들이 생겨났고, 천막으로 만든 임시 숙소들이 곳곳에 세워졌다.

무림맹에서는 투왕과 삼흉이 대결할 장소를 이미 정해서 공표하였고, 그 주변엔 좋은 자리를 차지하려는 무사들 간의 치열한 자리다툼이 생겨났다.

결투를 하기 위해 지정된 장소는 사방으로 얕은 언덕이 둘러싸인 오백여 평의 분지였다.

사방으로 길고 구릉진 언덕은 수만 명 이상의 사람들을 수용할 수 있을 정도로 넓었다. 구경하는 사람들을 위해서 그곳으로 장소를 정한 것 같았다.

수많은 사람들의 또 다른 관심은 삼흉을 상대로 관표 혼자서 싸울 것이냐, 아니면 무후가 합세를 할 것이냐? 하는 점이었다. 대부분의 사람들은 상대가 세 사람이기 때문에 무후가 함께할 것이라 생각하고 있었다.

현재 무림맹의 비밀 연무장에 들어간 투왕과 무후가 무공 수련을 하느라 나타나지 않는다는 소문도 그 짐작에 일조를 하였다. 그런 중에 북상을 하고 있는 천주삼흉은 여기저기서 사람을 죽이는 흉악함으로 다시 한 번 그 명성을 입증하였다.

이렇게 무림의 모든 관심이 투왕과 삼흉에게 몰려 있을 때, 섬서성

북쪽 산과 산 사이에 있는 작은 마을로 한 명의 냉막한 표정의 청년이 들어서고 있었다.

청년은 등에 작고 긴 보퉁이를 마치 검처럼 가로로 짊어지고 있었다.

그는 마을로 들어선 후 잠시 사방을 둘러보았다.

숲으로 둘러싸인 화전민 마을엔 사람이 살고 있는 것 같지 않았다. 그러나 그는 실망하지 않고 마을로 들어가 빈집을 하나씩 들어가 보기 시작했다. 그러나 마을의 어떤 집에도 사람은 살고 있지 않았다.

제법 오랜 시간 동안 비워진 듯 집 안에는 거미줄만 무성했다.

십여 채의 집을 뒤진 청년은 어느새 마을의 중심까지 이동해 있었다. 이십여 채의 집들이 옹기종기 모여 있는 마을 가운데엔 제법 넓은 터가 있었는데, 청년은 그 터 가운데에 조용히 서 있었다.

무엇인가 생각 같지 않다는 듯 고민을 하는 것 같았다.

청년이 한참 고민에 잠겨 있을 때였다.

"마을에 아무도 없어서 실망했는가?"

조금 비웃는 듯한 말투가 들려오면서 세 명의 인물이 청년 앞에 바람처럼 나타났다.

나타난 세 사람을 본 청년은 어지간히 놀란 눈치였다.

전혀 뜻밖의 사람이 눈앞에 나타난 것이다.

나타나 인물들 중 가운데 선 노인이 웃으면서 말했다.

"내가 여기에 나타나서 놀랐는가? 하지만 놀랄 일도 아니지."

노인의 말에 청년이 가볍게 숨을 내쉬며 말했다.

청년의 입에서 나온 목소리는 뜻밖에도 고운 여자의 음성이었다.

"혈존이 이곳에 나타날 줄은 몰랐군요. 이런 화전민 마을에 그냥 나타났을 리는 없고, 이미 내 정체를 알고 나타난 것이겠죠?"

"역시 쌍지 중 한 명답게 똑똑한 계집이군. 그런데 생각했던 것보다 놀라는 표정은 아니군."

"놀라기야 했죠. 설마 혈존이 직접 나타날 줄은 몰랐군요."

"그 말은 자신이 함정에 빠질 것을 알고 있었단 말이냐? 아니면 나를 끌어내기 위한 함정?"

"둘 다일 수도 있겠죠. 하지만 설마 삼존 중 한 명인 당신이 걸려들 줄은 정말 생각하지도 못했어요."

혈존의 표정이 굳어졌다.

"그럴 리가 없다. 우리도 나름대로 철저히 조사하였고, 네가 혼자서 움직였다는 것도 알고 있다."

청년은 얼굴에서 인피면구를 벗겨냈다.

냉막한 청년의 모습이 사라지고 백리소소의 아름다운 모습이 나타났다. 그녀의 눈부신 미모를 보면서 혈존이자 천군삼성 중 한 명인 사령혈마 담대소는 마른침을 꿀꺽 삼킨다.

다시 봐도 사람의 혼을 빼놓는 미모였다.

백리소소가 미소를 지으며 말했다.

"혼자서 움직인 것은 맞습니다."

"흐흐, 그렇다면 너는 설마 혼자서 나를 상대할 수 있다고 생각하는 것이냐? 괜히 부질없는 반항은 하지 말고 항복하는 것이 어떠냐?"

백리소소가 고개를 흔들었다.

"제가 무슨 재주로 혈존을 이길 수 있겠어요. 하지만 항복할 순 없지요."

"흐흐, 네 미모를 손상시키고 싶진 않지만 어쩔 수 없지. 그 정도 강단은 있는 계집이라 생각했었다. 내 너를 잡아서 활강시로 만들어 내 곁에 둘 것이다."

"좋은 생각이군요. 하지만 세상일은 그렇게 뜻대로 되는 것이 아니랍니다."

"너는 아직도 자신의 처지에 대해서 정확하게 모르고 있는 것이 아니냐?"

"호호, 여기에 혈존이 나타났는데 설마 아직도 상황을 모르겠어요. 그래도 혹시나 했는데, 역시 누군가가 나를 이곳으로 몰아넣은 거군요."

"훗, 그렇지. 정파란 작자들이 하는 짓이란 언제나 그렇다. 앞에서는 성인군자인 척하다가 뒤에서는 언제나 협잡꾼으로 변하지."

"다 그런 것은 아니랍니다."

"스스로 당하고도 아직 모른단 말인가?"

"일부일 뿐이지요. 그리고 덕분에 이렇게 혈존 어르신도 만나게 되었고요. 제가 생각했던 것보다 너무 큰 대어라 놀랐을 뿐입니다. 기분 좋게도 제 미모가 한몫한 것 같군요."

혈존의 표정이 조금 굳어졌다.

"그 말은?"

백리소소가 방긋 웃으면서 말했다.

"왼손이 하는 일을 오른손이 모르게 하라는 말이 있습니다."

"네년은 그러니까, 함정에 빠진 척하면서 역으로 내가 나타나길 기다렸다는 말이냐?"

"나를 이리로 보낼 때부터, 어쩌면 여기서 나를 처리할 생각일지도 모른다고 생각했습니다. 물론 내가 그 함정에 모른 척 빠져 준 것은 확실하게 이곳이 함정일 거라는 증거가 없었고, 잘하면 이 기회에 전륜살가림의 중요한 분 중 한 분 정도는 볼 수 있을 것이라고 생각했기 때문입니다. 하지만 배신이 사실이라 판명되고 나니 그 또한 기뻐할 수가 없군요."

혈존은 백리소소를 잠시 동안 바라보았다.

"쌍지 중 한 명이라더니, 정말 똑똑한 계집이다. 그러나 너는 네 힘을 너무 믿었다. 설마 이곳에 내가 나타나리란 것은 생각하지 못했겠지."

백리소소가 다시 한 번 미소를 지었다.

환하게 빛나는 그녀의 미모는 언제 보아도 아름다웠다.

"그건 맞아요. 하지만 나를 죽이려는 자들 역시 제법 머리가 있는 사람들입니다. 그들이 나를 죽이려면 반드시 나보다 강한 힘을 이용하려 할 것이란 생각은 했습니다. 그리고 그들이 이용하려는 힘이 나와는 한 하늘을 이고 살 수 없는 전륜살가림일 것이라는 생각도 했습니다. 천하에 그런 고수들을 지니고 있는 곳도 역시 전륜살가림뿐이지요. 그렇지 않은가요?"

혈존의 조금씩 더 굳어지고 있었다.

"지금 네년이 하고자 하는 말이 무엇이냐?"

"그래서 저도 그에 걸맞게 준비를 했답니다, 이왕이면 천존이 나타나길 바라며."

"준비라고?"

"그렇습니다."

혈존은 빠르게 사방을 둘러보다가 표정이 딱딱하게 굳어졌다.

마을 앞쪽 세 군데서 희미하지만 작은 기운이 감지되고 있었다.

절대고수인 자신조차 정신을 집중하지 않으면 눈치챌 수 없을 정도의 미세한 기운이었다.

'모두 고수들이다.'

혈존이 당황하는 순간, 백리소소가 가볍게 손뼉을 치면서 말했다.

"이제 모두 나오시길 바랍니다."

그녀의 말이 끝나자 세 방면에서 세 명의 인영이 바람처럼 날아왔다. 그들의 절륜한 신법을 본 혈존의 인색이 굳어졌다.

더군다나 세 사람은 혈존이 혹시라도 도피할 수 있는 길을 미리 차단하면서 날아오고 있었다.

나타난 세 사람을 본 혈존은 가슴이 덜컥 내려앉는 기분이었다.

비록 자신의 뒤에 두 구의 혈강시가 있었지만, 나타난 세 명의 인물은 혈존이 생각할 수 있는 최악의 조합이었다.

"오랜만이외다."

냉랭한 목소리로 말하며 도를 뽑아 들고 있는 중년의 서생은 도종 귀원이었고, 도종과 맞은편에서 패검을 든 채 원한의 눈길로 혈존을 쏘아보는 인물은 마종이었다.

혈존과는 씻을 수 없는 원한을 가지고 있는 마종이었다. 당장 달려들지 않은 것만도 다행이라 할 수 있었다. 그리고 혈존의 바로 등 뒤에 선 왜소한 노인은 아주 오래전 서로 안면이 있는 사이였다.

쌍괴의 한 명으로 투괴라 불리는 철두룡 하후금이 바로 그였다.

제아무리 혈존이자 사령혈마 담대소라고 해도 현 무림의 최강자인 십이대초인 중 네 명이라면 역부족이라고 할 수 있었다.

혈존은 백리소소를 쏘아보며 말했다.

"철저하게 준비를 하였구나. 그래도 십이대초인 중 네 명이라니, 정말 과하긴 하다.”

백리소소는 빙긋이 웃었다.

“절대 과하지 않습니다.”

혈존의 입가에 자조의 미소가 어렸다.

“내가 당했군. 그리고 너를 이리로 보낸 협잡꾼 놈들도 이 상황은 전혀 모르고 있겠지.”

“당연히 모르고 있답니다. 그들이 나에게 함정을 팔 것이라 생각하고 이분들에게 도움을 요청했는데, 마침 나를 이곳으로 보내더군요. 그래서 나는 조금 천천히 이곳으로 오고 이분들에겐 미리 와서 숨어 있으라고 했지요.”

혈존은 한숨이 나왔다.

상대가 무림의 쌍지 중 한 명이라는 것을 잠시 잊은 자신의 잘못이라고 생각했다. 사실 이곳은 혹시나 해서 요지문의 살수들이 샅샅이 조사를 하였다. 그러나 십이대초인이라면 그들의 능력 밖에 있는 사람들이었다.

제아무리 뛰어난 살수들이라고 해도 이들이 숨고자 한다면 방법이 없었다.

“정말 똑똑한 계집이군.”

“감사합니다. 그래도 이렇게 만나니 반갑지 않나요?”

백리소소의 말에 혈존은 냉랭하게 말했다.

“난 전혀 반갑지 않다.”

마종 여불휘가 앞으로 한 발 나서며 말했다.

“당신은 어떨지 몰라도 나는 아주 반갑소. 눈물겹게 반갑다는 말은 지금 사용해야 하는 말이라고 생각하는데, 선배는 아니라니 참으로 유감이오."

마종의 말속에는 살기가 담겨 있었다.

당연히 그럴 수밖에 없었다.

혈존으로 인해 자신의 모든 것을 잃은 마종이었다.

그 원한이 하늘까지 닿아 있었던 것이다.

혈존은 잠시 마종을 쏘아보며 말했다.

"네놈들은 지금 협공으로 나를 상대하려는 것이냐?"

"당연하지."

"그래도 명색이 십이대초인이라는 것들이 협공을 하려 하다니, 부끄럽지도 않느냐?"

"부끄럽긴. 네놈은 영광으로 알아라!"

"무인의 명예를 모르는 놈들이로다."

"미친 늙은이, 여기가 놀이터인 줄 아는가? 죽고 사는 것이 달린 전장의 한가운데다. 네놈이나 죽어서 명예를 찾아라!"

마종의 입은 점점 거칠어지고 있었다.

혈존과 말을 할수록 원한이 복받쳤던 것이다.

"끝까지 용기가 없다는 말은……."

"개똥이다! 이것이나 처먹고 입이나 닥쳐라!"

마종이 고함을 지르며 천마지존검을 휘둘렀다.

순간 하늘에 수라의 상이 선명하게 나타났다.

수라현신.

칠극천마공공검법의 마지막 절초인 칠극공공수라현이었다.

마종은 처음부터 자신의 최고 절초를 사용해서 공격을 한 것이다.

적당한 상황에서 빠져나가려고 기회를 보던 혈존은 기겁하였다. 설마 이렇게 급작스럽게 공격해 올 줄은 몰랐고, 처음부터 초강수를 둘 줄도 몰랐던 것이다.

피하려 한다고 쉽게 피할 수 있는 공격이 아니었다.

혈존의 손이 번개처럼 휘돌았다.

그의 손에서 한 자루의 도가 뽑아져 나오며, 진천사령도법의 삼대살수 중 하나인 전광혈음(電光血陰)이 펼쳐졌다.

차고 시린 핏빛의 강기가 수라를 단번에 쪼갤 듯이 공격해 갔다. 그리고 그때를 기다렸다는 듯이 도종 귀원이 혈존을 향해 도를 휘두르며 협공해 갔다.

귀원 역시 작정한 듯 처음부터 쌍절사라사한도법을 펼치고 있었다. 귀원이 알고 있는 최강의 살수였다.

혈존은 입술을 꾹 깨물고 그대로 몸을 회전하며 도를 수평으로 휘둘렀다.

그의 도가 마종의 수라를 치면서 도종의 도와 충돌하였다.

일검으로 두 사람의 공격을 차단하려 한 것이다.

땅! 하는 소리가 들리면서 마종과 도종의 동작이 일순 멈칫하였다. 그러나 마종의 공격을 방어하면서 힘을 잃은 혈존의 도가 조금 밀리고 있었다. 그리고 그 순간 두 구의 혈강시가 혈존을 돕기 위해 도종과 마종을 향해 다가서려 하였다. 그러나 그보다 먼저 허공으로 뛰어오른 투괴 철두룡 하후금이 두 구의 혈강시를 향해 맹공격을 퍼부어 갔다.

"네놈들 상대는 나다!"

하후금의 고함 소리가 화전민 마을을 쩌렁하게 울렸다.

이미 이전에 혈강시들로 인해 낭패를 보았던 하후금은 그들에 대해서 상당히 많은 연구를 한 다음이라 공격에 거침이 없었다.

허공을 밟고 두 발을 풍차처럼 돌리며 두 구의 혈강시를 공격하는 하후금의 공격에 혈강시들은 당황하고 있었다.

일단 폭풍비화각(爆風飛花脚)으로 두 구의 혈강시를 묶어놓은 하후금의 신형이 그대로 한 구의 혈강시를 향해 뛰어내리며 그대로 강시의 머리를 들이박았다.

철두신공이 펼쳐진 것이다.

퍽! 하는 소리가 들리면서 혈강시가 그대로 주저앉았다.

또 한 구의 혈강시가 돕기 위해 하후금을 향해 공격해 오는 순간, 퍽! 하는 소리가 들리면서 한 대의 화살이 그 혈강시의 머리에 들어가 박혔다.

한쪽 귀를 뚫고 들어간 화살은 반대편 귀 쪽으로 빠져나와 있었는데, 연이어 날아온 또 하나의 화살은 혈강시의 머리를 박살 내버렸다.

순간적으로 일어난 일이었다.

다른 혈강시의 방해를 받지 않게 되자 하후금은 남아 있는 혈강시의 머리를 연이어 다섯 번이나 이마로 받아버렸다.

쿵! 하는 소리가 들리면서 혈강시가 반듯하게 누웠다.

머리가 으깨진 혈강시는 허무하게 죽고 만 것이다.

혈존은 마종과 도종을 상대하면서도 예리하게 상황을 주시하고 있었다. 두 구의 혈강시가 맥없이 죽었다는 사실을 알게 되자, 더 이상 지체할 시간이 없었다.

자신이 아무리 강하다고 해도 십이대초인 네 명이 합세한다면 살아날 방법이 없다고 생각한 것이다.

"이놈들!"

혈존이 고함을 지르며 삼대살수의 마지막 초식인 혈광사령마인(血光死靈魔人)을 펼쳤다.

허공에 혈마인의 형상이 나타나자 위협을 느낀 도종과 마종은 전 힘을 자신의 무기에 모아서 마주 공격해 갔다.

꽝! 꽝! 하는 소리가 연이어 들리면서 도종과 마종의 신형이 뒤로 다섯 걸음이나 밀려갔다. 그리고 그 순간을 이용해서 혈존은 신형을 뒤로 날렸다. 도망치려 한 것이다. 그러나 그때 한 대의 화살이 뒤로 물러서는 혈존을 향해 날아왔다.

혈존은 틈을 이용해서 몸을 날려 도망치려다가 다시 한 번 도를 휘둘러서 날아오는 화살을 쳐내야만 했다. 탕! 하는 소리와 함께 혈존은 도를 든 손이 쩌르르 울리는 것을 느끼고 기겁하였다.

'빌어먹을! 요궁은 정말 무섭구나.'

혈존은 겨우 요궁의 화살을 쳐낸 후 다시 몸을 틀려 하였다. 그러나 혈존은 몸을 날리기도 전에 다시 한 번 도를 휘둘러야 했다. 어느새 투괴의 공격이 바로 지척지간에 도달해 있었던 것이다.

삽시간에 투괴와 혈존은 대여섯 번의 공방전을 가졌고, 채 다섯 합을 넘어서기도 전에 마종과 도종이 혈존의 등을 협공해 왔다.

혈존의 얼굴이 창백해졌다.

보지 않아도 두 사람이 사생결단의 자세로 공격해 오고 있다는 것을 알 수 있었던 것이다.

몸을 돌리려 해도 투괴의 공격은 그를 쉽게 놔주려 하지 않았다.

혈존의 도에서 무시무시한 한기가 뿜어져 나오면서 하후금을 밀어냈고, 동시에 혈마인의 상과 거대한 수라의 상이 뒤엉켜 들었다. 그리고 수라의 상을 도와 한가닥의 도기가 혈마인의 상을 공격하고 있었다.

꽝! 하는 소리가 들리면서 마종과 도종의 신형이 다시 뒤로 비틀거리며 물러섰고, 혈존은 자신의 도를 들고 우뚝 서 있었다.

그의 허리 바로 위에는 화살 한 대가 꽂혀 있었고, 가슴은 뼈가 드러날 정도로 큰 검상을 입었다.

뒤로 물러선 도종은 배에 작은 도상을 입고 피를 흘리고 있었으며, 마종은 어깨뼈가 드러날 정도의 큰 상처를 입고 휘청거리고 있었다. 이번 공격에서 끝까지 혈존을 물고늘어진 대가였다.

대신 그 역시 혈존의 몸에 상처를 낼 수 있었으며, 그 틈으로 백리소소의 화살이 파고들 수 있었다.

시간의 멈춤은 아주 잠깐이었다.

혈존이 제자리에서 숨을 들이쉬기도 전에 투괴 하후금의 공격이 혈존의 뒤통수를 향해 사정없이 몰아쳐 왔다.

혈존은 신형을 틀며 도로 하후금의 팔다리를 자르려 하였지만, 쌍괴의 일인인 하후금의 몸동작은 불가사의할 정도로 빠르고 기기묘묘하였다.

두 사람이 다시 접전을 벌이는 순간, 마종의 눈에 으스스한 살기가 떠올랐다.

"오늘 반드시 네놈은 죽는다!"

고함과 함께 마종의 천마지존검에서 수라의 상이 떠올랐다.

귀원 역시 마종의 뒤를 따르며 도를 휘두르는 순간, 백리소소의 요궁에 얼음 화살이 다시 맺히고 있었다.

혈존은 급히 하후금을 밀어내고 마종의 검강을 막으려 했지만, 백리소소의 화살에 맞은 것으로 인해 몸이 불편하였다.

반대로 마종은 자신이 죽더라도 반드시 혈존을 죽이겠다는 의지에 불타고 있었다.

혈존에 대한 원한이 그의 검에 고스란히 실린 것이다.

픽! 소리와 함께 마종의 검강과 혈존의 도강이 기묘하게 얽혀 들어갔다. 그리고 그 틈으로 귀원의 도가 파고들었다. 아울러 투괴 하후금의 손에 한광이 어리더니 그대로 혈존의 등 부분을 향해 밀려갔다.

그동안 감추어두었던 절기인 빙살수라마강(氷殺修羅魔罡)이 펼쳐진 것이다. 십대마공 중 하나인 빙살수라마강은 이백 년 이전에 강호에서 사라진 마공으로 알려져 있던 것이었다.

한 번 펼치면 스치는 모든 것을 얼려 버린다는 죽음의 마공이 바로 빙살수라마강이었다.

혈존은 진천사령도법을 펼쳐 마종과 도종을 견제하면서 왼손으로는 혈강수(血罡手)를 펼쳐 투괴의 공격을 방어하려 하였다. 혈강수 역시 십대마공 중 하나로, 혈존의 독문 무공으로 유명한 마공이었다. 그러나 제아무리 혈존이라고 해도 부상을 당한 몸으로 십이대초인 세 명의 연합 공격을 막기에는 역부족이었다.

거기에 더해서 무후의 요궁은 혈존에게 너무 큰 부담이었다.

혈존이 마종 여불휘의 검강을 막는 순간 도종 귀원의 도가 그의 옆구리를 스쳤고, 혈강수와 빙살수라마강이 충돌하는 순간 날아온 얼음화살이 혈존의 발등 바로 위에 꽂혔다. 설마 요궁이 무릎 아래를 노릴 것이라고 생각도 하지 못한 혈존으로선 방법이 없었다.

더군다나 요궁의 화살은 그가 세 사람의 공격을 막아내고 있는 순간에 날아왔고, 그 순간에는 알아도 피하기가 어려운 상황이었다.

'이익' 하는 소리와 함께 혈존이 노해서 자신의 도를 다시 한 번 휘두르려 할 때였다.

퍽! 하는 기음과 함께 발목에 꽂힌 화살이 터지면서 혈존의 발목이 부서져 나갔다. 그리고 그 순간 마종의 검이 혈존의 가슴을 찌르고 들어왔다.

마종은 그 한 수에 자신의 모든 것을 건듯 천마지존검이 부웅 하는 소리와 함께 떨고 있었다.

혈존이 다급하게 자신의 도로 반월을 그리며 마종의 검을 막는 순간, 귀원의 도가 그의 왼손을 자르고 있었다. 그리고 그 순간 재차 공격해 온 투괴의 빙살수라마강이 검을 든 혈존의 오른쪽 어깨를 스쳤다.

'으윽' 하는 신음이 혈존의 입에서 터져 나왔다. 그리고 그 순간 다시 날아온 얼음 화살이 혈존의 허벅지와 복부에 꽂히고 있었다.

혈존의 얼굴이 일그러졌다.

마종의 검이 수평으로 돌아갔다.

혈존의 머리가 천천히 그의 몸에서 분리되고 있었다.

삼존의 한 명이자 천군삼성의 한 명인 혈존은 그렇게 죽어갔다.

第十一章

천주삼흉(天朱三凶)

─뛰는 자 위에 나는 자가 있다

무림맹 정면에는 아홉 개의 낮은 언덕으로 이루어진 수만 평의 평야
지대가 있었다. 이 아홉 개의 언덕으로 인해 이곳을 구룡평이라고 하
였고, 구룡상단은 이 구룡평의 이름에서 따온 것이었다.

그 평원 중심에 있는 작은 분지를 기점으로 수만에 달하는 무사들이
장사진을 치고 있었다. 오늘이 바로 천주삼흉과 투왕 관표의 결전이
있는 날이었던 것이다.

며칠 전부터 모여들기 시작한 무사들은 조금이라도 좋은 자리를 차
지하기 위해 몸싸움도 마다하지 않았다.

무림맹에서 나온 무사들이 그들을 관리하려고 노력하였지만, 모여
든 무사들이 너무 많아서 쉽지가 않았다. 그러나 그들로 인해서 무사
들끼리 충돌이 일어나는 불상사는 별로 없었다.

둥, 둥, 둥.

드디어 결투가 벌어지기로 했던 오시가 가까워지자 갑자기 큰 북소리가 들려오기 시작했다.

떠들썩하던 구룡평이 갑자기 조용해졌다.

드디어 결전의 시간이 다가온 것이다.

북소리는 천천히 열 번을 울리고 멈추었다.

사방이 작은 언덕으로 둘러싸인 분지 근처에 마련된 자리로 무림맹의 원로들이 나타나기 시작하자 수많은 무인들이 엄숙해졌다.

수만의 무인들은 평생 가도 한 번 볼까 말까 한 무림의 명숙들을 보기 위해 고개를 빼고 그들을 살피기에 여념이 없었다. 그렇게 일각 정도의 시간이 흐른 후 허공에 세 개의 점이 나타나더니 세 명의 인물이 공터에 나타났다.

그들의 절륜한 신법에 구룡평의 무사들은 모두 놀라서 환성을 질렀다. 그러나 그 환성은 곧 사라졌다.

나타난 세 사람의 모습을 보면 누구든지 천주삼흉이라 불리는 단씨 삼 형제란 사실을 알 수 있었던 것이다.

겨우 사 척에 불과한 키.

살광이 번쩍이는 눈.

나타난 세 사람은 사방을 한 바퀴 둘러본 다음 지정된 자리에 앉아 있는 소림의 원화 대사를 바라보았다.

상대가 소림의 고승임을 알아본 것이다.

삼흉 중 맏형인 단고사가 냉정한 표정으로 물었다.

"까까 중, 네놈은 소림의 누구냐?"

"아미타불, 원화라고 하외다."

세 명의 안색이 조금 굳어졌다.

설마 눈앞의 중이 자신들을 이긴 원각 대사의 사제일 줄은 몰랐던 것이다.

"흐흐, 네놈이 바로 원각의 사제인 원화로구나. 잠시만 기다리고 있거라. 우선 투왕인지 뭔지 하는 놈부터 없애고 난 후 네놈을 찢어 죽이겠다."

단고사의 말에 원화 대사는 담담한 표정으로 말했다.

"아미타불, 기다리고 있겠습니다."

단고사의 눈에 살기가 어리다가 사라졌다.

"가증스런 중 놈. 언제까지 담담한 표정을 짓는지 두고 보겠다. 그건 그렇고, 투왕이란 어린놈은 왜 아직도 나타나지 않는 것이냐? 혹시 두려워서 도망이라도 갔는가?"

"나는 여기 와 있소."

삼흉은 갑자기 뒤에서 소리가 나자 놀라서 뒤를 돌아보았다.

선이 굵고 육 척이 넘는 후리후리한 키의 청년이 그 자리에 서 있었다.

삼흉은 간담이 서늘해지는 것을 느꼈다.

셋 중 누구도 청년이 그 자리에 나타나는 기척을 느끼지 못했던 것이다. 그러나 세 사람의 굳어졌던 표정은 바로 펴졌다.

단고사가 눈에 살기를 담고 물었다.

"네놈이 투왕이란 아이냐?"

"맞소, 내가 투왕이라고 불리는 관표외다."

관표가 스스로를 인정하는 순간이었다.

"투왕 관표님이시다!"

"와아!"

지켜보던 수만의 무사들이 함성을 내질렀다.

그들은 기다리던 관표가 나타나자 열광적으로 환호를 보내고 있었는데, 그 열렬함에 삼흉조차 주눅이 들 정도였다.

삼흉은 더욱 관표가 맘에 들지 않았다.

자신들이 나타났을 때와는 너무 대조적이었던 것이다. 그리고 그 기분은 그들의 열등감에 더욱 불을 지피고 말았다.

단고사는 차가운 음성으로 말했다.

"너처럼 어린놈이 우리 셋을 한꺼번에 상대하겠단 말이냐?"

"삼흉은 무공의 고하를 나이순으로 정하는가 봅니다."

"어린놈, 제법 강단은 있어 보이는구나. 그러나 네놈은 곧 후회할 것이다."

"후회할지 안 할지는 두고 보면 알 일. 이제 말은 그만 합시다. 덤빌 거요? 아니면 그 자리에 계속 서 있을 것이오?"

관표의 말에 셋 중 가장 성격이 급한 셋째 단우사가 고함을 지르며 달려들었다.

"어린놈이 감히. 죽어랏!"

단우사의 손에서 세 가닥의 바람이 불어 나와 관표를 향했다.

사도의 무공인 삼살소풍장(三殺小風掌)이었다.

관표의 눈에 살기가 어렸다.

'어차피 많은 사람들에게 확실한 모습을 보여줄 생각이라면 제대로 하는 것이 좋다. 이들은 살아 있어도 세상에 해가 되는 자들.'

마침 셋의 합공이 아니라 한 명이 덤비고 있었다. 그렇다면 지금이 승부를 보기에 좋은 시점이라고 판단을 내렸다.

관표는 결심을 굳히자 광룡천부를 끌어올렸다.

처음부터 삼절황 중에서도 최강이라는 광룡삼절부법을 펼치려는 것이다. 순간, 그의 손에 하나의 광채가 어리더니 한 자루의 도끼가 들렸다. 그리고 허공에 찬란한 용이 꿈틀거리면서 공격해 오는 단우사를 향해 달려들어 갔다.

단우사는 자신의 삼살소풍장의 경기가 허공에서 사라지면서 한 마리의 용이 달려드는 것을 보고 기겁하였지만, 피할 사이가 없었다.

다른 이흉이 그를 도와줄 시간조차 없었다.

허공에 수를 놓았던 용이 사라졌다.

달려들던 단우사의 몸이 천천히 두 쪽으로 분리되어 바닥에 쓰러졌다. 살아남은 이흉은 모두 안색이 창백하게 질려 버렸고, 보고 있던 수만의 무사들은 모두 굳은 표정으로 멍하니 바라보고 있었다.

단 일격에 삼흉 중 한 명이 죽고 나자 모두 넋이 나간 것이다.

관표가 살아남은 두 사람을 보면서 말했다.

"죽을 짓을 했으니, 살려둘 수 없었소."

관표의 냉정한 말에 이흉의 얼굴이 씰룩거렸다.

그들의 눈에 물기가 어린다.

어려서부터 생사고락을 함께해 온 형제가 죽은 것이다.

남들은 뭐라고 하든지 그들끼리는 더없이 아끼고 사랑하는 형제 사이였다.

"네, 네놈이 감히 내 동생을 죽이다니."

단고사의 목소리가 은은하게 떨려 나왔다.

"당신들은 너무도 많은 사람을 죽였소. 그에 대한 대가로 고통없이 죽는 것은 오히려 자비일 수도 있소."

관표의 말에 단고사가 한이 서린 목소리로 말했다.

"네놈이 뭘 아느냐? 우리가 어떤 고통을 받고, 어떤 대접을 받으며 세상에 살아남았는지 아느냐? 세상은 우리가 왜소증에 걸렸다는 이유 하나만으로 우리를 죽이려 하였다. 그래서 우린 살기 위해, 그리고 우리를 우롱한 대가를 받아내기 위해 그들에게 벌을 내린 것이다."

"이해는 하지만, 그렇다고 지은 죄가 사라지는 것은 아니오. 당신들이 죽인 자들 중 죄없는 사람들이 너무 많았소. 특히 당신들은 이곳으로 오는 중에 그저 당신들을 보고 웃었다는 이유만으로 작은 마을 하나를 완전히 몰살했소. 그렇지 않소?"

"으… 이놈, 그것을 어찌 알았는지 모르지만, 그 개자식들은 우리를 비웃었다. 죽어도 싸다."

"그렇다고 어린아이까지 전부 죽인 것은 분명히 과한 일. 그 대가를 치르는 것은 당연한 것이오."

"이노옴!"

고함과 함께 이흉이 동시에 관표를 공격해 왔다.

둘의 협공은 보는 사람들의 시선을 현혹하면서 단번에 관표를 죽일 것만 같았다. 보고 있던 무인들이 다시 한 번 화들짝 놀랄 때, 허공에 용의 형상을 한 강기가 다시 한 번 꿈틀거렸다.

용의 그늘이 사라지고 난 후 이흉의 몸과 머리가 둘로 분리되고 있었다. 셋의 협공이 아닌 한 관표의 광룡삼절부법의 상대가 될 순 없던 것이다.

약간의 시간이 흐르고 난 후에야 수만의 무사들은 환호하기 시작했다.

그들은 관표를 끝없이 불러대면서 자리를 뜨려 하지 않았다.

보고 있던 수만의 무사들에게 관표라는 이름이 뚜렷하게 각인되는 순간이었다. 더군다나 자신을 쳐다본다는 이유 하나로 작은 마을 하나를 몰살한 삼흉을 과감하게 단죄하는 모습은 그들을 광적으로 열광하게 만들었다.

수만의 무사들의 환호를 바라보는 무림맹의 수뇌들은 각양각색의 모습들이었는데, 그들 중에는 표정이 굳어 있는 노고수들도 상당수 있었다.

관표의 명성이 너무 올라가자 불안함을 느낀 것이다.

제갈령은 조금 명한 표정으로 관표를 보고 있었으며, 유지문과 팽완은 더없이 감격적인 표정을 감추지 못하고 있었다.

두 사람은 진심으로 관표의 승리를 기뻐하고 있었다.

관표를 바라보는 제갈령의 가슴은 심하게 두근거리고 있었다.

처음엔 무후를 넘어서고 자신의 욕심을 위해서 관표를 차지하려 하였다. 그러나 시간이 흐르면서 점점 더 자신 스스로 그에게 빠져드는 것을 느낀 것이다.

'반드시 내 사람으로 만들 것이다. 그렇게 하기 위해서라면 무슨 수라도 쓸 것이다.'

제갈령은 가슴 한편으로 밀려오는 불안함을 감추고 애써 태연한 표정을 지었다.

이제 그녀가 다시 해야 할 일이 있었다.

지금의 이 열기를 무림맹으로 고스란히 흡수해야 하는 일.

이것이 바로 그녀가 할 일이었다.

관표와 삼흉의 대결이 있은 후 무림맹은 이전에 비해 덩치가 무려 세 배나 커졌다.

외형적으로는 그 이상으로 커졌는데, 이젠 명실 공히 무림 전체를 아우르는 무림맹으로 거듭 발전하고 있었다. 관표의 효과를 톡톡히 보고 있는 것이다.

그동안 눈치를 보던 강호의 수만 무사들과 중소방파들이 무림맹에 가입을 하였고, 정의맹에 포함되었던 화산과 해남파, 그리고 남궁세가와 사천당가를 제외한 구파일방과 오대세가가 모두 무림맹에 합류하였다.

아미파까지도 무림맹에 합류하자 실질적으로 남아 있던 구파일방의 모든 문파가 포함되었다 해도 과언이 아니게 되었다. 동시에 관표의 이름은 이제 무림을 대표하는 이름이 되었고, 그의 명성과 함께 천문의 이름 또한 끝없이 올라가고 있었다.

그동안 관표에게 뜻 깊은 일이 있었다면, 곤륜파의 고수들을 비롯한 두 사부인 경중쌍괴가 무림맹에 왔다는 점이었다. 관표는 경중쌍괴가 온다는 소식을 듣고 삼십 리 밖까지 마중을 나가서 두 사부를 모시고 돌아왔었다.

또한 거의 멸문 직전까지 갔던 곤륜파의 문하 제자들은 관표가 곤륜의 장로라는 자부심으로 용기백배할 수 있었고, 관표의 사부인 경중쌍괴는 무림맹에서도 특별한 대접을 받았다.

투왕의 사부로서 그것은 당연한 일이었지만, 난생처음 강호무림에서 제대로 대접을 받게 된 경중쌍괴의 기분은 그야말로 감개무량이었다.

무엇보다도 제자인 관표가 투왕이란 별호와 함께 무림 최강자인 십이대초인 중 한 명이 되었다는 사실이 자랑스러웠다.

두 사람이 관표의 사부란 것을 안 각 문파의 인물들은 어떻게 하든지 그들과 친해지려 하였고, 오히려 사람들 때문에 멀미가 날 정도였다.

한편, 무림맹의 사람들은 관표가 천주삼흉을 이기고 난 후에야 무후가 보이지 않는 것을 알게 되었다. 많은 사람들에게 의문으로 남았지만, 누구도 관표에게 그것을 묻지 않았다.

그렇게 시간이 흐르면서 백리소소를 기다리는 관표는 조금씩 초조해지고 있었다. 그리고 삼흉과의 결투가 있고 오 일이 지난 날 오후,

한 명의 밀사가 급히 관표에게 다녀갔다.

관표가 취의청에 들어서자 맹주인 송학 도장과 원화 대사, 그리고 군사인 제갈령이 딱딱하게 굳은 표정으로 앉아 있다가 벌떡 일어서서 관표를 맞이하였다.

"어서 오십시오."

제갈령의 굳은 목소리에 관표가 자리에 앉으면서 조금 의아한 표정으로 물었다.

"무슨 일이 있습니까?"

관표의 물음에 원화 대사와 송학 도장은 무거운 표정으로 가볍게 한숨을 내쉬었다. 관표는 직감적으로 불안함을 느꼈지만 애써 태연한 표정으로 그들을 바라보았다.

제갈령은 관표의 눈치를 보면서 대답하였다.

"좋지 않은 일입니다."

"무슨 일이기에?"

"무림맹에서 또 한 명의 간자가 잡혔습니다."

관표의 표정이 조금 굳어졌다. 그러나 크게 놀라지는 않았다.

백리소소가 무림맹을 떠나면서 한 말이 생각난 때문이다.

"만약 내가 떠난 후, 혹시 무림맹에서 새로운 간자가 잡힐지도 모릅니다. 그리고 제갈령은 그 간자가 내가 간 곳을 알아내고 그것을 전륜살가림에 발설했다고 말할지도 모릅니다. 그래서 내가 위험에 빠졌을지 모른다고 말해도 걱정하지 말고 저를 기다려 주세요. 혹시 몰라서 도종 시숙과 마종 어르신, 그리고 외조부님을 몰래 대동하고 갑니다."

그때는 설마 했었다. 그러나 그녀가 한 말은 신기하게도 정확하게 맞아 돌아가고 있었다.
관표는 지금 상황이 결코 간단하지 않다는 것을 알았다.
'소소는 무엇인가 눈치챈 것 같다. 그래서 준비를 한 것 같은데.'
관표는 속으로 생각을 하면서 말했다.
"간자가 잡혔다는 이유로 저를 부른 것만은 아닌 것 같습니다."
제갈령의 표정이 더욱 굳어졌다.
"잡은 첩자의 방에서 몇 개의 서신이 발견되었습니다. 그 서신을 가지고 추론한 결과, 무후가 무림맹을 떠났다는 사실을 전륜살가림이 알고 있을지도 모른다는 결론이 나왔습니다."
"그러니까 제갈 군사의 말은, 무후가 위험에 처했을지도 모른다는 말입니까?"
제갈령이 자리에서 일어선 다음 갑자기 관표의 앞에 무릎을 꿇었다. 송학 도장과 원화 대사조차 놀라서 그녀를 바라본다.
"제 잘못입니다. 설마 그 첩자들 중에 제가 친동생처럼 지내던 시녀가 있을 줄은 꿈에도 몰랐고, 소림의 속가 장문인이라고 할 수 있는 전대의 금강무적권(金剛無敵拳) 고명이 포함되어 있을 줄은 몰랐습니다."

제갈령의 눈에 물기가 고이고 있었다.

관표는 가볍게 한숨을 쉬었다.

그 정도의 신분을 가진 간자들이라면 소소가 어디로 갔는지 충분히 알아낼 수 있었을 것이다. 그러나 무엇인가 개운하지 않은 것은 사실이었다. 특히 백리소소가 떠나기 전에 한 말과 정황이 너무 같았다.

그녀는 분명히 무엇인가 짐작하고 있던 것이 있었으리라. 단지 그것에 대한 정확한 증거가 없어서 말을 하지 못했던 것 같았다.

송학 도장과 원화 대사 역시 자리에서 일어서서 관표에게 허리를 숙였다.

"무량수불, 무후께서 위험에 처했다면 참으로 우리의 죄가 큽니다. 이는 제갈 군사 혼자만의 잘못이 아니라고 생각합니다."

"아미타불, 참으로 관 시주를 뵐 면목이 없습니다."

관표는 딱딱하게 굳은 표정으로 물었다.

"소소가 어느 정도나 위험할 것 같습니까?"

제갈령은 조금 머뭇거리다가 고개를 푹 숙이고 말했다.

그녀는 감히 관표를 마주 보지 못했다.

"만약 전륜살가림에서 무후 혼자 움직인 것을 알았다면, 절대로 그냥 있지 않았을 것입니다. 그리고 상대가 무후라면 거기에 맞는 고수들이 움직였을 것입니다."

그녀의 말을 들은 관표는 침착한 표정으로 제갈령을 바라보았다.

제갈령은 고개를 들고 관표를 보았다.

그녀의 얼굴은 엉망이었다.

무후를 위험에 빠뜨렸다는 죄책감으로 얼굴은 초췌했고, 눈은 눈물로 범벅이 되어 있었다.

그녀는 그대로 엎드린 채 울면서 말했다.

"이번 일은 제 죄가 큽니다. 제가 경솔했습니다. 만약 무후께서 어떤 위험을 당한다면, 저는 바로 무림맹의 군사 직에서 물러나 삼 년 동안 투왕의 시녀가 되어 그 죄를 빌겠습니다."

그녀의 폭탄 발언에 송학 도장과 원화 대사마저도 당황한 표정을 지었다. 그러나 관표의 표정은 여전히 변함이 없었다.

그는 침착한 목소리로 말했다.

"나는 소소를 믿소. 그러니 군사는 걱정하지 마시오."

그 말을 남기고 관표는 일어서서 돌아갔다.

송학 도장과 원화 대사는 돌아서서 나가는 관표의 뒷등을 침중한 표정으로 바라보았다.

제갈령은 돌연한 관표의 행동에 역시 그의 뒷등을 바라만 본다.

원화 대사가 제갈령을 보고 말했다.

"아미타불, 군사의 잘못만은 아닐세. 이제 그만 일어나시게. 그리고 이번 일은 그렇게 혼자서 책임질 일이 아닐세."

제갈령이 고개를 살래살래 흔들었다.

"저는 결코 빈말을 한 것이 아닙니다. 이번 일은 누가 뭐라고 해도 제 잘못이 가장 큽니다. 당연히 제가 책임을 져야 한다고 생각합니다. 더군다나 제 시녀를 너무 믿은 죄가 큽니다. 무후가 간 곳을 알아낸 것은 그녀가 분명하다는 제 생각입니다."

송학 도장과 원화 대사는 어쩔 수 없다는 표정으로 단호한 제갈령의 얼굴을 바라만 보았다.

그저 무후에게 아무 일도 없기를 바랄 뿐이었다.

황혼이 지고 있는 저녁 무렵, 한 명의 청년이 무림맹으로 다가서고 있었다.

선위무사들은 나타난 청년을 바라보았다.

그들 중 한 명의 무사가 앞으로 나서며 물었다.

"어디서 온 누구인지 이름을 밝히고, 무슨 일로 왔는지 말하시오."

냉막한 표정의 청년은 얼굴에서 인피를 벗으면서 말했다.

"안에 내가 돌아왔다고 전해라!"

선위무사들은 갑자기 부동 자세를 취하며 허리를 숙였다.

"무후를 뵙습니다!"

그들이 인사를 하는 동안 일부 선위무사들은 무후가 귀환했음을 알리는 연통을 무림맹 안으로 날리고 있었다.

모종의 일로 무림맹을 떠났던 무후가 돌아온 것이다. 그러나 무림맹의 수하들 중 어느 누구도 그녀가 어디에서 무엇을 하고 왔는지 아는 사람은 없었다.

"무후가 돌아왔다고?"

제갈령이 자리에서 벌떡 일어섰다.

제갈천문과 제갈기 역시 놀란 표정으로 자리에서 일어섰다.

소식을 전하러 온 제갈세가의 제자는 머리를 조아리며 말했다.

"그렇습니다. 조금 전에 무림맹 정문에 도착했다는 연통이 전해져

왔습니다."

제갈령의 안색이 창백해졌다.

그녀는 제갈천문과 제갈기 두 사람을 바라보며 말했다.

"다녀와야 할 것 같습니다."

제갈천문이 앞으로 나서며 말했다.

"함께 가자."

두 사람은 부지런히 방문을 나섰다.

절대로 돌아와서는 안 될 사람이 돌아왔다.

제갈령은 부지런히 걸으면서 상황을 정리해 보았다.

아무리 생각해도 이해할 수 없었다.

생각대로 요지문이 전륜살가림과 관계가 있었다면 무후에 대해서 충분히 대비를 했을 것이다. 그런데 그녀가 어떻게 살아 돌아올 수 있었단 말인가?

'무엇인가 있다.'

그녀는 직감적으로 어떤 불안함을 느꼈다.

무후가 살아 돌아와서가 아니었다. 그녀가 살아 돌아온 것보다 더욱 중요한 것은 그녀가 살아 돌아올 수 있었던 이유이다.

분명히 자신이 모르는 무엇인가가 있는 것 같았다.

금천부 밖까지 나와서 서성거리던 관표는 백리소소가 광장 저쪽에서 나타나자 가슴이 콱 막히는 것을 느꼈다.

이십여 일 만에 보는 연인의 모습은 언제나처럼 그렇게 아름다웠다. 관표는 묵묵히 선 채로 그녀를 기다렸다.

이전의 불과 연옥심과의 결투 때는 느끼지 못했지만, 지금 보니 광장은 한없이 넓어만 보였다. 단 한순간이라도 그녀가 빨리 자신에게 다가오길 바라는 그의 마음과는 달리 시간은 더디게 흐르고 있었다.

백리소소가 관표에게 다가왔다.

둘의 시선이 음양접을 바른 것처럼 붙어서 떨어지지 않았다.

근처에 있던 무사들은 감히 두 사람을 방해하지 못하고 조용히 물러서서 기다렸다.

"이제야 돌아왔습니다."

관표가 조용히 다가가 두 손으로 그녀의 등을 감싸며 말했다.

"정말 고생하셨소. 자세한 이야기는 들어가서 들읍시다."

백리소소가 미소로 대답을 대신하였다.

두 사람이 돌아서서 숙소로 돌아가려 할 때였다.

"아미타불, 무사히 돌아오셔서 다행입니다."

"무량수불, 많은 분들이 걱정을 했는데, 참으로 다행입니다."

묵직한 목소리와 함께 원화 대사와 송학 도장이 나타났다. 조금 전에 와 있었지만 두 사람의 해후를 방해하지 않으려고 이제야 나선 것이다.

백리소소는 예를 취하며 말했다.

"제가 무사한 것은 많은 분들이 진심으로 걱정해 주셨기 때문이 아닌가 합니다."

"아미타불, 큰 위험은 없었는지 궁금합니다."

"작은 위험이 있었지만, 귀인의 도움으로 무사할 수 있었습니다."

"그 귀인이 누구인지 모르지만, 참으로 다행스런 일입니다. 아무래도 들어야 할 이야기가 있을 것 같습니다."

송학 도장의 말에 백리소소가 슬쩍 그를 보고 웃으면서 말했다.

"정말 다행이지요."

원화 대사와 송학 도장은 한시름 놓았다는 표정들이었다.

이때 금천부 안쪽에서 제갈령과 제갈천문이 황급하게 뛰어나오고 있었다. 그들을 보는 백리소소의 눈에 순간 살기가 나타났다가 사라졌다.

다급하게 다가온 제갈령이 고개를 숙이며 말했다.

"무후께서 무사히 돌아오셔서 정말 다행입니다. 이제는 마음이 놓입니다."

푸석한 그녀의 모습을 보면 얼마나 많은 마음 고생을 했는지 알 수 있을 정도였다. 그녀의 인사를 받은 백리소소는 담담한 표정으로 미소를 지으며 말했다.

"조금 특이한 경험을 하긴 했지만, 다행히 외조부님이 함께하셔서 살아남을 수 있었습니다."

그 말을 들은 제갈령은 다행이란 표정을 지었지만 속으로는 그 말을 불신하고 있었다. 전륜살가림은 바보가 아니다. 이미 무후와 투괴가 어떤 연관이 있다는 것을 알고 있는 상황이었다.

그렇다면 그들이라고 그 상황에 대비하지 않았을 리가 없었다. 그런데도 무후는 별다른 부상 없이 돌아온 것이다.

'무엇인가 있다.'

의심은 갔지만, 무후가 말을 하지 않으면 알아낼 방법이 없었다.

"너무 피곤해서 이만 들어가 쉬어야 할까 봅니다. 자세한 이야기는 내일 오전에 하겠습니다. 그럼."

"아미타불, 어서 쉬시길 바랍니다."

"무량수불, 우선은 푹 쉬십시오."

관표와 무후는 인사를 한 후 서둘러 자신의 처소로 돌아갔다.

제갈령은 궁금한 것이 많았지만 참아야 했다.

第十二章
구인동부(九忍洞府)
―네가 한 일을 잊지 않겠다

이튿날 관표와 백리소소는 무림맹의 정문을 나서고 있었다.

그날 오전에 백리소소는 원화 대사와 송학 도장, 그리고 제갈령이 있는 자리에서 보고를 하였다. 백리소소는 구인촌엔 아무도 없었고 전류살가림의 습격만 있었다는 사실을 말하였다.

그 결투에 혈강시 두 구가 있었다는 것도 이야기하였고, 마침 외할아버지인 투괴가 나타나서 무사할 수 있었다는 사실을 구체적으로 말해주었다. 그리고 보고를 끝마치고 바로 천문을 향해 출발한 것이다.

제갈령으로서는 관표와 백리소소가 이렇게 빨리 돌아갈 줄은 생각하지 못했기에 당황했지만, 별다른 방법이 없었다. 그녀가 더 이상 두 사람을 잡고 있을 만한 명분이 없었던 것이다.

두 사람과 함께 가는 사람들은 경중쌍괴, 운룡검 나현을 비롯한 곤륜파의 문하 십여 명이었다.

관표의 사부인 경중쌍괴는 남은 여생을 곤륜의 재건에 모든 힘을 쏟아 넣겠다는 각오였다. 관표는 그 부분에 있어서 모든 방법을 전부 동원해서 도울 생각이었다.

이런저런 이유로 곤륜파의 수하들은 관표와 함께 천문으로 향하는 것이었다.

관표와 함께 움직이는 곤륜의 제자들 얼굴엔 자부심이 가득했다.

현 무림의 제일고수들이라는 십이대초인 중 두 명과 함께하는 그 기분이란, 해보지 않은 사람은 잘 모른다. 무림맹의 수많은 시선들이 곤륜의 제자들에게 부러움의 시선을 보냈다.

무림맹 밖에서 장칠고를 비롯한 청룡단과 합류한 일행은 천문을 향해 말을 달렸다.

유지문과 팽완을 비롯한 종남과 팽가의 중요 인물들은 무림맹에서 삼십 리 밖까지 배웅을 나왔다.

관표는 떨어지지 않으려는 유지문과 팽완을 바라보며 말했다.

"이제 어서들 돌아가게. 그렇지 않아도 너무 멀리 나왔네."

유지문이 아쉬움이 가득한 표정으로 말했다.

"형님, 다음에는 완이와 함께 꼭 놀러 가겠습니다."

"언제든지 오게. 기다리고 있겠네."

팽완이 백리소소를 보면서 말했다.

"형님이야 그저 그렇지만, 형수님의 아름다운 얼굴을 보지 못한다고 생각하니 많이 섭섭합니다."

백리소소가 미소를 지으며 말했다.

"다음에 놀러 오세요. 제가 멋진 술을 준비하고 기다리겠습니다."

"역시 형수님뿐입니다. 그런데 어쩌다가 저렇게 산도적 같은 형님에게 반하셔서……. 에고, 불공평한 세상."

"뭐야? 이눔아! 아무리 그래도 내가 너보다야 미남이다."

관표의 반발에 팽완이 피식 웃으면서 말했다.

"형님, 아무리 그래도 세상이 다 아는 진실이란 것이 있습니다. 형수님에게 물어보십시오. 누가 더 미남인지."

모든 사람의 시선이 백리소소에게 모였다.

백리소소가 미소를 지으며 말했다.

"당연히……."

모두 기대가 가득한 얼굴로 그녀의 표정을 본다.

팽완이 침을 꿀꺽 삼키며 말했다.

"형수님, 사람은 진실해야 합니다."

"헛험."

관표가 헛기침을 한다.

"제가 보기엔 두 분 다 별로 다를 게 없군요. 그래도 남자라면 장 단주님처럼 강단이 있어 보여야지요."

백리소소가 마지막엔 장칠고를 보고 말했다.

모든 사람들의 시선이 장칠고를 향했다.

모두 허, 하는 표정으로 입을 벌린다.

장칠고는 어깨를 쭈욱 펴고 말했다.

"역시 주모님은 진짜 사나이를 알고 계십니다, 허허."

모두들 안색이 조금씩 이상하게 변해가고 있었다.

뒤에서 그 모습을 지켜보던 비룡광도(飛龍光刀) 팽대황과 분광마검 유광 등은 유쾌하게 웃을 수 있었다.

십오 일 후.

천문의 취의청엔 관표를 비롯해서 천문의 수뇌들과 도종 엽고현을 비롯해서 마종 여불휘, 경중쌍괴, 그리고 운룡검 나현까지 함께 자리하고 있었다.

많은 사람들이 지켜보는 가운데 백리소소가 말했다.

"혈존이 죽음으로 인해 전륜살가림과의 결전은 장기전이 될 것 같습니다. 그들은 백호궁과 사령혈교를 중심으로 중원무림의 숨통을 조금씩 조여올 것으로 예상하는 중입니다. 그리고 그들이 무림맹과 대치하는 사이 우리는 우리대로 준비할 것이 있습니다."

모두들 그녀를 바라만 보았다.

무림의 쌍지 중 한 명인 백리소소.

이제 천문에서 그녀의 정체를 모르는 사람은 없었다.

이는 그들에게 또다시 큰 자부심을 가지게 만들었다.

천검 백리장천의 손녀, 백봉의 제자가 그들의 주모인 것이다.

그녀는 좌중을 잠시 둘러본 다음에 말했다.

"그들이 웅크리고 있으면 이쪽은 함부로 공격하기 힘듭니다. 백호궁의 힘 때문입니다. 그리고 그들의 전위 세력이라 할 수 있는 백호들 때문입니다. 그들 전부와 대결하려면 중원무림도 큰 피해를 감수해야 합니다. 백호궁의 백호들은 그만큼 강합니다. 그리고 자칫하면 혈교와 전륜살가림이 협공을 할 수 있기 때문입니다. 어쩌면 전륜살가림의 힘이 은밀하게 백호궁으로 모여들고 있을지도 모릅니다. 만약을 대비한 힘의 집중 때문입니다. 그리고 그들은 새로운 방식으로 중원을 공략하려 할 것입니다. 이제 우리는 그들과 싸워야 합니다."

도종이 침중하게 말했다.

"혹시 제수씨께서는 그 방법을 생각해 두신 것이 있습니까?"

백리소소가 밝게 미소를 지었다.

"다각도로 조사해 보니 중원의 상권 중 상당수가 그들의 손아귀에 있다는 것을 알았습니다. 강북의 삼대상단 중 하나인 백호상단과 강남 오대상단 중 두 곳이 그들의 것입니다. 그리고 제가 알고 있기에 구룡상단도 그들과 연관이 있을 것이라 짐작하고 있습니다. 그뿐이 아니라 강북 제일표국인 천룡표국도 사실상 백호궁의 지배하에 있는 것 같습니다. 이 정도면 중원 상권의 육 할 이상이 그들의 손아귀에 있다는 말이 됩니다. 사실상 중원의 상권은 그들에게 거의 넘어간 셈입니다. 그리고 지금도 그들의 힘은 점점 더 커지고 있습니다."

모든 사람들의 표정이 굳어졌다.

어떤 일이든지 돈은 중요하다.

상권을 빼앗겼다는 것은 나중에 직접적인 결전에도 큰 영향을 줄 수 있었다.

"그리고 언제부터인가 그들의 예하에 있는 상단들은 더욱 거세게 그 영향력을 넓혀가고 있다는 것입니다. 조금 더 가면 중원의 상권은 완전히 그들 손에 넘어갈 수 있습니다. 그렇게 되면 무림맹이든 천문이든 상당히 어려운 상황에 놓이게 될 것입니다. 그것은 십도맹도 마찬가지입니다."

도종 엽고현이 고개를 끄덕이며 말했다.

"나도 비룡상단을 통해서 들은 이야기가 있습니다. 확실히 중원의 상계에 변화가 일고 있는 것은 사실입니다. 십도맹에 속한 비룡상단도 백호상단의 공격에 의해 요즘 상당히 고전하고 있는 중입니다."

비룡상단은 비록 강북 삼대상단 중 한 곳은 아니지만, 삼대상단을 빼면 강북에서 그 영향력이 가장 큰 상단이었다.

"이제 그들과의 싸움은 칼을 들고 싸우는 것이 아니라 돈으로 해야할 시기가 되었습니다. 보이는 싸움이 아니라 보이지 않는 싸움이 더욱 힘듭니다. 그러나 우리는 그들을 이길 수 있는 방법이 있습니다."

모두 그녀를 바라보았다.

"중원의 공격은 내년 오월부터 시작될 것이니 우리는 지금부터 준비해야 합니다."

백리소소는 그 이후로도 여러 가지 이야기를 하였고, 그 이후 천문 안에서의 회의는 두 시진 이상이나 더 걸렸다. 그러나 회의가 끝나고 나오는 사람들의 표정은 모두 밝아 보였다.

백리소소는 그들의 표정을 살피면서 생각했다.

'강호에서는 아직도 사령혈마 담대소의 죽음을 모르고 있다. 혈존인 담대소의 죽음으로 인해 전륜살가림은 무력 행사에 제동이 걸리면서 그들은 주춤하고 있다. 제갈령은 전륜살가림이 주춤거리는 이유를 모르고 있겠지. 고생 좀 할 것이다.'

생각 같아서는 말해주고 싶었지만, 그녀는 자신을 죽이려 했었다.

조금 고생을 하게 놔두는 것도 좋을 것이라 생각한 것이다.

백리소소의 생각대로 삼존 중 한 명의 죽음은 전륜살가림에 큰 타격을 주었고, 그들에게 중원무림의 힘에 대해서 다시 생각하게 만드는 계기가 되었다. 결국 정면 승부를 생각했던 전륜살가림은 우선 중원의 상권을 완전히 장악하려 했다.

무림맹의 제갈령은 그들의 움직임이 상단 쪽으로 향한 것을 알자 중원의 중소상단들과 연계하여 그들에게 대항하기 시작하였고, 거침없이 상권을 장악해 가던 그들의 행동에 약간의 제동이 걸렸다. 그러나 이미 오랫동안 준비하고 밑에서부터 차근차근 상권을 장악해 온 그들의 힘은 제갈령으로서도 어쩔 수 없었다.

시간이 갈수록 중원의 상권은 그들에게 조금씩 먹혀갔다. 그나마 제갈령의 지혜와 무림맹의 노력으로 그들의 힘을 조금이라도 둔화시킬 수 있었을 뿐이다.

이는 관표와 천문에게 준비할 수 있는 시간을 준 셈이었다.

오랜만에 관표와 백리소소는 단둘이 앉아서 이런저런 이야기를 나누고 있었다. 백리소소에게 있어서 지금 이 시간은 어떤 보물과도 바꿀 수 없는 소중한 시간이었다.

둘의 이야기가 점점 깊어갈 때였다.

"자 호법님께서 오셨습니다."

시녀의 말에 관표는 조금 의아한 표정을 지었다.

갑자기 그가 자신을 찾아온 이유가 궁금했던 것이다.

"들어오라고 해라."

문이 열고 들어온 자운은 관표와 백리소소를 미안한 표정으로 보면서 말했다.

"두 분의 시간을 방해해서 죄송합니다."

"그렇지 않아도 이제 이야기가 끝나가던 참일세. 개의치 말고 자리에 앉게."

"감사합니다."

자운이 자리에 앉자 관표는 궁금한 표정으로 물었다.

"무슨 일이 있는가? 여기까지 온 것을 보니 무엇인가 중요한 이야기가 있는 것 같은데."

자운은 백리소소를 바라보고 말했다.

"다름이 아니라 주모님께서 혈존을 죽인 곳이 구인촌이라고 들었습니다."

백리소소의 눈이 순간적으로 반짝였다.

"맞습니다."

"혹시 그 구인촌에는 무슨 일로 갔었는지 말해줄 수 있습니까?"

"하회문을 찾아갔었습니다."

이어서 백리소소는 자신이 그곳에 가게 된 사연을 설명해 주었다. 이야기를 다 듣고 난 자운은 관표와 백리소소를 바라보며 말했다.

"제 고향이 바로 구인촌입니다."

관표와 백리소소는 조금 놀란 표정으로 자운을 바라보았다.

"파랍이라 불리신 구차차 어른은 바로 구인촌을 만드신 분입니다. 그리고 저는 구차차 어른의 제자였던 자황의 후손입니다. 저의 아버지가 바로 구인촌의 촌장이셨던 분입니다."

자운의 말을 들은 관표와 백리소소는 세상이 좁다는 것을 다시 한 번 느꼈다. 백리소소는 호기심 어린 표정으로 말했다.

"설마 자 호법이 구인촌의 후예일 줄은 생각도 하지 못했습니다. 그런데 아무래도 구인촌에 무슨 일이 있었던 모양입니다."

자운의 표정이 착잡하게 변하였다.

"구차차 어른이 구인촌을 세우고 오랜 시간이 지난 후에도 그 후예인 우리의 선조님들은 변함없이 그분의 유지를 잘 받들고 있었습니다. 그러나 힘이 생기면서 욕심을 가진 자들이 생겨났고, 그들은 하나로 뭉치기 시작했습니다. 아버님께서는 그들을 막으려고 노력하셨지만, 어느새 그들의 힘은 구인촌의 팔 할에 이르러 있었습니다. 결국 그들은 반란을 일으켰고, 아버님은 그날 돌아가셨습니다. 다행히도 저와 어머님은 살아남을 수 있었습니다. 그것은 구인촌의 비밀이 숨겨져 있는 구인동의 열쇠 덕분이었습니다. 구인동의 열쇠는 자씨 집안에서 대대로 보관해 왔고, 그들은 그 열쇠를 찾기 위해 저와 어머님을 살려놓은 것이었습니다. 다행히 저는 아버님의 친구 분 덕에 그곳에서 빠져나올 수 있었습니다."

자운은 자신이 사부를 만나 무공을 익히고 다시 구인촌에 들어가서 어머님을 모셔오기까지를 차분하게 설명하였다.

다 듣고 난 백리소소가 말했다.

"내가 그곳에 갔을 때는 단 한 사람도 살고 있지 않았고, 빈집만 이십여 채가 덩그러니 놓여 있었습니다. 약 십여 채 정도의 집은 터만 남고 거의 사라진 상황이었습니다."

"아무래도 그곳에 있던 모든 사람들이 떠난 모양입니다. 원래 그곳엔 절진이 쳐져 있던 곳입니다. 부서지고 흔적만 남은 십여 채의 집은 절진을 이루는 중추 역할을 하던 집들일 것입니다. 그 집들이 사라지면서 절진도 사라진 것 같습니다. 결국 마을 사람들은 단체로 떠난 것이 확실합니다. 제가 듣기로 그들은 누군가와 손을 잡았다고 들었습니다."

관표는 조금 침중한 목소리로 말했다.

"자네에게 궁금한 것이 있네."

"말씀하십시오."

"혈강시에 대해 알고 있었나?"

"전혀 모르고 있었습니다. 사실 저를 비롯해서 구인촌의 그 누구도 구인동의 비밀과 혈강시가 밀접한 관계가 있다는 것을 모르고 있었습니다."

"그럼 자네는 하희문에 대해서도 몰랐다는 말인가?"

"그렇습니다. 그리고 강시에 대한 것은 전혀 알지도 못했습니다. 만약 주모님께서 말씀하시지 않으셨다면, 저는 지금도 구인촌과 강시가 밀접한 관계가 있다는 사실을 모르고 있었을 것입니다."

"아무래도 자네들 선대에서 강시에 대한 이야기를 완전히 함구했던 모양이군. 그리고 자신들이 하희문의 후예임도 알리지 않았던 것 같네."

"그런 것 같습니다. 사실 제가 파륜이란 이름을 알게 된 것도 주모님의 이야기를 듣고 나서입니다. 그저 구차차란 이름만 알고 있었을 뿐입니다."

잠시 생각에 잠겨 있던 백리소소가 말했다.

"자 호법님의 이야기를 듣고 보니 조금 짚이는 것이 있습니다. 아무래도 구인촌의 반란은 전륜살가림에서 주도한 것 같습니다."

관표와 자운이 백리소소를 바라보았다.

자운은 설마 하는 표정으로 물었다.

"전륜살가림에서 말입니까?"

"저는 그럴 것이라 생각하는 중입니다. 비록 저 혼자만의 추론이긴 하지만 전륜살가림에 혈강시가 있는 것을 보면 아무래도 오래전 중원을 넘어온 하희문도들 말고 그들의 한 지류가 전륜살가림에 합류한 것 같습니다. 그리고 그들은 오랫동안 혈강시를 연구하면서 하희문의 본류를 찾고 있었던 것 같습니다. 그리고 결국 그들은 구인촌을 찾아냈고, 그들 중 일부를 충동질하여 반란을 일으키게 한 것 같습니다."

관표와 자운은 백리소소의 말이 일리가 있다고 생각했다.

최소한 하희문의 한 지류가 전륜살가림에 합류한 것은 사실임이 분명했다. 그리고 그 후예가 환제이리라. 그렇지 않다면 하희문의 비전이라는 혈강시가 전륜살가림에 나타날 리는 없었다.

자운의 눈에 살기가 감돌았다.

"그들 중 세 명은 반드시 내 손에 죽어야 할 자들입니다."

관표는 자운의 격해진 모습을 보면서 그들과의 관계를 짐작할 수 있었다. 아마도 그 세 명의 인물이 반란의 주동자이자 자운의 아비를 죽인 자들일 것이다.

"자 호법은 반드시 복수할 수 있을 것일세. 그리고 나와 천문이 자네를 도울 것이네."

"감사합니다, 문주님."

자운은 인사를 한 다음 잠시 호흡을 가다듬고 품 안에서 손바닥 길이의 열쇠를 꺼내 들었다.

"이것이 구인동을 여는 열쇠입니다. 그리고 구인동의 위치는 오로지 자씨의 장자만이 알고 있습니다. 문주님과 주모님께서 이 열쇠를 요긴하게 사용할 수 있을 것이라 생각하고 가져왔습니다."

백리소소가 미소를 지으며 말했다.

"우선 우리를 믿어준 자 호법님에게 감사드립니다. 이는 하늘이 천문을 돕는 것이라 생각이 됩니다. 그리고 중원무림을 위해서도 다행이란 생각이 듭니다."

관표는 백리소소를 바라보며 무거운 표정으로 말했다.

"구인동을 열면 활강시에 대한 비전도 있을 것이오. 그것은 악마의 사법이라고 들었소. 그것을 우리가 여는 게 옳은지 신중하게 검토해야 할 것이오."

"활강시에 대한 것은 전부 폐기시키면 됩니다. 그러나 활강시를 파괴할 수 있는 방법은 반드시 알아야 합니다. 우선은 자 호법님의 생각이 먼저입니다. 만약 자 호법님이 괜찮다면 지금이라도 당장 구인동으로 가야 할 것 같습니다. 그들이 구인동의 위치를 알게 된다면 강제로라도 문을 열고 들어갈 수 있습니다."

관표는 자운을 보면서 말했다.

"자네의 생각은 어떤가?"

"전 주모님의 뜻에 따르겠습니다. 그리고 그들이 구인동을 발견했다 해도 그리 쉽게 열지는 못할 것입니다. 강제로 열려 하면 동굴이 무너지게 설계되어 있다고 들었습니다."

백리소소가 고개를 흔들었다.

"그것이 언젯적 이야기입니까? 세월은 흘렀고, 그 긴 세월 동안 기관 장치가 아직도 온전할 거란 생각은 안 합니다. 그리고 사람이 만든 것은 사람만이 파괴할 수 있습니다. 어쩌면 이미 늦었을지도 모릅니다."

모두 그녀를 바라보았다.

"우리가 구인촌에 갔을 때 그곳에는 아무도 없었습니다. 구인동을 발견하지 않았다면 전륜살가림이 그곳을 떠났을 리가 없습니다. 그리고 구인촌의 사람들이 모두 사라졌을 리도 없을 것입니다."

관표와 자운의 표정이 굳어졌다.

갑자기 마음이 급해지는 관표였다.

그 다음날부터 천문은 바빠졌다.

관표와 백리소소의 혼인식이 다음해 오월로 결정되자 강호에 그 사실을 널리 알리고 초청할 사람들의 명단을 작성해야 했다.

구파일방은 물론이고, 중소문파들에 보낼 초청장까지 빠짐없이 작성하였다.

뿐만 아니라 중소상단들 중 건실한 상단의 단주들에게도 초청장을 보내야만 하였다. 그리고 그동안 준비된 약 백여 개의 마차들이 강호 전역을 향해 은밀하게 움직이기 시작했다.

그저 평범한 듯 보이는 마차들은 한꺼번에 움직이지 않고 한두 대씩 따로따로 천문을 빠져나가고 있었다. 그리고 그날을 기점으로 투왕과 무후가 내년 오월에 혼례를 치른다는 소문이 강호 전역으로 퍼져 나갔다.

강호는 두 사람의 혼인으로 떠들썩하였지만, 보이지 않는 곳에서는 치열한 결전이 이어지고 있었다.

네 개의 그림자가 은밀하게 구인촌을 감싸고 있는 산줄기를 넘어가고 있었다.

그들은 관표와 백리소소, 그리고 자운과 마종이었다.

관표 일행은 구인촌으로부터 여덟 개의 산을 넘어 아홉 번째의 산 앞에 당도하였다.

제법 험해 보이는 악산으로 근처의 산들과 비교해서 조금도 특징이 없는 산이었다. 자운은 그 산 앞에 멈추어 섰다.

"이 산이 분명합니다."

관표와 백리소소, 그리고 마종의 시선이 산으로 향했다.

자운은 일행을 데리고 거침없이 산의 오른쪽으로 향했다.

산을 돌아서 약 이백 장을 전진하자 산의 한쪽에 뿌리를 박은 제법 큰 바위가 보였다. 바위에 크기는 작은 집 한 채 정도의 크기였다. 자운이 바위를 보면서 말했다.

"저 바위를 지나서 십 장 정도만 가면 됩니다."

일행이 바위를 지나쳐 앞으로 가다가 우뚝 멈추어 섰다.

십여 장 앞쪽에 있는 산 한쪽이 험하게 파여져 있는 것을 발견한 것이다. 모든 일행의 안색이 침중해졌다.

모두들 조심스럽게 도착한 그곳엔 커다란 인공 동굴이 입을 벌리고 있었다. 동굴의 입구는 완전히 파헤쳐진 채였고, 두께 다섯 치 이상의 한철로 만들어진 문짝은 부서져 있었다.

일행은 모두 낙담한 표정으로 동굴을 바라보고만 있었다.

백리소소는 이미 예상하고 있었지만, 허탈함을 감추진 못했다.

관표는 침중한 어조로 말했다.

"그래도 모르니까 안으로 들어가서 확인해 봅시다."

모두들 고개를 끄덕이고 안으로 들어갔다.

들어가면서 사방을 살펴본 백리소소가 고개를 흔들며 말했다.

"이 동굴이 도굴된 것은 불과 이삼 개월 전인 것 같아요. 그리고 전에 보았던 구인촌은 사람이 떠난 지 적어도 육 개월은 넘은 것 같았어요."

관표가 고개를 흔들며 말했다.

"결국 전륜살가림은 무서운 무기를 손에 쥔 것 같소."

묵묵히 듣고 있던 자운이 말했다.

"어쩌면 전부가 아닐 수도 있습니다."

모두 그를 바라본다.

자운은 조금 자신없는 투로 말했다.

"이 열쇠로 열어야 할 문이 세 개라고 들었습니다. 그런데 지금 동굴을 들어오면서 본 철문은 두 개뿐입니다. 어딘가에 아직 열어야 할 문이 하나 더 있다는 말과 같습니다."

모두들 얼굴에 희망이 감돌았다.

백리소소가 자운을 보면서 물었다.

"물론 그 이야기는 자 호법님만 알고 있는 이야기겠죠?"

"어머님과 저, 둘뿐입니다."

사실이라면 무엇인가 가능성이 있을 것 같았던 것이다.

동굴을 뒤진 누군가도 설마 안에 또 다른 문이 있을 거란 생각은 안 했을지도 모른다. 그리고 상당히 넓고 깊은 동굴 속엔 어디에도 더 이상 부서진 문은 보이지 않았다.

결국 숨어 있는 비밀 문이 하나 더 있을 가능성은 얼마든지 있다는 말이었다. 모두들 다시 한 번 동굴을 샅샅이 뒤지기 시작했다.

다른 사람들이 분주하게 비밀 문을 찾고 있을 때 백리소소는 제자리에 서서 동굴의 구조와 건축 양식들을 하나하나 살피고 있었다.

'내가 이 동굴을 만든 자라면, 결코 벽면에 비밀 문을 만들지 않을 것이다. 그렇다면 지금 동굴에 비밀 문을 만들 수 있는 곳은 천장과 땅바닥뿐이다.'

그녀는 우선 땅바닥을 살펴보았다.

반듯하게 자른 돌을 깔아 만든 바닥은 상당히 단단하였다.

그녀는 돌과 돌 틈 사이를 유심히 보았지만 어디에도 열쇠가 들어갈 만한 구멍은 없었다. 그녀는 다시 한 번 땅바닥을 바라보다가 이번엔 천장을 바라보았다.

땅에서부터 이 장 정도의 높이에 있는 천장은 약간 둥근 타원형이었다. 천장 역시 돌과 돌을 덧대었고, 일부는 그냥 바위가 뾰족하게 드러나 있기도 하였다.

'내가 정말 완벽한 비밀 장소를 만든다면 땅바닥이 아니라 천장에 만들 것이다. 설마 천장에 비밀 문이 있으리란 생각은 하지 못할 것이고, 특히 전륜살가림처럼 확실하게 모르고 이곳을 침범한 자들이라면 더욱 생각하지 못할 것이다. 그리고 조금 더 뛰어난 자라면 이곳이 도굴될 것을 생각해서 이곳에 적당 양의 미끼를 남겨놓고, 정작 중요한 것은 비밀 장소에 숨겨놓을 것이다. 제삼의 비밀 문이 있다는 것을 모르는 자는 그의 후예가 아닐 것이고, 이곳에 얻은 것이 전부라고 생각한 채 떠날 것이다.'

그녀는 나름대로 추론을 하면서 천장의 작은 홈까지 천천히 살펴보았다. 한동안 천장을 살피던 그녀가 말했다.

"찾은 것 같군요."

모두들 그녀의 곁으로 모여들었다.

그녀는 천장을 가리키며 말했다.

"관 대가께서 신법으로 떠오른 다음 저곳에 열쇠를 꽂은 채 돌려주세요."

관표는 고개를 끄덕이고 신법을 펼쳐 떠올랐다. 그 다음 열쇠를 홈에 꽂고 돌리자, 철컥 하는 소리와 함께 열쇠가 돌아갔다.

관표가 바닥에 내려서자, 잠시 후 덜컥 하는 소리가 들리더니 천장의 일부가 분리되어 땅으로 떨어졌다.

쿵! 소리와 함께 땅에 떨어진 천장의 일부를 보던 사람들은 모두 뻥 뚫어진 천장을 바라보았다. 천장에 난 구멍은 의외로 큰 편이었다.

관표가 백리소소를 보면서 말했다.

"위쪽에 제법 큰 방이 있는 것 같소. 우리가 제대로 찾은 모양이오."

"일단 올라가 보기로 하죠."

"그럽시다."

관표를 선두로 네 사람의 신형이 뚫어진 천장 속으로 스며들었다. 먼저 동굴을 다녀간 전륜살가림 일행은 전혀 생각하지도 못했던 비밀의 방이었다.

제갈령은 방 안을 서성거리고 있었다.

좀체 마음이 안정되지 않고 있었다.

이미 투왕과 무후가 내년 오월에 혼인식을 하니 반드시 오라는 초청장을 받은 다음이었다.

'이대로 포기해야 하는가? 평생 동안 무후의 그늘 아래서 살아야 하는가?'

그건 싫었다.

마음속으로 용납이 되지 않았다.

어느 정도 비슷하다면 경쟁 상대로 생각하고 지낼 수도 있을 것이다. 그러나 지금 자신과 무후의 위치란 함께 논외할 수 없다는 것을 그녀 자신도 잘 알고 있었다. 더군다나 그녀는 투왕의 부인이었다.

그것만으로도 능히 자신의 존재감을 위협하고 남음이 있었다. 그런데 거기에 더해서 여중제일고수요, 최고의 미인이었고, 겨우 약관을 넘은 나이에 십이대초인 중 한 명으로 우뚝 선 여자였다.

출신도 흠 잡을 데가 없었다.

백봉의 제자에다가 투괴 하후금의 손녀라면 천하에 어떤 대방파라 해도 함부로 하지 못할 것이다.

한 명의 여자가 이런 모든 것을 다 가져도 되는가 싶을 정도였다. 눈을 감았다.

투왕 관표의 모습이 떠오른다.

'내가 투왕의 곁에만 있을 수 있다면 세상은 모두 나의 뜻대로 될 것이다.'

그녀는 아무리 생각해 봐도 투왕 관표를 포기할 수 없었다. 그러나 백리소소는 그녀가 넘기엔 너무 벅찬 상대였다. 그리고 그녀에겐 보이지 않는 또 다른 힘이 있는 것 같았다.

그것이 무엇인지 알 수 없다는 것이 문제였다.

'무후, 반드시 처리해야 한다. 그것도 혼인 전에 처리해야 한다.'

제갈령은 자신 스스로에게 다짐을 하고 있었다. 그러나 아무리 생각을 해도 별 뾰족한 방법이 없었다. 생각 같아서는 전륜살가림과 손을 잡고 싶었지만, 그렇게 할 수는 없었다.

그녀는 그 정도로 어리석지는 않았다.

그때 그녀에게 한 마리의 전서구가 날아왔다.

날아온 전서구를 본 제갈령의 눈이 반짝였다.

그 전서구는 그녀가 잃어버렸던 전서구였던 것이다.

그녀가 펼친 전서에는 다음과 같이 쓰여 있었다.

네가 한 일을 잊지 않겠다.

제갈령의 눈이 파르르 떨렸다.

필체는 남자인지 여자인지 알 수가 없었다. 그러나 한 가지는 확실했다. 상대가 누구인지 모르지만 자신에게 경고를 한 것이다.

'누구일까?'

아무리 생각해도 짐작이 가는 사람이 없었다.

'혹시 무후가 아닐까?'

지금으로선 그녀밖에 없었다.

'그렇다면 그녀는 혹시 내가 한 일을 전부 알고 있었던 것 아닐까? 그래서 미리 준비를 하고 있었고, 구인촌에서 살아남을 수 있었던 것 아닐까?'

생각을 하던 제갈령의 머리가 살래살래 흔들렸다.

무후가 그 정도로 뛰어난 지모를 가지고 있으리라 생각되지 않았다. 혹시 백리세가의 백리소소라면 가능할지도 모른다.

'혹시 무후와 백리소소는 같은 이가 아닐까? 무후의 이름도 소소인데.'

제갈령은 고개를 흔들었다.

아무리 생각해도 이치에 맞지 않았다.

백리소소라면 그녀도 언제나 눈여겨 살피고 있던 여자였다.

무공을 전혀 익히지 못하는 허약 체질이라는 것도 알고 있었고, 집을 나가서 실종 상태란 사실도 알고 있었다. 특히 백리소소가 무공을 모른다는 사실은 오래전에 여러 경로를 통해 몇 번이나 확인을 했었다.

설혹 백리소소가 몰래 무공을 익히고 있었다 해도, 무후천마녀가 명성을 떨치던 시기나 장소와 맞지 않았다.

제갈령은 잠시 무후에 대한 생각을 접었다. 그리고 자신의 앞에 있는 탁상 위를 바라보았다. 그곳에는 수십 장에 달하는 전서구들이 놓여 있었다.

그녀는 그 전서구들을 다시 한 번 훑어보았다.

'분명히 천축에서 들어오는 상인들이나 서역에서 오는 상인들의 숫자가 조금씩 늘어나고 있다. 특히 강호에 들어온 이들이 돌연 어딘가로 사라지곤 한다. 이들은 분명히 전륜살가림의 무사들일 것이다. 이런 식으로 중원에 들어와 어딘가로 숨어드는 것 같다.'

그녀의 직감이 움직이고 있었다.

분명히 전륜살가림의 고수들은 중원으로 들어와 어딘가로 모여들고 있었다. 분명 한 군데는 아닌 것 같은데 그곳이 어디인지 분간할 수가 없었다.

짐작 가는 곳은 한두 군데 있었다.

우선 백호궁이 그들 중 하나일 것이다. 그리고 혈교 또한 그중 하나일 것이다. 하지만 그 외에도 더 있는 것 같은 기분이 들었다. 이 또한 그녀의 직감이지만, 그녀는 자신의 직감을 믿고 있었다.

'불쾌하다. 무엇인가 아주 중요한 것을 놓치고 있는 것 같다.'

그녀는 생각에 잠겼다.

중요한 것은 전륜살가림이 이제 중원에서 완전히 자리를 잡고 있다는 사실이었다.

第十三章

귀령단창(鬼靈短槍)

－자금을 확보하라

시간은 화살처럼 흐르고 있었다.

천문의 제자들은 어느 때보다도 열심히 일하며 수련하고 있었다.

그들의 실력은 나날이 발전하고 있었으며, 어느덧 녹림도원의 모든 공사도 마무리에 접어들었다.

특히 가장 큰 공사 중 하나였던 운하도 완성을 목전에 두게 되었다. 뿐만 아니라 녹림도원과 천문으로 이르는 도로가 완전히 정비되었으며, 녹림도원으로 오르는 길 바로 앞에는 거대한 광장과 몇 개의 건물이 들어섰다.

그들 건물들은 여러 가지 다목적 용도를 지니게 하였고, 그곳에서 천문이 있는 녹림도원으로 올라가는 길은 세 개의 거대한 문을 지나야만 가능하게 만들었다.

천문의 본 건물 중 등룡각은 바로 문주인 관표의 거처였다.

관표는 이런저런 지시를 수하들에게 내려놓고 잠시 쉬는 중이었다. 관표가 잠시 동안 운기를 하고 명상에 잠겨 있을 때였다.

밖에서 초번을 서던 청룡단 정한의 목소리가 들렸다.

"문주님, 장충수 총당주님과 철장도 오장순 부단주님이 오셨습니다."

눈을 뜬 관표가 자리에 바로 앉으며 말했다.

"들라 해라!"

문이 열리면서 장충수와 오장순이 들어왔다.

장충수와 오장순은 들어오자마자 관표에게 인사를 하였다.

두 사람의 표정과 몸동작엔 관표에 대한 경외감과 존경심이 가득했다. 비록 관표와 나이 차이가 났지만, 그들에게 그것은 별로 중요한 요소가 되지 못했다.

무공으로 따지자면 두 사람에게 관표는 스승과도 같았으며, 문파에서는 엄연히 주종 관계였다. 그리고 그들은 관표를 주군으로 섬기게 된 것을 언제나 감사하고 있었다.

"다녀왔습니다, 문주님. 그동안 평안하셨습니까?"

"부단주 오장순, 이제야 도착했습니다."

관표가 반갑게 웃으면서 말했다.

"나야 항상 평안합니다. 그래, 잘들 다녀오셨습니까?"

"북해빙궁에서는 대환영이었습니다. 좋은 조건으로 서로 계약을 할 수 있었습니다."

"그거 정말 다행입니다. 자세한 이야기는 잠시 후에 듣기로 하겠습니다. 오 부단주님은 어떻습니까?"

"예, 저도 갔던 일은 무사히 완수하였습니다. 그리고 오는 길엔 친구도 만나 회포도 풀었습니다. 그리고 마침 친구에게 좋은 소식도 듣고 왔습니다."

"좋은 소식이라니, 궁금합니다."

"그렇지 않아도 말씀드릴 참이었습니다."

"우선 자리에 앉아서 이야기를 하기로 합시다."

두 사람은 관표에게 인사를 하고 자리에 앉았다.

앉자마자 장충수가 먼저 말을 꺼냈다.

"북해빙궁과의 일은 우리가 원하던 대로 되었습니다. 그들도 전혀 싫을 이유가 없는 일이었기에 계약은 쉽게 되었습니다."

이어서 장충수는 북해빙궁과 계약한 문서를 관표에게 넘겼다.

이번에 장충수가 북해빙궁에 간 이유는 설연용정차 때문이었다. 강호에서 가장 귀중한 차 중 하나인 설연용정차는 북해빙궁의 특산물이었다.

용정차라고 하지만 실제 용정차와는 전혀 다른 차였다. 그리고 북해빙궁의 특산물이라고 하지만, 이 차가 빙궁에서 나는 것은 아니었다.

운남 지역의 동굴에서만 나는 용정이라는 이끼가 있다.

이 이끼를 따다가 북해빙궁까지 운반해서 차가운 얼음 속에 그들만의 비법으로 말린 것이 설연용정차였다. 문제는 운남에서 북해까지 이동하는 중에 십의 구 이상이 상해서 쓸 수 없고, 아주 미량만이 북해에 도착한다는 것이다.

이렇게 만들어진 미량의 설연용정차는 사람이 마시면 피가 맑아지고 머리가 상쾌해질 뿐 아니라 그 향이 진미 중의 진미라고 알려져 있었다.

이번에 장충수가 북해빙궁을 찾아간 것은 천문에서 냉동 마차를 이용해 용정을 운반해 주는 대신, 설연용정차 전량을 천문과 거래하자는 내용 때문이었다.

북해빙궁은 당연히 이 부분에 대해서 찬성하였고, 장충수는 그들과 비밀 계약을 이행할 수 있었다. 덕분에 북해빙궁은 세 배 이상의 수익을 올릴 수 있을 것이고, 천문도 그 이상의 이익을 차지할 수 있게 된 것이다.

장충수는 북해빙궁과의 이야기를 끝낸 후 말했다.

"문주님, 이번에 오 부단주가 상당히 중요한 소식을 가져왔습니다. 특히 지금처럼 자금이 부족한 상황을 한 번에 역전시킬 수 있는 그런 소식입니다."

관표가 장충수를 바라보았다.

근래 천문이 벌이고 있는 공사와 사업 때문에 조금씩 자금에 대한 압박을 받고 있던 참이었다. 현재는 물건을 사기만 할 뿐 파는 것이 없어서 지출만 늘어나고 있었던 것이다.

그러니 장충수의 말에 귀가 솔깃하지 않을 수 없었다.

절대 큰소리를 치는 법이 없고 말에 과장이 없는 사람이 장충수였다. 그런 장충수가 이렇게까지 말하는 것을 보면 분명히 무엇인가 있는 것이다.

"오 부단주의 친구 중 한 명이 상단에서 호위무사로 일을 하고 있습니다. 그 친구로부터 들은 소식인데, 천축국의 샤론 왕국에서 금을 비롯한 왕국의 특산물을 출하하기로 했답니다."

관표는 처음 들어보는 왕국의 이름이었다.

"좀 더 자세히 말해보십시오. 저는 샤론 왕국이란 이름도 처음입니다.”

“샤론은 천축국 북쪽에 있는 작은 왕국입니다. 나라 전체가 산으로 둘러싸인 왕국이지만, 이 왕국의 금 매장량은 천축국에서도 최고로 알려져 있습니다. 그리고 이 왕국의 특산물인 향신료를 비롯해서 몇 가지 보물들은 가장 비싼 가격에 팔리는 것들입니다. 특히 일부 상인들을 통해 전해진 바로, 이 왕국의 특산물 중에는 금강석과 야광주도 있다고 합니다.”

관표의 표정이 굳어졌다.

“야광주에 금강석, 그리고 금이라면 바로 현금이나 마찬가지군요.”

“그렇습니다. 원래 샤론 왕국은 자신들의 특산물인 금과 야광주, 금강석들을 모았다가 일 년에 몇 번씩 나누어 출하하곤 하였습니다. 그런데 이번엔 그동안 모아놓았던 금과 금강석, 그리고 야광주 등을 두세 개의 상단을 선택해서 한꺼번에 출하한다고 합니다. 단, 원칙이 있습니다. 그들은 금과 특산물을 가져가려면 자신들이 가진 보물에 준하는 진귀한 보물들을 내놓길 원했다고 합니다.”

“그런 중요한 정보를 모르고 있었다니, 소소의 말대로 우리 천문에게 가장 필요한 것은 정보망의 구축이 아닌가 합니다.”

“이미 주모님께서 그 부분에 신경을 쓰고 계신 것으로 압니다. 그리고 상당한 효과도 거두고 있습니다. 단지 이런 정보는 상단 사이에서도 쉬쉬하는 정보들입니다.”

“시기가 언제입니까?”

“약 이 개월 후입니다.”

“이 개월이라니, 시간이 아주 촉박하군요.”

“강시마가 있습니다. 이번 상행에 일반인을 제외하고 무인들로만 구성을 한다면 이 개월 안에 그곳까지 갈 수 있으리라 생각합니다."

관표의 눈이 반짝였다.

"알았습니다. 일단 장 단주님은 소소와 의논하여 준비해 주십시오."

"예, 문주님."

관표는 오장순을 바라보며 말했다.

"정말 수고하셨습니다. 덕분에 좋은 정보를 얻었습니다."

"당연히 제가 해야 할 일입니다. 이 정보가 천문에 좋은 기회가 되길 바랄 뿐입니다."

"그렇게 만들어야지요. 그리고 이번 상행엔 오 부단주님과 저도 함께 갑니다. 같이 준비를 하십시오."

"복명."

오장순의 눈이 반짝였다.

가을로 접어들기 전의 어느 날, 하나의 상단이 사주지로(비단길)를 따라 천축으로 향하고 있었다.

모두 단단한 나무로 만들어진 지붕을 가진 열 대의 마차와 칠십여 명의 기마대가 함께하는 상단은 중급 정도의 규모로 보였다. 그러나 상단은 여러 가지로 특이한 모습이었다.

우선 마차의 지붕이 약간은 타원형에 가까웠고, 바퀴는 강철로 만들어진 것 같았다. 그리고 마차를 모는 네 마리의 말은 일반 말들에 비해서 강인해 보였지만, 말의 눈동자가 완전히 검은색이라 어떤 면에서는 기괴하게 보이기도 하였다.

무엇보다도 상단과 함께 움직이는 일반 상인들이 거의 보이지 않았다. 마차를 보는 마부들조차 튼튼한 체격과 다부진 몸으로 보아 모두 무인들 같아 보였던 것이다. 어떻게 보면 상단이 아니라 무인 집단 같았지만, 이들은 상단이 분명했다.

맨 앞의 마차에 펄럭이는 깃발에 철마상단(鐵馬商團)이라고 적혀 있었던 것이다.

말을 모는 기마대의 모습은 누구보다도 당당함 그 자체였다.

선두에서 말을 모는 인물은 바로 천문의 선풍철기대 대주 귀령단창(鬼靈短槍) 과문(果炆)이었으며, 그 뒤를 따르는 무사들은 모두 선풍철기대의 수하들이었다. 그리고 열 명의 청룡단 무사도 함께하고 있었다.

드디어 천문의 철마상단이 비단길을 개척하기 위해 나선 것이다.

기마대가 탄 말들이나 마차를 보는 말들은 모두 강시마였다.

지치지 않고 달리는 강시마들은 대사막을 무서운 속도로 내달리고 있었다.

열 대의 마차 중 한 대의 마차에 네 명의 인물이 타고 있었다.

총당주이자 금룡당 당주 겸 철마상단의 단주인 표풍검 장충수와 부단주인 철장도 오장순, 그리고 녹림왕 관표와 곤륜의 운룡검 나현이었다.

나현은 마차 안에서 연신 놀라고 있는 중이었다.

사막의 폭염도 마찬 안에만 있으면 시원하기만 했다.

마치 얼음 동굴에 들어와 있는 것 같았다.

이런 신기한 귀물이 존재할 줄은 상상도 하지 못했던 것이다. 뿐만 아니라 마차는 쉬지도 않고 달렸지만 말들은 지치지도 않았다. 그리고 얼마가 지나서야 말들이 모두 강시라는 것을 알고 기겁했었다.

나현이 관표를 보고 말했다.

"관 사숙, 이곳은 참으로 시원합니다. 오면서도 느낀 것이지만, 제아무리 더운 날씨라도 이 안에만 있으면 항상 시원할 것 같습니다. 더군다나 몇 날 며칠이고 쉬지 않고 달릴 수 있다니 참으로 신기하기만 합니다."

관표가 웃으면서 말했다.

"사실 이 냉동 마차는 여러 가지로 요긴하게 쓰일 수 있을 것입니다. 그 쓰임새에 대해서는 지금도 계속 연구하는 중입니다. 현재 만들어진 천음 마차 중 가장 뛰어난 것은 삼호형(三呼形) 마차들입니다. 이 마차들은 온도와 습기가 적당하고, 안에 균이 살 수 없게 만들어져서 물건을 실어둘 경우 상당 기간 동안 싱싱한 상태 그대로 유지할 수 있게 합니다."

"저도 이미 보았지만, 보면 볼수록 대단하다는 생각이 듭니다."

"몇 대의 마차는 곤륜에 줄 생각입니다. 그 마차를 곤륜의 재건에 유용하게 사용하길 바랍니다."

나현이 감격해서 말했다.

"감사합니다, 사숙님."

"지금은 우리가 사주지로를 개척하지만, 서장과 청해성 일대는 곤륜이 맡아서 천문을 도와주어야 합니다. 물론 거기에 따른 이득은 반드시 나눌 것입니다. 곤륜의 완전한 재건을 위해서도 돈은 반드시 필요합니다."

나현이 고개를 끄덕였다.

근래 들어 그 점을 뼈저리게 느끼고 있던 참이었다.

"명심하겠습니다. 곤륜이 어느 정도 원기를 회복하고 나면 그쪽의 특산물을 알아보겠습니다. 그래서 그것을 이용한 상단도 조직하려 합니다."

"좋은 생각입니다."

관표는 고개를 끄덕인 다음 자신의 앞에 앉아 있는 장충수에게 말했다.

"장 단주님, 현재 중원에서는 어떤 상단들이 샤론 왕국으로 갔다고 합니까?"

"제가 듣기로 강북 삼대상단과 강남 오대상단에서는 전부 갔다고 합니다. 그들은 모두 십 일 이전에 도착해서 치열한 정보전을 시작할 것입니다. 다행이라면 그들은 우리의 존재를 전혀 모르고 있다는 점입니다."

관표가 고개를 흔들었다.

"이번 일은 생각보다 쉽지 않을 것 같습니다. 특히 변방의 모든 문파들은 전륜살가림의 지휘를 받는다고 들었습니다. 그들도 생각이 있다면 자신들이 운영하는 상단 이외의 상단이 사주지로를 넘도록 하지 않을 것입니다. 하지만 소소의 말대로 우리가 늦게 출발한 것은 하나의 행운일지도 모릅니다. 지금쯤은 그들도 경계가 느슨해져 있을 것이기 때문입니다."

장충수도 고개를 끄덕였다.

"하긴, 이제야 가는 상단이 시간 안에 도착하리란 생각은 안 할 것입니다."

"그래도 경계를 늦추어선 안 됩니다."

모두들 고개를 끄덕일 때였다.

그때 마차가 천천히 서기 시작했다.

장칠고가 마차로 다가오며 말했다.

"문주님, 약 삼백 명의 기마대가 나타났습니다."

"삼백의 기마대라고?"

"복장을 보니 아무래도 마적단 같습니다."

관표는 물론이고 장충수와 오장순의 표정은 담담했다. 그러나 나현의 표정은 조금 굳어 있었다.

관표는 장충수를 보고 물었다.

"삼백이나 되는 기마대를 가진 마적단이 사막에 있었습니까? 제가 알기로 사막에서 가장 큰 마적단인 유령단이 백사십 명 정도인 것으로 알고 있습니다만."

"없습니다. 문주님 말씀대로 유령단이 가장 큰 마적단입니다. 저 정도의 숫자라면 사막에서 유명한 마적단 몇 개를 합해야 가능한 숫자입니다."

"만약 저들이 정말 마적단이라면 아마도 저들의 배후에는 전륜살가림이 있을 것입니다. 그렇지 않다면 사막의 마적단들이 연합해서 상단을 습격하진 않겠죠."

관표의 말에 장충수 역시 고개를 끄덕이며 말했다.

"저도 문주님의 생각에 동의합니다."

듣고 있던 나현이 말했다.

"전륜살가림이 사막의 마적단까지 손아귀에 넣었다는 말은 들은 적이 있습니다. 그런데 나가 봐야 하지 않겠습니까?"

관표가 웃으면서 말했다.

"세상에서 제일 재미있는 것이 싸움 구경인데 나가 봐야지요. 단, 우리는 이번 싸움에 끼어들지 않을 것입니다. 선풍철기대가 실전을 경험할 수 있는 좋은 기회라고 생각합니다."

운룡검 나현이 조금 걱정스런 표정으로 말했다.

"사막의 마적단은 결코 만만한 실력자들이 아닙니다."

장충수가 자신있는 표정으로 말했다.

"선풍철기대 역시 만만하지 않습니다. 나 선배님은 지켜보시면 알 것입니다."

운룡검 나현은 조금 반신반의하는 기색으로 마차 문을 열고 밖으로 나왔다. 그럴 수밖에 없는 것이, 사막의 마적단들 중 일부는 그 실력이 일류고수에 모자라지 않았고, 풍부한 경험과 사나운 기세는 어지간한 무림의 고수 못지않았던 것이다.

마차 밖으로 나오자 선풍철기대와 열 명의 청룡단이 진을 치고 있었다.

우선 선풍철기대의 이십 명은 열 대의 마차를 포위하듯이 호위하고 있었고, 과문을 비롯한 사십 명의 선풍철기대는 사 열로 나란히 서서 도열해 있었다. 그리고 그들의 뒤에 열 명의 청룡단이 장칠고를 중심으로 나란히 서 있었는데, 그들이 탄 말들은 전부 강시마라 긴 시간 동안 쉬지 않고 달려왔음에도 불구하고 조금도 지치거나 힘들어하지 않았다.

과문을 비롯해 선풍철기대가 탄 강시마들의 안장엔 단창이 몇 개씩 꽂혀 있었다.

과문은 자신의 단창을 굳게 들고 자신이 탄 강시마를 몰아 앞으로 천천히 나갔다.

광음혈도(狂陰血刀) 사진.

전륜살가림의 십이대전사 중 한 명으로, 그가 맡은 임무는 사막의 마적단을 규합하는 일이었다. 밀명을 받고 사막으로 온 그는 단 일 년

만에 사막의 마적들을 하나로 일통했다.

그리고 그가 사막의 마적들을 관리하면서 처음으로 떨어진 밀명이 천축으로 가는 상단을 막는 일이었다. 그는 지금까지 전륜살가림 예하의 상단을 제외하고 모든 상단들을 돌려보냈다.

반항하던 상단은 큰 피해를 입고 쫓겨가야만 했다.

이제 기한상으로 보았을 때 더 이상 임무 수행을 하지 않아도 되겠지, 하는 순간 수하들로부터 철마상단에 대한 보고를 받았다. 그의 예상대로라면 눈앞의 상단이 시간 안에 샤론 왕국으로 가기는 불가능해 보였다. 그러나 마침 수하들에게 제물이 필요했던 사진은 철마상단의 앞을 가로막은 것이다.

그는 수하들에게 말했다.

"이번 상단의 물건은 완전히 우리가 장악한다. 이번을 마지막으로 더 이상 사막의 상단을 공격하지 않을 것이다. 그러나 상황을 보아서 마음껏 실력 발휘를 하도록."

"와아!"

아홉 개의 마적단을 연합해서 다시 엄선한 삼백의 정예들은 함성을 지르기 시작했다.

지금까지는 그들의 흉포함에 비해서 제대로 힘을 쓰지 못했던 마적들이었다.

제법 이름있는 상단의 경우, 그들의 물건을 함부로 탐했다가는 중원으로 돌아가 추적대를 조직해서 끝까지 쫓아온다. 그래서 제아무리 담이 큰 마적단이라도 큰 상단은 함부로 건들지 못했다.

만약 작은 상단이라도 건드리게 되면 단 한 명도 살려놓지 않고 죽여야 한다. 어느 마적단에서 했는지 모르게 해야 하기 때문이었다. 그래야 후에라도 추적을 받지 않는다.

그런데 근래에는 몇 개의 상단을 연이어 공격하면서도 마음껏 살인을 하지 못했다. 근래 그들이 상대하려 했던 상단들이 워낙 커서 그들이 지닌 호위무사들도 결코 만만하지 않았던 것이다. 결국 그들을 쫓아낼 수는 있었지만, 완전히 괴멸시키지는 못했다.

그들과 싸워서 겨우 이겼고, 그 결과로 무려 이백 명의 동료가 죽었다. 오백이었던 무리는 삼백으로 줄고 말았던 것이다.

사진은 마적단을 이용해 그들 상단을 쫓아내는 데 성공은 했지만, 피해를 입은 것에 비해 마적들에게 큰 이익을 주지는 못했다. 그래서 이번에는 상단의 무사들을 모두 죽이고 열 대분의 마차에 있는 물건들을 차지하여 그들의 마음을 달래주려 했던 것이다.

마침 상단의 호위무사들도 겨우 칠십여 명이니 충분히 가능하리라 생각했다. 사진이 미리 수하들에게 선언하고 함성을 지를 때 한 명의 무사가 말을 몰아 다가왔다.

십 장 밖에 다가온 무사가 물었다.

"철마상단의 호위무사인 과문이라 하오. 어디서 오신 무사들이오?"

사진이 피식 웃으면서 말했다.

"무사는 무슨, 우리는 마적단이다. 아무도 살려 보낼 생각이 없으니 죽을힘을 다해 대항해야 할 것이다."

사진의 화끈한 말에 마적단의 수하들은 와자하게 웃으면서 박수를 쳤다. 분명히 사진의 말을 들은 적장은 겁에 질렸으리라. 그러나 그들이 본 과문은 태연한 표정이었다.

그는 고개를 끄덕이며 말했다.

"과연 마적들답소. 그럼 노력하시오."

사진을 비롯한 마적단들은 함성을 멈추었다.

우선 별로 크게 말한 것 같지 않은 목소리가 그들의 함성 속을 꿰뚫고 또렷하게 들렸다는 점과 너무도 태연한 과문의 모습 때문이었다.

사진은 기분이 좋지 않았다.

우선 이 괴이한 상단을 처음 보았을 때부터 약간 좋지 않았던 기분이 더욱 커지고 있었다.

고개를 흔들었다.

이름도 들어보지 못한 상단을 상대로 걱정할 필요가 없을 것 같았다.

"쳐라!"

고함과 함께 사진의 말이 땅을 박차고 앞으로 달려나갔다. 그리고 그 뒤를 삼백의 마적이 흙먼지와 함께 내달리고 있었다.

그들이 든 무기들이 햇살에 반짝거리고 있었다.

선풍철기대 앞으로 돌아온 과문이 말 머리를 돌렸다.

자욱한 모래와 흙먼지 속에 달려오는 삼백의 마적단이 보인다.

그들이 어느 정도 다가오자 과문이 창을 자신의 겨드랑이에 끼우면서 말했다.

"거창!"

고함과 함께 선풍철기대의 수하들이 일제히 자신의 창을 들어올렸다.

"돌격!"

"와아!"

다시 한 번 과문의 고함이 쩌렁하게 울리면서 사십 명의 선풍철기대가 함성을 지르면서 앞으로 달려나갔다. 사십 명이 지르는 함성이지만 삼백의 마적단에 결코 밀리지 않는 함성이었다.

먼지가 하늘을 가리면서 사십의 선풍철기대와 삼백의 마적단 사이가 급속도로 가까워져 갔다.

선두의 과문은 정확하게 사진을 향해 직선으로 달려가고 있었다.

사진 역시 과문을 향해 달려오고 있었는데, 그의 손에는 거대한 박도가 들려 있었다. 과문의 말에는 모두 세 개나 되는 단창이 걸려 있었는데, 그 창들은 모두 과문이 든 창과 모양과 크기가 같았다.

양측의 맨 선두에 선 과문과 사진의 거리가 약 삼 장 정도 되었을 때였다. 과문은 옆구리에 끼고 있던 창을 갑자기 들어올리면서 그대로 사진을 향해 던졌다.

귀령십절창의 비룡추혼이 펼쳐진 것이다.

슈욱! 하는 소리가 들리면서 창이 무서운 속도로 사진을 향해 날아갔다. 사진은 갑작스런 상황에 기겁하면서 몸을 뒤로 젖혔다.

아슬아슬하게 비껴간 창이 사진의 뒤에 있던 한 명의 마적단 몸을 꿰뚫었고, 그와 동시에 과문의 뒤에서 달려오던 사십여 명의 선풍철기대가 앞에 선 사람부터 차례대로 창을 던졌다.

날아간 창은 달려오는 마적단들을 차례대로 꿰뚫었고, 미처 맞붙기도 전에 삼십여 명이나 되는 마적단을 사막의 고혼으로 만들었다. 마적단들이 혼란에 빠졌을 때, 또 다른 창을 뽑아 든 선풍철기대가 마치 폭풍처럼 달려들었다.

뒤로 몸을 젖혔다가 겨우 일어선 사진은 다시 한 번 기겁하였다. 몸을 일으키는 순간 두 번째의 창이 바로 코앞까지 날아와 있었던 것이다.

피할 시간이 없었다.

들고 있던 박도로 날아오는 창을 내치면서 몸을 틀었지만, 단창은 그의 어깨에 들어가 박혔다.

'크윽' 하는 신음과 함께 사진은 말에서 떨어질 뻔하였다.

겨우 몸을 일으키는 순간, 이번에는 과문의 창이 그의 얼굴을 향해 찔러왔다.

'빠, 빠르다!'

사진은 정신이 아득해지는 것을 느꼈다.

속전속결.

처음부터 그것을 염두에 두었던 과문은 기회가 생기자 관표로부터 물려받은 삼절낙뢰창(三絶落雷槍)을 펼친 것이다.

일격필살의 창법인 삼절낙뢰창은 추호도 용서가 없었다.

픽! 하는 소리와 함께 과문의 창은 그대로 사진의 얼굴 복판에 꽂혔다. 그와 동시에 마적단을 덮친 선풍철기대는 그들을 유린하기 시작했다.

사진의 실력이 결코 과문보다 아래는 아니었지만, 처음부터 최선을 다한 자의 기습과 그렇지 않은 자의 방심은 승부를 너무 쉽게 돌려놓았다.

과문은 사진을 그대로 들어올리면서 고함을 질렀다.

"너희들의 두목은 죽었다! 지금이라도 항복하면 살려주겠다. 그렇지 않으면 결코 용서하지 않겠다!"

과문의 고함에 그렇지 않아도 당황하던 마적단이 당황하여 주춤하였다. 그러나 전륜살가림이 마적단을 규합하는 데 결코 사진 혼자 보낸 것은 아니었다.

마적단들에는 사십여 명이나 되는 전류살가림의 수하들이 곳곳에 숨어 있었다.

"도망치지 마라! 상대는 겨우 오륙십 명에 불과하다!"

누군가가 고함을 지르며 독려하였다. 그러나 그것도 잠시, 워낙 거센 선풍철기대의 무력 앞에서 마적단은 맥없이 쓰러지고 있었다. 과문은 사진의 시체를 내던지고, 마적단들 중에서도 전류살가림의 수하들일 것 같은 자들만 찾아다니면서 제거하였다.

단 일각이 지나는 사이에 마적단은 무려 백여 명이나 죽어갔다. 결국 견디지 못한 마적단들이 도망치기 시작했다.

그 모습을 지켜보던 운룡검 나현은 감탄한 표정으로 선풍철기대를 바라본다.

'이미 천문은 오대천의 하나로 조금도 부끄럽지 않은 힘을 지니고 있구나. 정말 대단하다.'

새삼 놀랍기만 하였다.

관표 역시 흡족한 표정으로 마적단을 물리치고 당당하게 돌아오는 선풍철기대를 바라보며 말했다.

"장 단주님, 아무래도 오늘은 일찍 쉬면서 작게라도 잔치를 해야 할 것 같습니다."

장충수가 웃으면서 말했다.

"모두들 좋아할 것입니다."

그러고 보니 천문에서 출발한 후 지금까지 거의 쉬지를 못한 것 같았다. 어떤 때는 운기로 잠을 대신하면서 밤에도 이동을 했던 것이다.

강시마들이야 어차피 지치지도 않고 잠도 안 자니 쉬지 않아도 상관 없지만 사람은 쉬어야 한다.

　아무리 고수라도 그것은 마찬가지라 할 수 있었다.

第十四章

천음마차(天陰馬車)

―놀라는 것은 이제 시작일 뿐이다

사주지로가 끝나가는 천축의 북부 지방에 존재하는 샤론 왕국은 산으로 사방이 둘러싸인 작은 나라였다. 그 샤론 왕국의 수도인 코스람에는 수많은 상단들이 모여들고 있었다.

상단들 중에는 중원에서 온 상단들이 의외로 많은 편이었다.

샤론 왕국에서도 될 수 있으면 같은 천축국의 물건들보다는 천축에서 구하기 힘든 중원의 물건들에 많은 관심이 있었기에 그들을 환대하였다.

각 상단들은 정해진 순서대로 샤론 왕국의 국왕과 대면을 하면서 자신들이 가져온 물건을 보여주고 있었다. 특히 중원의 물건들 중에는 기이한 약재들과 도자기와 차, 그리고 비단 같은 것들이 가장 많았다.

이것들은 중원의 특산물이라고 할 수 있었다.

많은 상단들의 순서가 끝난 후 마지막으로 나타난 것이 철마상단이었다. 관표는 완전히 변복을 한 채 장충수와 운룡검 나현, 그리고 철마상단의 부단주인 오장순과 함께 샤론 왕국의 왕 앞으로 갔다.

팔자수염이 멋지게 난 국왕은 관표와 일행을 바라보았다.

네 사람의 뒤에는 세 명의 장정이 비단으로 감싼 작은 상자를 하나씩 들고 있었다.

샤론의 국왕은 그저 평범해 보이는 작은 상단인지라 그렇게 큰 관심을 두진 않았다. 그동안 수많은 중원의 상단이 샤론 왕국에 다녀갔지만, 철마상단이란 이름은 처음 들었던 것이다. 그리고 온 규모도 너무 작았다.

"그대들이 가져온 물건들은 무엇인가?"

왕은 유창한 한어로 물었다.

이미 샤론 왕국의 국왕이 한어에 능통하다는 말은 들어 알고 있었지만, 생각보다 훨씬 더 유창한 한어였다.

장충수가 앞으로 나와 국왕에게 예를 취한 후 말했다.

"폐하, 저희들이 가져온 물건들은 비단과 도자기는 아니옵니다. 하오나 보신다면 충분히 만족하시리라 믿습니다."

국왕은 조금 시큰둥한 표정으로 네 사람의 뒤에 서 있는 세 명의 장정을 바라보며 말했다.

"하나씩 내게 보여봐라!"

장충수가 명령을 내리자, 뒤에 서 있던 세 명의 철기대 수하들 중 한 명이 하나의 상자를 가지고 나왔다. 그리고 비단 보자기를 푼 다음 나무로 된 뚜껑을 열었다.

순간 지켜보던 샤론 왕국의 대신들과 국왕은 어리둥절하였다.

상자 안에는 싱싱한 물고기들이 들어 있었는데, 중간중간에 얼음이 채워져 있었던 것이다. 물고기들은 모두 처음 보는 종류였지만, 대신들과 국왕이 놀란 것은 바로 상자 안에 있는 얼음이었다.

아직 얼음이 생길 만한 시기가 아니었던 것이다.

물론 높은 산의 만년설 속에는 언제나 얼음이 있지만, 그것을 채취해서 상자 안에 담아 온다면 그 역시 오는 중에 녹아버릴 것이다. 물론 음한지기를 극한으로 익힌 고수라면 얼음을 만들 수 있을 것이다. 그러나 지금 상자를 연 장정은 음한지기를 익힌 고수는 아닌 듯하였고, 얼음도 내공으로 만든 얼음 같지 않았던 것이다.

얼음 사이에 있는 물고기도 처음 보는 종류였다.

그런데 대신들 중에서 한 명이 놀란 표정으로 국왕에게 무엇인가를 설명하기 시작했다. 이야기를 들은 국왕이 새삼스럽게 물고기를 바라보았다.

잠시 동안 물고기를 바라보던 국왕이 장충수를 보고 말했다.

"그 물고기가 바다에서만 나는 청어(고등어)라고 하는데, 사실인가?"

"그렇습니다, 폐하."

설마 했던 것이 사실임이 밝혀지자 국왕은 몹시 놀란 듯했다.

대신들 역시 설명을 듣고 신기한 표정으로 물고기를 바라보고 있었다. 바다에서 나오는 물고기를 지금 이 자리에서 볼 수 있다는 사실 그 자체가 신기한 일이었다.

샤론 왕국에서 아무리 가까운 바다라 해도 한 달 이상의 시간이 걸려야 갈 수 있을 것이다. 그 시간이면 천하에 어떤 물고기라 해도 상해서 뼈만 남을 것이다. 그런데 머나먼 중원에서 여기까지 청어를 가져왔다면 정말 신기한 일이 아닐 수 없었다. 그리고 청어 사이에 있는 얼음도 신기하긴 마찬가지였다.

"어찌 된 일인지 설명하라!"

"폐하, 먼저 저희들이 가져온 물건을 마저 보시기 바랍니다."

국왕과 대신들은 호기심이 동한 듯 나머지 두 명이 들고 있는 상자들을 바라보았다.

"내려놓아라!"

장충수의 명령에 또 한 명의 철기대 수하가 들고 있던 상자를 내려놓고 보자기를 푼 다음 상자의 뚜껑을 열었다. 그러자 상자 안에서는 보기에도 싱싱한 찻잎들이 들어 있었다.

신기한 것은 상자 안에 얼음 한 조각 없음에도 마치 지금 막 딴 찻잎처럼 이파리가 싱싱하다는 것이다.

찻잎들을 살펴보던 국왕이 놀란 표정으로 말했다.

"저것은 설연자 잎이 아닌가?"

장충수가 웃으면서 말했다.

"맞습니다."

국왕은 놀라서 입을 다물었다.

설연지는 곤륜과 일부 고산 지대에서만 나는 일종의 약초였다.

특히 설연자의 잎을 차처럼 달여 먹으면 그 향도 좋지만 장복하면 무병장수한다는 전설이 있을 정도로 유명하였다.

그러나 이 설연자의 이파리는 설연자가 있던 곳의 음지를 벗어나면 바로 시들어 죽는다. 특히 온도에 민감해서 차가운 곳이 아니면 보관하기가 불가능한 것이었다.

그래서 소문만 무성했지, 실제 설연자 잎을 구하기란 하늘의 별을 구하는 것이나 마찬가지로 어려운 일이었다. 그래서 강호의 기인들은 설연자를 보면 그 자리에서 달여 먹거나 근처의 얼음을 이용해서 보관해 이동한다고 한다.

그것도 순음지기를 운용할 수 있는 강호의 고수들이나 가능한 일이고, 그 양도 극소수일 수밖에 없었다. 그런 설연자의 잎이 상자 가득 들어 있었던 것이다.

그리고 놀라운 것은 음한지기나 얼음을 이용해 설연자 잎을 보관한 것은 아닌 것 같은데 싱싱하다는 점이었다. 그리고 상자 안에서 흘러나오는 서늘한 기운도 놀랍기만 하였다.

설연자의 이파리는 왕정차라고 불리는 설연용정차보다도 귀한 물건이었다.

"정말 대단하군. 저걸 어떻게 보관해서 가져올 수 있었나?"

"저희들만의 비법이 있었습니다. 그리고 설연자 잎은 이것 말고도 아직 상당량이 더 있습니다."

국왕은 점점 더 놀라고 있었다.

지금 상자 안에 있는 양만 해도 결코 적은 양이 아니었던 것이다.

불현듯이 철마상단에 대해서 궁금해졌다.

"그대들은 나를 많이 놀라게 하는군. 이제 세 번째 상자에는 무엇이 들었는지 더욱 궁금해지네."

"잠시만 기다리십시오, 폐하. 세 번째 상자를 열어라!"

이제 샤론 왕국의 대신들도 몹시 궁금한 표정들이었다.

세 번째 상자가 열렸다.

그 안에서 나온 것은 과일이었다. 그런데 그 과일을 본 왕과 대신들은 다시 한 번 감탄을 하였다.

안에서 나온 것은 껍질을 벗겨낸 수과(수박)였던 것이다.

이미 철이 지난 수과였는데, 지금 막 따서 껍질을 벗겨낸 것처럼 싱싱하였다.

장충수는 수과를 국왕과 대신들에게 차례대로 맛을 보게 하였다.

제철에 먹는 것과 전혀 다름이 없을 정도로 싱싱하게 맛이 있었다. 수과를 먹던 국왕이 장충수를 보면서 물었다.

"자네가 철마상단의 단주인가?"

"제가 철마상단의 주인은 아니지만, 상단의 단주인 것은 맞습니다, 폐하."

"주인은 아니라고?"

"그렇습니다. 그러나 주군은 저에게 모든 전권을 주셨사옵니다."

"그대의 주인은 정말 대단한 사람 같군."

"그렇습니다, 폐하. 그분은 정말 대단하신 분입니다."

함께 있던 관표가 오히려 민망해지는 상황이었다.

"자네는 나에게 지금 보여준 물건들로 흥정을 하려 하는가?"

장충수가 웃었다.

"그렇지 않습니다, 폐하. 이 상자 안의 것들은 폐하와 폐하의 충성스런 대신들에게 주는 선물일 뿐입니다."

그 말을 들은 국왕과 대신들은 모두 놀란 시선으로 장충수를 바라본다. 특히 설연자 잎은 그 값어치가 황금으로 따지기 어려운 보물이었고, 그런 것을 그냥 나누어 준다고 하니 대신들의 표정도 밝아졌고 상단을 보는 시선은 더욱 부드러워졌다.

물론 다 그런 것은 아니었다.

관표는 대신들의 안색을 찬찬히 살피고 있었다.

'저들 중에는 분명히 전륜살가림과 손을 잡은 자들이 있을 것이다. 그들은 어떻게든지 이번 일을 방해하려 할 것이 분명하다.'

관표가 직접 이곳에 온 이유 중에 하나였다.

이번 일이 단순하게 상도만으로 이루어질 상황이 아니라고 생각했던 것이다.

과연 이야기가 깊어질수록 얼굴이 굳어지는 대신들이 있었다.

관표는 그들을 잘 살펴보았다.

모두 세 명의 대신이 서로 눈치를 주고받고 있었는데 이야기가 깊어질수록 그들의 표정은 굳어져 갔다.

국왕은 더욱 궁금한 표정으로 다시 물었다.

"그럼 무엇으로 나와 흥정을 하려 하는가?"

"지금 보신 것들을 보관할 수 있는 마차이옵니다. 그리고 그 마차에 있는 물건들은 덤으로 드리는 것이옵니다."

국왕은 자신도 모르게 침을 삼켰다.

어쩌면 샤론 왕국의 역사상 최고의 흥정이 이루어질 수 있을 것 같았다. 그러나 국왕은 망설이고 있었다. 당장이라도 흥정을 시작하고 싶었다. 그러나 국왕은 자신도 모르게 슬쩍 한 명의 대신을 의식하고 있었다.

국왕이 망설이고 있을 때였다.

"폐하, 제가 하는 말은 오로지 폐하 한 분만이 들을 수 있습니다. 침착하게 제 말을 들어주시기 바랍니다. 저는 바로 철마상단의 주인입니다."

국왕은 얼굴이 굳어졌다가 곧 편안하게 펴졌다.

별일 아닌 것처럼.

국왕은 빠르게 장충수와 함께 서 있는 세 명의 인물을 훑어보았다. 이노일소의 모습이 보였다.

그들 중 키가 큰 청년이 자신을 바라보고 있었다.

'설마 저 청년이 바로 상단의 주인이란 말인가?'

국왕은 다시 한 번 놀랐다. 그러나 전음으로 들리는 목소리는 분명히 젊은 청년의 목소리였다.

"혹시 대신들 중에 불순한 무리와 손을 잡고 국왕 폐하를 협박하는 자가 있고, 그로 인해 흥정을 망설이시는 것이라면 손으로 이마의 땀을 닦는 것처럼 해주십시오."

국왕은 손으로 이마의 땀을 훔치며 말했다.

"정말 굉장한 조건이군. 나에게 잠시 생각할 수 있는 시간을 줄 수 있겠는가?"

장충수가 황제를 바라보았다.

"그렇게 하겠습니다, 폐하. 그럼 좋은 소식을 기다리고 있겠습니다."

"만약 폐하께서 바라신다면 제가 밤에 홀로 계실 때 찾아뵙겠습니다. 무례를 용서하신다면 내일까지 소식을 준다고 말씀해 주십시오."

국왕은 잠시 동안 망설였다.

혹시 늑대를 피하기 위해 호랑이를 불러들이는 것이 아닌가 싶었던 것이다. 그러나 잠깐 마주친 청년의 깊고 깨끗한 눈이 생각나자 믿음이 생겼다. 어차피 지금보다 더욱 좋지 않은 상황은 일어나지 않으리라 생각한 것이다.

"내일까지 소식을 주겠네."

장충수 일행은 다시 한 번 인사를 하고 자리에서 물러섰다.

그들이 물러나자 국왕은 여섯 명의 대신을 바라보았다.

대신들 중에 세 명의 대신은 격렬하게 반대를 하고 나왔다.

특히 그들 중 가장 세력이 강한 가비라는 노골적으로 장충수 일행에게 적의를 드러냈다.

"폐하, 이미 이번 흥정은 중원의 상단들과 약속을 한 것이 있습니다. 저들에게 돌아갈 물건은 없다는 것이 제 생각입니다."

"하지만 저들이 가져온 것은……."

"폐하께서는 이미 약속하지 않으셨습니까?"

'그것은 그들이 무력으로 나를 핍박했기 때문이다.'

그 말이 목구멍까지 올라왔다가 다시 들어갔다.

그들의 가공할 능력을 생각하자 소름까지 돋아났다. 특히 가비라는 그들의 주구였고, 그들의 힘까지 일부 지니고 있었다.

그는 노골적으로 국왕을 적대시하였다.

국왕과 다른 세 명의 대신들 얼굴에 분노가 어렸지만, 그들은 모두 꾸욱 눌러 참았다. 그들에게 대들다 두 명의 대신이 단검에 죽었던 것을 똑똑하게 기억하고 있었다.

"알았소. 자세한 것은 내일 아침에 의논합시다."

국왕은 자리에서 일어선 다음 자신의 거처로 사라져 버렸다.

남은 대신들 중에서 세 명의 대신도 그 자리에서 사라졌다.

그들은 남은 세 명의 대신에게 노골적으로 적대감을 표현하고 있었다.

마음 같아서는 당장에라도 그들의 목을 쳤으리라.

밤이 깊어갈 때 한 그림자가 왕국의 궁전 안으로 숨어들고 있었다. 그러나 경계병들 중 그 누구도 그림자를 제대로 본 사람은 없었다.

샤론 왕국의 국왕은 여러 가지로 마음이 안정되지 않았다.

가비라의 음흉한 얼굴이 떠오르자 분노로 몸이 떨렸다.

충신이었던 두 사람의 신하가 중원에서 온 무사의 검질 한 번에 쓰러지는 장면이 지금도 눈에 선했다.

마음 같아서는 지금 당장 달려가서 단검에 그들의 목을 따고 싶었다. 그들의 앞잡이가 되어 자신을 핍박하는 가비라를 잡아서 오체분시하고 싶은 마음이었다.

밤이 깊을수록 샤론의 국왕은 마음이 점점 무거워져 갔다.

큰 희망을 가진 것은 아니지만 혹시나 하는 마음에 철마상단의 주인을 기다리는 국왕은 혹시 잘못되어 샤론 왕국이 무너지는 것은 아닐까 하는 걱정도 앞섰다.

샤론 왕국에도 군사들은 있었고 훌륭한 무사들도 적지 않았지만, 국방대신이 바로 가비라였다. 설마 나라의 국방을 책임져야 할 대신이 검끝을 자신의 국가와 왕에게 돌릴 것이라고는 생각지도 못했던 것이다. 그리고 무엇보다도 중원의 고수들은 샤론 왕국의 무인들과 비교할 수 없을 정도로 강했다.

국왕이 심란한 마음을 잡지 못하고 서성거릴 때, 창문이 스르륵 열리면서 관표가 안으로 들어왔다. 국왕은 놀란 시선으로 갑자기 나타난 관표를 보다가 곧 침착한 표정을 짓고 말했다.

"기다리고 있던 참이오."

"늦어서 죄송합니다, 폐하."

"묻겠소. 나를 돕겠다고 했는데, 당신의 능력은 어느 정도요. 보아서 능력이 안 된다면 나는 당신을 믿지 않을 것이오."

"폐하를 어지럽히는 자들을 이겨낼 정도는 됩니다."

관표의 자신만만한 표정을 잠시 동안 바라보던 국왕이 다시 물었다.

"내가 듣기로 중원에서 가장 강한 무공을 지닌 사람은 투왕 관표라고 했소. 이는 상인들과 상인들을 쫓아온 호위무사들에게 들은 이야기요. 그들은 이곳에 투왕이 오지 않는 한 아무도 자신들을 막아설 수 없을 것이라 하였소. 그대의 능력은 관표와 비교해서 어느 정도나 되는지 묻고 싶소."

관표가 담담한 표정으로 국왕을 보고 말했다.

"제가 바로 관표입니다."

국왕의 눈이 커졌다.

"저, 정말이오?"

"그렇습니다."

"내가 듣기로 투왕은 능히 만 근의 바위를 들어올리고 무공을 펼치면 상서로운 용이 전신을 휘감을 뿐만 아니라, 거대한 도끼가 손에 나타나……."

국왕은 하던 말을 멈추었다.

관표의 전신에 거대한 용이 문신처럼 새겨져 올라왔고, 그의 손에 거대한 도끼 한 자루가 생겨나고 있었던 것이다.

그 신비한 모습에 국왕은 입을 쩍 벌리고 있었다.

그 이후 관표와 국왕의 이야기는 일사천리로 진행되었다.

사람에게 명성이 얼마나 중요한 것인지 관표는 새삼 깨우치는 중이었다.

그날 밤, 철마상단이 머물고 있는 곳을 향해 일단의 무리들이 다가오고 있었다.

약 오십 명의 복면무사들은 소리없이 객잔의 담을 넘어 들어왔다. 그러나 그들이 바닥에 발을 디디기도 전에 갑자기 사방에서 횃불이 밝혀지면서 오십여 명의 무사들이 나타났다.

그들 중 장충수가 차가운 표정으로 말했다.

"물론 너희들은 전륜살가림의 개들이겠지. 기다리고 있던 참이었다. 쳐라!"

짧은 고함과 함께 장충수가 앞장을 섰고, 그 뒤를 운룡검 나현과 오장순이 따르며 검을 휘둘렀다. 그리고 다른 쪽에선 과문이 단창을 들고 나섰다.

나타난 복면의 무사들은 자신들의 정체가 너무 쉽게 발각되고, 더군다나 전륜살가림의 무사들인 것까지 상대가 알고 있자 당황하였다.

그러나 그들은 전륜살가림의 정예들이었다.

상대가 누구든 상황이 어떻든 충분히 이길 자신이 있었다.

"와아!"

함성과 함께 양측의 무사들이 충돌하기 직전이었다.

앞에서 달려들던 선풍철기대의 무사들이 손에 들고 있던 병을 침공해 온 복면무사들에게 뿌렸다.

맑은 액체가 허공을 가로지르며 자신들에게 뿌려져 오자 놀란 복면무사들이 그 액체를 피하려 하였다. 그러나 서로 간격이 너무 좁았고, 갑작스런 상황이라 미처 피하지 못한 무사들이 많았다. 그 액체에 닿은 무사들의 몸이 얼어붙기 시작했다. 그리고 그런 그들을 선풍철기대의 무사들이 덮쳐 갔다.

승부는 이미 결정된 것이나 마찬가지라 하겠다.

장충수와 운룡검 나현, 그리고 과문은 그들 중 강자라 생각되는 자들을 향해 달려들었다. 최강자라 생각되는 자에겐 두 사람이 협공하는 것도 망설이지 않았다. 전륜살가림의 십이대전사 중 두 명이 그날 그렇게 그들에게 죽임을 당했다.

관표와 청룡단은 은밀하게 움직이고 있었다.

그들은 먼저 국방대신인 가비라의 집으로 향했다.

관표가 직접 나선 것은, 그곳에 적의 수괴가 있다는 것을 알고 있었기 때문이다.

샤론 왕국에서 왕궁 다음으로 큰 곳이 바로 가비라의 대저택이었다. 그곳에서 가비라는 중원의 절대고수라 할 수 있는 세 명의 고수, 그리고 전륜살가림이 중원에 심어놓은 상단들 중 대표적인 상단 중 하나인 백호상단의 부단주인 파령도(波嶺刀) 궁환이 함께하고 있었다.

세 명의 고수는 백호상단을 호위하고 샤론 왕국을 손아귀에 넣기 위해 백호궁에서 보낸 무사들이었다. 가비라는 아주 오래전부터 전륜살가림에서 공을 들인 인물로, 그를 국방대신에 올리고 병권을 잡게 만들기 위해 들인 돈은 상상을 불허했다. 그리고 이제야 그 결실을 보게 된 것이다.

그들이 한참 샤론의 국왕과 철마상단에 대해서 이야기하고 있을 때였다.

쾅! 소리가 들리면서 가비라의 대저택이 흔들거렸다.

가비라가 놀라서 고함을 질렀다.

"대체 무슨 일이냐?"

한 명의 하인이 뛰어들어 오며 다급하게 말했다.

"중원의 무사가……."

말을 끝내기도 전에 이번에는 가비라가 있는 방문이 부서져 날아가면서 한 명의 인물이 천천히 안으로 들어왔다. 가비라와 궁환, 그리고 세 명의 무사는 모두 놀란 표정으로 자리에서 일어섰다.

가비라가 나타난 관표를 보고 고함을 질렀다.

"네놈은 누구냐?"

관표는 대답 대신 간단하게 말하며 하나의 패를 꺼내 들었다.

"나는 국왕 폐하의 명령으로 외부의 무사들과 힘을 합해 반역을 행하려 한 국방대신 가비라를 잡으러 왔다."

관표가 들어올린 패를 본 가비라의 표정이 창백하게 변했다.

"천왕패!"

천왕패는 왕의 명령으로 역적을 칠 때 그 수장이 지닐 수 있는 물건이었다. 가비라는 분노한 표정으로 말했다.

"왕이 먼저 칼을 뺄 줄은 몰랐군. 나는 이 상태를 유지하면서 절대로 왕을 해칠 생각은 없었다. 그러나 이렇게 되었다면 나도 어쩔 수 없지."

가비라가 말을 하면서 궁환을 바라보았다.

궁환과 세 명의 무사가 관표에게 천천히 다가섰다.

밖에서는 청룡단의 무사들이 가비라의 수하들과 궁환의 수하들을 처리하고 있었다. 그들의 칼부림 소리와 비명 소리가 요란했지만 궁환과 세 명의 무사는 자신의 수하들이 당한다는 생각은 하지 않고 있었다.

궁환이 관표를 보면서 말했다.

"한인이군. 왕이 우리를 상대하기 위해 한인 무사를 고용한 것인가? 어리석은 짓을 했군."

관표는 궁환을 보면서 말했다.

"어리석은지 아닌지는 곧 알게 될 일."

"어린놈이 천왕패를 들었다는 이유로 겁을 상실했군. 당장 그 천왕패를 이리 내놓거라!"

고함과 함께 궁환이 자신의 도를 휘두르며 관표에게 달려들었다.

순간 관표는 옆에 있던 제법 큰 도자기를 들어 휘둘러 궁환의 도를 막아갔다.

궁환과 무사들은 좀 어처구니가 없다는 표정을 지었다.

도자기가 아무리 단단해도 검을 막기란 불가능한 것이다. 그러나 세상일이란 것이 꼭 상식적으로 풀리는 것은 아니었다.

땅! 하는 쇳소리와 함께 궁환의 도가 튕겨 나갔다.

궁환이 놀라서 눈을 휘둥그릴 때, 관표는 망설이지 않고 도자기로 궁환의 머리를 향해 휘둘렀다. 궁환은 급한 대로 도를 들어 관표의 도자기를 막아냈다.

땅! 하는 소리가 들리면서 대력철마신공의 신기결과 철자결, 그리고 운룡천중기가 가미된 도자기는 궁환의 도를 부수면서 그의 머리를 그대로 강타하였다.

퍽! 하는 둔탁한 소리와 함께 궁환의 눈이 돌아가면서 기절해 버렸다. 가비라와 세 명의 무사는 모두 황당한 표정으로 관표와 궁환을 번갈아 바라보았다.

모두 사십대로 보이는 세 명의 무사는 백호칠검 중의 세 명으로, 실제 나이가 모두 일혼에 가까운 노고수들이었다.

백호칠검은 백호궁의 장로들 중에 검을 사용하는 일곱 명의 고수를 일컫는 말이었다. 그런 세 사람도 지금까지 살아오면서 도자기로 무림 고수의 도를 박살 내는 것은 처음 보았다.

수명검(水明劍) 대순이 앞으로 나서며 관표에게 물었다.

"대체 너는 누구냐? 나는 백호궁의 수명검 대순이라고 한다."

"백호궁의 장로들이 직접 나선 것을 보니 드디어 백호궁이 본격적으로 움직이려는 모양이군. 나는 관표요."

"관표? 헉… 투왕 관표!"

수명검과 다른 두 무사의 얼굴이 창백하게 질려갔다.

수명검은 믿을 수 없다는 표정으로 물었다.

"네, 네가 정말 투왕 관표란 말이냐?"

"못 믿겠으면 직접 확인해 보시구라!"

관표의 신형이 바람처럼 달려오면서 그대로 수명검의 몸을 받아버렸다. 꽝! 하는 소리와 함께 뒤로 날아간 수명검 대순은 그 자리에 기절하고 말았다. 백호칠검 중 두 명이 황급하게 검을 뽑아 들 때는 관표의 손에 들린 작은 도끼가 이미 허공을 가르고 있었다.

막고 어쩌고 할 시간도 없었다.

가비라는 그 자리에 털썩 주저앉았다.

상대할 수 없는 자가 나타났다는 것을 안 것이다.

가비라가 쓰러지고 반 시진이 지난 후, 다른 두 명의 대신까지 완전히 처리되자 모든 상황은 종료가 되어 있었다.

그 이후 관표는 자신을 공격한 자들의 본거지까지 쓸어버렸고, 국왕을 협박했던 상단들의 물건까지 모두 압수하였다. 그리고 그들 상단의 인물들은 모두 왕국의 지하 감옥에 압송되었다.

이렇게 샤론 왕국의 일은 매듭이 되었다.

결과는 대만족이라 할 수 있었다.

그 다음해 겨울이 지나가면서 천문은 점점 더 바빠지고 있었다.

이미 천문으로 돌아온 관표는 샤론 왕국에서 얻은 이득으로 자금에 대한 걱정을 완전히 덜 수가 있게 되었다. 그리고 북해빙궁과의 일도 잘 마무리됨에 따라 천천히 혼인식 준비를 서두르기 시작하였다.

이제 혼인식을 기점으로 대반격에 들어가야 하는 것이다.

전륜살가림 휘하의 상단들도 샤론 왕국의 일로 인해 상당히 많은 타격을 입었지만, 그들은 일이 어떻게 틀어지게 되었는지 정확하게 알 길이 없었다.

그렇게 시간이 흘러갔다.

봄이 오면서 수많은 사람들이 천문으로 몰려들고 있었다.

그들 중 천문이 있는 녹림도원으로 들어갈 수 있는 사람들은 엄격하게 구분이 되었고, 그 외의 사람들은 녹림도원 앞의 대광장에 있는 건물들에 나누어 수용되었다.

대광장은 이미 몇만 평에 이르렀고 준비된 건물들도 충분했지만, 밀려드는 무림인들은 점점 더 많아져 갔기에 결국 대광장 앞에 있는 대상촌에 묵을 수 있게 준비를 하였다. 그리고 드디어 혼인식 날 아침이 되었다.

녹림도원의 거대한 대청에 상들이 놓여 있었다.

그리고 그 자리엔 무림의 명숙들이 모두 모여 있었는데, 모두들 식사를 하기 위해 기다리는 중이었다. 그런데 조금 특이하다면 한쪽에 무림명숙들이 자리하고 있고, 다른 쪽에는 작은 상단의 단주들도 상당 부분 자리를 차지하고 있다는 점이었다.

평소라면 서로 격이 맞지 않는 자리일 수도 있지만, 모두들 관표의 초청 형식으로 모인 자리인지라 아무도 불만을 표하진 못했다.

잠시 후 문이 열리면서 한 명의 남자가 들어왔다.

남자는 앞으로 나와 정중하게 포권지례를 하면서 말했다.

"천문의 천기당 당주인 조공이라 합니다. 오늘 많은 분들을 이곳에 모시게 된 것은, 그동안 천문에서 준비한 특별한 음식들을 대접하고자 함입니다."

모두들 궁금한 표정으로 조공을 바라보았다.

"그럼 잠시만 기다리십시오. 준비가 되었으면 모두 들여오너라!"

조공이 명령을 내리자, 문이 열리면서 수많은 장정들이 음식을 들고 나왔다. 음식들이 자리에 놓이자 절강성의 고수인 동해어옹 소수심이 놀란 목소리로 말했다.

"이것은 청어 요리가 아닌가? 바닷가에서나 볼 수 있는 청어를 이곳에서 볼 수 있다니… 어떻게 그게 가능하단 말인가?"

소수심이 놀라서 조공을 보자 조공은 가볍게 웃으면서 말했다.

"청어는 충분하게 준비하였으니 얼마든지 드시기 바랍니다."

하지만 놀라움은 거기서 끝나지 않았다.

바다에서만 나는 몇 가지의 물고기나 해산물만 해도 놀라운데, 이어서 나온 음식은 북해빙궁의 청린빙어였다. 청린빙어는 무인들이 장복하면 피가 맑아지고 내공 증진에도 큰 도움을 준다는 민물고기였지만, 북해에서만 잡을 수 있는 물고기였다. 더군다나 청린빙어는 자신이 살던 물에서 나오기만 하면 바로 죽고, 죽은 다음 두 시진만 지나면 상하기 때문에 중원에서는 말만 들었지, 천금을 주어도 구할 수 없는 물고기였다.

보관을 해서 가져올 수가 없는 물고기였던 것이다.

듣기로는 완전히 냉동해서 운반하면 상하지 않는다고 했지만, 그것도 불가능에 가까운 일이었다. 일부는 물속에 넣은 다음 순음지기로 얼려서 겨울에 이동시킬 수 있겠지만, 그것도 한두 마리나 가능한 일이었다.

지금처럼 대량으로 볼 수 있다는 것 자체가 불가능한 일이었다.

모두들 신기하게 생각할 수밖에 없었다. 그러나 무림의 명숙들이 놀라는 것은 이제 시작에 불과할 뿐이었다.

〈제9권 끝〉